新世纪作家文丛
第七辑

去往澳大利亚的水手

孙频 著

长江出版传媒　长江文艺出版社

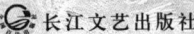

图书在版编目（CIP）数据

去往澳大利亚的水手 / 孙频著. -- 武汉：长江文艺出版社，2023.12
（新世纪作家文丛. 第七辑）
ISBN 978-7-5702-3253-6

Ⅰ.①去… Ⅱ.①孙… Ⅲ.①中篇小说－小说集－中国－当代②短篇小说－小说集－中国－当代 Ⅳ.①I247.7

中国国家版本馆 CIP 数据核字(2023)第 139352 号

去往澳大利亚的水手
QUWANG AODALIYA DE SHUISHOU

责任编辑：田敦国		责任校对：毛季慧	
封面设计：颜森设计		责任印制：邱 莉	王光兴

出版：长江出版传媒　长江文艺出版社

地址：武汉市雄楚大街 268 号　　邮编：430070
发行：长江文艺出版社
http://www.cjlap.com
印刷：武汉市首壹印务有限公司

开本：880 毫米×1230 毫米　　1/32　　印张：8.375
版次：2023 年 12 月第 1 版　　2023 年 12 月第 1 次印刷
字数：192 千字

定价：38.00 元

版权所有，盗版必究（举报电话：027—87679308　87679310）
（图书出现印装问题，本社负责调换）

《新世纪作家文丛》编委会

顾　　问：李敬泽（中国作协副主席）

　　　　　阎晶明（中国作协副主席）

　　　　　吴义勤（中国作协书记处书记）

　　　　　贺绍俊（沈阳师范大学中国文化与文学研究所副所长）

　　　　　施战军（《人民文学》主编）

策　　划：尹志勇　黄　嗣　阳继波

名誉主编：白　烨（中国社会科学院文学研究所研究员）

主　　编：邱华栋（中国作协书记处书记）

　　　　　徐则臣（《人民文学》副主编）

"新世纪作家文丛"总序

白 烨

摆在读者诸君面前的,是长江文艺出版社接续着"跨世纪文丛",新推出的"新世纪作家文丛"。

在20世纪的1992年至2002年间,长江文艺出版社聘请资深文学评论家陈骏涛,主编了"跨世纪文丛",先后推出了7辑,出版了67种当代作家的作品精选集。因为编选精当、连续出书,也因为是一个在特殊时期的特殊文学行动,"跨世纪文丛"遂成为世纪之交当代文坛引人注目的重要事件。当时,主编陈骏涛在《"跨世纪文丛"缘起》中说道:"'跨世纪文丛'正是在新旧世纪之交诞生的。她将融汇20世纪文学,特别是80年代以来中国文学变异的新成果,继往开来,为开创21世纪中国文学的新格局,贡献出自己一份绵薄之力,她将昭示着新世纪文学的曙光!"这在当时看来实属豪言壮语的话,实际上都由后来的文学事实基本印证了。"跨世纪文丛"出满 67 本,已是 21 世纪初的头两年。《中华读书报》曾经在一篇文章中这样写道:"在新世纪的钟声即将敲响的时候,它暂时为自己画上了一个圆满的句号。这套文丛创始于 7 年以前的 1992 年,其时正值纯文学图书处于低迷时期,为了给纯文学寻求市场、为纯文学的发展探路,陈骏涛与出版家联手创办了这套旨在扶持纯文学的丛书。丛书汇聚了国内众多名家和新秀的文学创作成果,王蒙、贾平凹、莫言、梁晓声、韩少功、刘震云、余华、池莉、周梅森等 59 位作家均曾以自己的名篇新作先后加入了文丛。几年来,这套丛书坚持高品位、高档次,又充分考虑到读者的阅读需求和阅读期待,为纯文学图书闯出了一个品牌。"这样的一个说法,客观允当,符合实际。

也正是自 1992 年起,在邓小平南方谈话精神的强劲指引下,国家与社会的改革开放,加大了力度,加快了步伐,社会生活真正开始以经济建设为中心,经济建设以市场秩序的确立为重心。社会生活的这种历史性演变,对于未曾接受过市场洗礼的当代文学来说,构成了极大的冲击与严峻的挑战。提高与普及的不同路向,严肃与通俗的不同取向,常常以二元对立的方式相互博弈。正是在这种日趋复杂的社会文化背景之下,以严肃文学的中青年作家为主要阵容,以他们的代表性作品为基本内容的"跨世纪文丛",就显得极为特别,格外地引人关注。究其原因,这既在于"跨世纪文丛"不仅以高规格、大规模的系列作品选本,向人们展示了当代作家坚守严肃文学理想和坚持严肃文学写作的丰硕收获,还在于"跨世纪文丛"以走近读者、贴近市场的方式,给严肃文学注入了生气、增添了活力,使得正在方兴未艾的文学图书市场没有失去应有的平衡,也给坚守严肃文学和喜欢严肃文学的人们增强了一定的自信。

大约是在20世纪90年代中期,在"跨世纪文丛"出满5辑之际,我曾以《"跨世纪文丛":九十年代一大文学奇观》为题,撰写了一篇书评文章。我在文章中指出:"跨世纪文丛"是张扬纯文学写作的引人举措,而且"有点也有面地反映了80年代以来文学发展演进的现状与走向。在纯文学日益被俗文化淹没的年代,这样一套高规格、大规模的文学选本不仅脱颖而出,而且坚持不懈地批量出书,确乎是90年代的一大文学景观"。我在文章的末尾还这样期望道:"热切地希望'跨世纪文丛'坚持不懈地走下去,并把自己所营造的90年代的文学景观带入21世纪。"

好像是冥冥之中的一种缘分,我当年所抱以期望的事情,现在正好落在了我的身上。

因为种种原因,"跨世纪文丛"在文学进入新世纪之后,未能继续编辑和出版,因而渐渐地淡出了读者视野与图书市场。约在2014年岁末,在新世纪文学即将进入第十五个年头之际,长江文艺出版社决意重新启动这套大型文学丛书,并希望由我来接替因年龄和身体的原因很难承担繁重的主编事务的陈骏涛先生。无论是出于对于当代文学事业的热爱,还是出于对于长江文艺出版社的敬重,抑或是与亦师亦友的陈骏涛先生的情意,我都盛情难却,不能推辞。于是,只好挑起这付沉甸甸的重担,把陈骏涛先生和长江文艺出版社共同开创的这份重要的编辑事业继续下去。

2015年1月7日,在北京春节图书订货会期间,长江文艺出版社借着举办《中国年度文学作品精选丛书》出版20周年座谈会,正式宣布启动大型重点出版项目——"新世纪作家文丛"。由此开始,我也进入了该套文丛的选题策划和作者遴选的准备工作。当时的"新浪·文化"就此报道说:"面对新的文化格局、新的文学现象,出版人仍然应该'有自己的事情要做'。'跨世纪'有跨世纪的机缘,新世纪同样有着它的使命召唤。在一片喧扰之中,一大批严肃的理想主义文学者,仍然怀揣着圣洁的执著,身负着难以想象的重压蹒跚而行,出版人当然没有理由旁而观之。这正是《新世纪作家文丛》的缘起。"

经与长江文艺出版社的社长刘学明、总编尹志勇、项目负责人康志刚几位多次沟通和商议,我们大致达成了以下一些基本共识:一、新的丛书系列以"新世纪作家文丛"命名,即以此表示所选对象——作家作品的时代属性,又以此显现新的丛书与"跨世纪文丛"的内在勾连与历史渊源;二、计划在5年时间左右,推出50~60位当代实力派作家的作品精选集,每辑以8~10位作家的作品集为宜;在编选方式上,参照"跨世纪文丛"的原有体例,作品主要遴选代表作,并在作品之外酌收评论文章、创作要目等,以增强作品集的学术含量,以给读者、研究者提供读解作家作品的更多资讯。

事实上,文学在进入新世纪之后,在社会与文化的诸种因素与元素的合力推导之下，越来越表现出一种史无前例的分化与泛化，创作形态也呈现出前所少有的多元与多样。文学与文坛，较前明显地发生了结构性的巨大变异，我曾在多篇文章中把这种新的文学结构称之为"三分天下"，即以文学期刊为阵地的传统型文学（严肃文学）；以市场运作为手段的大众化文学（通俗文学）；以网络科技为平台的新媒体文学（网络文学）。在这样一个有如经济新常态的文学新生态中，严肃文学的生存与发展，传统文学的坚守与拓进，就显得十分重要并具有非同寻常的意义。因为这一文学板块的运作情形，不只表明了严肃文学的存活状况，而且标志着严肃文学应有的艺术高度，这也在一定程度上影响和引领着整体文学的基本走向。而就在与各种通俗性的、类型化的不同观念与取向的同场竞技中，严肃文学不断突破重围，一直与时俱进；一些作家进而脱颖而出，一些作品更加彰显出来，而且同90年代时期相比，在民族性与世界性、本土性与现代性等方面，都更具新世纪的时代特点和新时代的审美风貌。即以最为显见的重要文学奖项来说，莫言获取2012年度诺贝尔文学奖的殊荣自不待说；近几届的茅盾文学奖、鲁迅文学奖，不少出自"60后"和"70后"的作家频频获奖、不断问鼎，获奖作者的年轻化使得文学奖项更显青春，文学新人们也由此显示出他们蓬勃的创造力与强劲的竞争力。这一切，都给我们的"新世纪作家文丛"的持续运作，提供了丰富不竭的资讯参照，搭建了活跃不羁的文学舞台。

我们期望，藉由这套"新世纪作家文丛"，经由众多实力派作家姹紫嫣红的创作成果,能对新世纪文学做一个以点带面的巡礼,也经由这样的多方协力的精心淘选,对新世纪文学以来的作家作品给以一定程度的"经典化",并让这些有蕴含、有品质的作家作品,走向更多的读者,进入文学的生活,由此也对当代文学事业的繁荣与发展,乃至对社会主义精神文明建设,奉上我们的一份心力,作出自己的一份贡献。

我们将为此而不懈努力,也为此而热切期盼!

2015年8月8日于北京朝内

目 录 —— Contents

001　去往澳大利亚的水手
060　河流的十二个月
127　月　煞
166　美　人
214　天堂倒影

250　每条河流都是一个过程
　　　——重读孙频小说《河流的十二个月》／ 徐晨亮
255　创作年表

去往澳大利亚的水手

一

他第一次见到那个叫小调的男孩是在那片废弃的桃园里。

正是三月,桃花开得诡异真诚,整座桃园看起来如一座刚浮出地面的巍峨宫殿。

那片桃园在却波街的尽头处再走一段路。走着走着就会突然遇到它,仿佛它是从哪个古戏台深处飞出来的,戴着满头满脑的桃花,风鬟雾鬓,极尽艳丽。

他小的时候没有地方可去,很多时间都是在这桃园里慢慢消磨掉的。因为怕被看桃园的老人逮住赶走,他便总是偷偷藏在那棵大桃树下玩,或者在月光下溜进桃园折桃花偷桃子。一寸一寸的光阴长着脚,缓缓爬行在阳光和月光里,春风和冬雪里,桃花和枯骨里。每到三月桃花盛开的时候,整条却波街都在花香的浸泡中慵懒地盘着,醉花一般。只有卖豆腐和磨刀的来串巷子吆喝几声,才略搅进来几分清醒。

桃园深处有一口井,井旁一间土坯小屋,里面住着看桃园的老人和他的狗。那老人的头脸看起来总是灰蒙蒙的,好像很多年都没有洗过脸的样子。他怕这老人会放狗咬他,只要远远看见老人走过来就赶紧逃掉。每年三月,到夜深人静的时候,他就在月光下去偷折桃花。一树一树的桃花在月光下看上去是一大片湖水一样的银色,连花香也是银脆的,看不到,指尖却可以触到花香里的那缕神经。

桃园深处传来几声遥远模糊的狗吠,狗好像也乏了,只是在应付差事地叫几声。从枝杈间隐约可以窥到小屋里那点橘色的灯光。银色的月光淹没了整座桃园,只要一碰到那些枝杈,桃花便像雪一样纷纷扬扬地下起来,落了一地。头顶是浩大的明月,身后是幽深的却波街,那个春夜他站在桃树下这场一个人的雪中,忽然便预知到了一种来自时间深处的幻象,漫天大雪、迟迟春阳、葳蕤青草、人面桃花,包括其中生生灭灭的动物和人其实都不过是幻象。都是往生图中的幻象,转瞬即逝。只有时间是真实的,或者说,在这世界上,它才是唯一的真正的主人。

那晚,他偷偷折下一枝桃花回到家里,小心翼翼地插在装满水的罐头瓶里。

这个春天,宋书青在桃树下猛地看到这个男孩的时候,心里竟哆嗦了一下,疑心是看到了四十年前站在桃树下的自己。他凑近了一些看,是个七八岁的小男孩,很瘦,眼睛便奇大,正在桃树下的杂草丛里挥舞着一把塑料做的玩具宝剑。宝剑一碰到树枝,桃花便像大雪一样纷纷扬扬地飘落下来,闻上去也是四十年前的雪。男孩一手提着宝剑,一手接花瓣,一边独自咯咯笑着。宋书青站在不远处看着男孩,男孩并没有看到他。他站在那里恍惚觉得他和男孩之间正静静流动着一条大河,有桃花落在河面上,他们隔河相望。

那枝插在罐头瓶里的桃花会一连开很多天,他把它摆在窗前有阳光的地方。夏天那里摆着血红色的人头一样大的西番莲,秋天摆着金色的雏菊,冬天摆着米黄色的白菜花。白菜花是杀开大白菜从最里面剖出来的,粉黄粉黄,像新出世的婴儿。有时母亲宋之仪也会站在那枝桃花前看一会,但只是一小会儿她便慌忙走开了,接下来便对那桃花视若无睹。好像那桃花看久了便会让她觉得刺目、眩晕、生病。至于那片桃园,宋之仪更是避之不及,在桃花盛开的季节里,她下班回家情愿绕远路都要避开那桃园。他一直不明白她为什么要害怕那片桃园。

眼前的小男孩似乎玩宝剑玩累了,便小心翼翼放下宝剑,趴在草丛里捉虫子。这片桃园已经废弃了好几年,他记得开始是老人的那条狗走丢了,老人便失魂落魄地满县城找他的狗,直到半夜了人们还能听到老人满大街带着哭腔的声音——花花,花花。那条母狗叫花花。他几乎是挨家挨户地找,逢人就问,有没有看见我的狗?他找了好久,后来终于在一户人家找到了。花花在那家人院子里和小孩玩,他站在门口偷偷地看,第二天又来偷看,第三天又来。一连偷看了很多天,发现这户人家对花花确实好,他便不作声地离开了,回到桃园里。再没有返回来找花花。

都过了几个月,那条狗自己忽然又跑回桃园找他去了,脖子上还戴着一条铁链子,背上有片烫伤。回到桃园没几天那条狗就死了。老人去找那家人,那家人说这狗流浪到他家,过了没几天就把它送人了。他又去找第二家主人,结果那家人说他也是没多久就送人了。于是又找到第三家,第四家。最后老人不再往下找了,独自又回了桃园。老人把狗埋在桃园深处,筑了一座小坟。

又过了一年,满园桃花再次如雪的时候,人们忽然发现很久没有见到看桃园的老人了。就进桃园找,土坯房里却是空的,窗上架着蜘蛛网,很久没有人住的样子。然后人们又在桃园深处找到了三座坟。那座最小的应该是花花的坟,那另外两座呢,如果说其中一座是老人的,那另外一座又是谁的。又是谁把他们埋在了这里。

不久又听却波街上的人说,沙河街上的那个瘸腿光棍失踪有段时间了,一直没找到。这瘸子早年因为父亲成分不好,他在"文革"中受牵连被打断了一条腿,那条腿骨折多日了也没人管他,就外面连着一层皮,他就拖着那条断腿在街上爬来爬去。小孩子们见那条腿竟可以像面条一样随意绕来绕去,只觉得好玩,便不时跑过去把那条腿摆个造型,或别到腰上塞进他的裤带,或像围巾一样盘在他脖子里,活像架着线操纵的木偶戏。后来这条腿外面的皮发黑了,腿被连根截掉了,装了条木腿,又挂着一支木拐,远远从沙河街的青石板路上走来的时候,就像一匹三条腿的木马发出的声音——笃,笃笃,笃笃笃。坐在屋里的人光听声音就觉得这走路的瘸子下半身已经被组装成了一部木质的战车,血肉的上半身嫁接在上面,最上面是蛇信子一样昂起的头。轰隆轰隆的碾压声如坦克一般让人一阵心惊肉跳。

据说瘸子后来忽然被却波街那片桃园迷住,便经常出入于那片桃园,再后来就几天几天地住在里面赏桃花,轻易都不肯出来。据说瘸子和看桃园的老人一起睡觉,一起在桃花下饮酒,从广播里听悠长的梆子戏,在秋风中采摘肥桃,每逢周一赶集就挑到集上去卖。后来看桃园的老人不见了,瘸子也跟着不见了。

桃园里因为那三座坟,坟里的人死得又离奇,便没有人再敢进来。

桃树一年年还在按时开花,按时结桃,仍然在三月的时候任性地开出一园子的桃花,只是那桃花比从前更妖更香,有一种阴森森的卖力,似乎暗藏着无人看管之后的委屈。八月的桃子肥硕圆润,一路从青变红再变成黯红,都无人来采摘。人们说这桃子红得好诡异,血桃,只有树根吸了死人的血才能红成这样。肥桃最后像尸体一样横陈一地,除了鸟雀和虫豸,还是没有人来吃。

没有人来让一园子的寂静腐蚀得更深一些,更溃烂一些。

他穿过木栅栏走进桃园,走到小男孩跟前。男孩抬头看到有个大人走过来,连忙转身抱起了自己扔在草丛里的宝剑。他以为男孩是要学电视剧里那样拿宝剑防身,但很快就发现,不是。男孩只是怕自己的宝剑被别人抢了去。那把塑料宝剑看起来玩了很长时间了,剑把上已经磨起了一层毛边。他问,你几岁了?男孩说,八岁。他问,八岁了怎么不去上学在这里玩?男孩低头不说话。他又问,你妈妈呢?男孩低着头说,在家里。他又问,那你爸爸呢。男孩忽然抬起头兴奋地看着他,眼睛亮得吓人,他大声自豪地对他宣布了一句,我爸爸去澳大利亚了。

他疑惑地看着男孩,你爸爸去澳大利亚做什么?男孩不管他,只是像背诵课文一样大声地,上气不接下气地说,澳大利亚在地球的另一边,我们白天的时候他们是晚上,所以我们看不到他们,他们也看不到我们。我们和他们中间隔着一个很大很大的海洋,我坐上大轮船就可以去澳大利亚。我要是能捉到一头鲸鱼,就骑上大鲸鱼去澳大利亚,鲸鱼的头上长着一棵椰子树,还可以喷水。这样喷,这样喷。澳大利亚有大堡礁,水里有孔雀鱼,有很多很多数不清的绵羊,还有袋鼠妈妈,口袋里住着小袋鼠,还有考拉熊,背上背着小宝宝。还有鸭嘴兽,它们的嘴是这个样子的,扁扁的。

男孩说着就扔下宝剑,用两只手把自己的嘴唇捏起来,捏成鸭嘴兽的样子给他看。宋书青愣了半天才问了一句,都是谁教给你的。男孩忽然像想起了什么,赶紧从地上捡起宝剑,又抱在怀里,嘴里说,我妈妈。

这时候天色已经悄悄暗下来了,只有在县城西边的群山之上还燃烧着一大片血一样的晚霞,似乎要焚毁整个山脚下的交城。桃园里只剩下黑白两种颜色,黑的夜色和白的桃花,大块大块地咬在一起,看上去有些可怖。他对男孩说,天黑了,快回家吧,你家住在哪里?男孩说他家住在离却波街不远的麻叶寺巷,他便一路送他回去。走到十字街口的时候,卖烧饼的刚挂起风灯,黑糖和青红玫瑰丝的香味盘绕在空中,男孩走得很慢,有气无力地握着自己的宝剑,却并不向那烧饼摊看一眼,甚至故意把脸扭到另一边。他便停下给他买了两个黑糖烧饼,男孩也不说一句话,只顾埋头吃烧饼。直到把两个烧饼吃得一粒芝麻都不剩,把油乎乎的手指挨个都吮了一遍,才抬起头看着他,忽然把手里的塑料宝剑递给宋书青,说,让你玩一会吧,这宝剑可贵了,是我爸爸花了好多钱才买来的,原来里面还有个红色的小灯泡可以一闪一闪的,现在灯泡坏了也亮不了了,不然更好看。

宋书青接过来打量着这把宝剑,男孩很不放心,仰着头对他说,你要拿得小心一点,不要用坏了,我教你怎么玩吧,要这样拿,要拿这里。这真是一把好剑啊,你说是不是。

走到麻叶寺巷里一个破败的院子前,男孩说他家到了。只见院子里有两间房,一间黑着,一间亮着一盏昏暗的灯。猛地看上去还以为是遇到了荒郊野外鬼魅变出来的宅子。男孩握着宝剑往屋里跑,他在后面问,你叫什么名字?

小调。

小跳？

小调。

小条？

小——调——

出了麻叶寺巷，正好迎面碰上了母亲退休前的同事，在县中学教过数学的郭老师。他一向怕见人，现在躲闪不及，只好借着惯性迎面往上撞，在靠近她的一刹那，他清晰地感觉到此刻的自己是如此不真实，以至于让他觉得这不过是他躲在一个暗角里窥视到的幻影。郭老师也已经退休多年，臀部和肚子越来越臃肿，衬得头和脚都很孱弱，看上去像一只巨大的梨正稳稳地蹲在他面前。她一见是宋书青连忙抓住他的胳膊，他一哆嗦，想躲。她问，是书青啊，我都多久没见到宋老师了，早说买点吃的喝的要去你家看看她，这不成天不是带孙子就是做饭洗碗，像签了卖身契一样，退休了还得给人卖力气，就这样我那儿媳妇还是不满意，还是要找碴，所以你不娶媳妇也好，省得麻烦。你妈她现在身体是个什么情况，能下得了地吗？

他连忙说，能下能下，已经好多了，就是走路的时候需要人扶着点，别的都好，吃饭也没问题。郭老师在路灯下半信半疑地研究着他的脸，嘴里却说，那就好那就好，万一瘫床上可就麻烦了。他慌忙摇头，她好得很，好得很，再过几天就能上街串门了。说完他刚要逃走，忽然像想起了什么，犹豫了一下，又回过头问这梨状的老妇人，郭老师，你们这麻叶寺巷里是不是有个叫小调的男孩？老妇人一拍大腿，嘴里近于痛苦地呻吟了一声，那个小孩啊，你可不知道啊。他爸爸前年因为失手打死了一个人被判了无期徒刑，现在还在监狱里。他妈以前是个小学民办教师，现在学校不让用民办教师了，她又转不了正，就没了工作，身体又不好，见她成天吃药打针的,不知怎么还要拿艾叶熏肚子。去给人家门市部站柜台也站不了几天,什么也干不了。就你见到的那小孩,八岁了,幼儿园只上了半年就不让上了,你猜怎么,连学费都交不起。他妈这不连个正经营生都没有吗,得养孩子,还得每月给监狱里的男人送生活费,你猜怎么?就靠晚上和男人们睡觉。她家那院门从来不关,大半夜都是敞开着的,便于男人们进出。那小孩也真是恓惶哪,巷子里的小孩被父母教上,都不让和他玩,连从他跟前走都不让。

他跌跌撞撞又欲往前走,老妇人的声音从背后追上来,书青啊,改天我一定去你家看宋老师。

他丢下老妇人仓皇逃走。

进了却波街,推开自己家门,院子里静悄悄的,天上有月亮,脚下铺着一地冰凉的枣树影,屋里黑着灯,看来宋之仪还没有醒。宋书青坐在枣树下点起了一支烟。他也搞不清楚这枣树到底有多少岁了,从他能记事起它就这么老态龙钟地站在这里,这院子里的主人换了几次,最后还是他和母亲住回来了。当年回来一看,一切物是人非,只有这树居然还在,他们的眼泪就下来了。

如今他已到不惑之年,它还是一声不吭地站在原地。它的树皮变得越来越粗糙,裂满了口子,像各种异形的文字不经翻译就被刻了上去。树的根部则蜷曲着长满青苔,看上去像一只壳背生苔的古老龟兽驮着石碑静静蛰伏在这里。有时候他想,大约在他还没有出生的时候,就有人这样背靠大树坐在这里,等他死后,也许是再过几十年,也许是再过一百年,还会有人像这样背靠着这棵大树坐在这里。大树记不住人,他只是它千年大寐中的一个幻觉。更多的时候,他觉得他是整个社会的一个幻觉。

幻觉。

父亲就是他的一个幻觉。他从来没有见过父亲。听母亲说,年轻的时候她和父亲都是某大学中文系的老师,后来被打成"右派"下放到交城县改造。再后来"文革"开始,过了两年父亲就自杀了,那个时候他刚出生不久。所以他从没有见过父亲的面,家里也没有关于父亲的任何照片。

他没有上过一天学,因为出身不好,小时候没有上学的资格。等到有资格上学了,年龄已经大了。他能写字能看书能画画,都是宋之仪在夜深人静的时候悄悄教的。因为怕有人在院子里偷听,在教他的时候她经常会放一段样板戏《红灯记》中的唱段做掩护。他记得有一次,她一边放《红灯记》一边给他讲古希腊神话里因自恋而死的纳西瑟斯。

"就在那天的晚上,天也是这么黑也是这么冷。我惦记着你爷爷,坐也坐不稳,睡也睡不着,在灯底下缝补衣裳。"

"纳西瑟斯的母亲得到神谕,儿子长大后会变成第一美男子,但他会因为迷恋自己的容貌郁郁而终。所以他的母亲特意安排他在山间长大,远离所有有水的地方,让他永远无法看到自己的容貌。"

"一会儿忽听得有人敲门,他叫着师娘开门,你快开门,我赶紧把门开开。啊,急急忙忙地走进一个人来。谁呀,就是你爹。我爹?嗯。就是你现在的爹。只见他浑身是伤。"

"纳西瑟斯生性太高傲,对倾情于他的少女不屑一顾,于是女神娜米西斯决定惩罚他,便趁他在野外狩猎的时候把他引到了湖边。然后,纳西瑟斯在湖面上看到了一张完美的面孔。他并不知道湖面上的面孔就是他自己的倒影,他便深深爱上了自己的倒影。"

"左手提着这盏号志灯,号志灯。右手抱着一个孩子,孩子,未满周岁的孩子。"

"纳西瑟斯为了不失去水中的爱人,日夜守护在湖边,终于,神谕应验了,纳西瑟斯因为太迷恋自己的倒影,最后枯坐死在了湖边。"

"这孩子不是别人,是谁?就是你。我?"

"仙女们赶去安葬纳西瑟斯的时候,却发现湖边长出了一种奇异的小花。原来是爱神怜惜纳西瑟斯,就把他化成水仙花,开在有水的地方,让他永远看着自己的倒影。"

"说明了真情话,铁梅呀,你不要哭,莫悲伤,要挺得住,你要坚强。学你爹心红胆壮志如钢。"

……

半导体里的样板戏源源不绝,源源,不绝,源源,不,绝。像是要在这深夜里高亢坚硬地填满这整个世界。听母亲说那时候他们挨打的时候放的也是这段样板戏。在那些深夜里,他和母亲像两个即将溺水的人躲藏着、挣扎着、恐惧着、享受着这临渊的半塌的古堡。古堡里飘荡着血红色的音乐和神经里的碎片。

宋之仪最后已经是自言自语,她不再是和他说话,她也不需要他听懂,她的声音低低地掩埋在样板戏的褶皱里,皮肤下。复调的协奏,细弱游丝,听起来如一层皮肤之下的皮肤,血液深处的血液,"古希腊神话中追求理想的结果是让自己沉入水中,与水中的完美幻象变成一体,他们的爱、美、死本身就是一体,甚至算不得是牺牲,因为他们本身就是一体的,不可分离的。可是你去看看中国的古代小说,你看看中国最美的山水写意画,就会发现我们是从没有完美形象的,我们也没有真正的牺牲,我们追求的也许不过是些幻觉。比如这音乐,就是一种幻觉。"她用手无声指了指正轰隆隆高唱着《红灯记》的半导体。它被摆在破旧的木桌上,看起来像一颗锈迹斑斑摇摇欲坠的坚硬牙齿。

多年以后,那时她已经得了帕金森症,已经卧床不起的一个黄昏,她忽然指挥他给她放一段《红灯记》。他不相信地看着她,好像她执意要参观自己当年坐过的刑具。但最终他还是给她放了一段,她伏在枕上,开始是安静地听,听着听着就无声地诡异地笑了起来,后来笑得越来越厉害,她却拼命忍着不让自己发出一点声音,然后她开始剧烈地咳嗽,再然后,她咳嗽的时候忍不住又把裤子尿湿了。床单也泅湿一片。

她就听着《红灯记》,仰面躺在那片湖泊一样的尿渍里,也不让他给她换床单。她踩着样板戏节拍里的空隙对他说话,似乎院子里正站满了人在偷听她说话,似乎还要像多年前那样把自己的每一句话都偷偷掩藏在这音乐的褶皱里。然而她声音里又有一种奇怪的肃穆,好像她正躺在教堂里说话,又好像她回到了当年的中文系课堂上讲课,她说,你知道希腊悲剧的核心是什么?是歌队。因为歌队是神在唱,是神的语言,不是人的语言,才会有那样的光辉。你再听这样板戏的时候,有没有觉得,它不是人的语言,但也绝不是神的语言。所以它永远变不成悲剧,也变不成喜剧,它就只是一个时代里的动作,一个被做好的标本,无法腐烂,会一直悬挂在时间里。

后来的一个黄昏,吃晚饭的时候下了一点雨,雨后她说空气好新鲜,快把她推出去透透气。他便用轮椅推着她在街上慢慢溜达,空气里有一种盛开的雨腥味,走到十字路口的时候,看到一群老年女人正在那里跳广场舞。音乐浓艳,流光溢彩,她们穿着统一的紫色丝绒衣裤,自顾自认真透顶地在抬腿提臀。他们两人一站一坐地默默观看了一会,他以为她是羡慕人家,说,等你好了也带你来跳。不料她忽然就脸色发灰,摇摇手说,回吧,快回家去吧。直到走到家门口了她才忽然问他,你觉得她们那舞蹈像什么？那么统一，那么投入……又是集体。看到这种舞蹈的时候你没有觉得害怕吗？

二

屋里仍然没有任何动静，他不想进去，便坐在枣树下又点起一支烟。

他又想起那时候他大概有十二三岁吧，宋之仪已经被平反，又被安排了工作，在县里的中学当上了语文老师。他却无论如何都不愿再去上学，也不愿和人多说话，也没有伙伴，每天就愿意独自待在家中或躲在桃园里。那天他一个人在家里写出了第一篇完整的作文，等宋之仪下班回家了就连忙拿给她看。

她接过那张写满字的纸时显得很惶惑甚至很紧张，但一句话都没有说。她愣了一会儿神，才慢慢走到窗前，就着外面的光线把那纸抻平，用两只手捧着读了起来。他感觉她都已经读了很久很久了，忽然却见她把稿纸掉了个头，原来她刚才竟是反着读了半天。他站在那里只是看着她一寸一寸往下挪动的目光，他不敢看她的手指，因为她的手指一直在发抖。那目光挪下去，又爬上来，再下去，又上来。他默默数着，她反反复复一共读了三遍。

三遍之后她还是什么都没说，却忽然看看桌上的三五座钟说，呀，已经这么晚了，该做晚饭了。便放下那张稿纸做饭去了。院子里她自己开了一块很小的菜地，种了几棵菜椒，几架豆角，插了一排大葱。这个黄昏，她把菜园里结出的几颗红红绿绿的菜辣椒一口气都摘了下来，又拔了几棵葱，然后把剩下的半罐煎猪肉都炒了大葱。对他们来说，这一小罐煎猪肉是要吃一个月的，每次炒菜只敢放几块，提提肉味。然而这个黄昏，宋之仪忽然摆出一副大不了不过了的架势，几欲要把家里所有能吃的东西全都吃完吃尽。

这顿晚餐他多少年里一直都记得，因为一种近于可怖的浩瀚与丰盛。大葱炒肉，青红辣椒丝，葱花炒鸡蛋，烙油饼。

在那个食物匮乏的年代，他看着一桌子的菜真被吓住了，举着筷子半天不知道该从哪里开始吃，好像这桌菜独自长成了一只庞然大物与他对峙着。宋之仪摆好菜，摆了三双筷子，又拿出一瓶竹叶青酒，摆上两个杯子，都倒满了。他看着那双多出来的空筷子，再看着白瓷酒杯里蛇一般绿茵茵的竹叶青，只觉得背上有种阴森森的感觉。仿佛这屋子里还有一个透明的隐身人正和他们坐在一起，或许此刻正细细端详着他。她把自己那杯喝完了，又把另一杯也一口喝完。喝完才说，你爸爸以前最喜欢竹叶青，今天我就替他喝一杯。

晚饭当中，她很少吃菜，只催着他多吃，她自己喝了一杯又一杯竹叶青，每喝完一杯她就拿起他的作文大声朗读一段，再喝再朗读，反反复复读。读到最后他都要哭出来了，她却终于醉了。她趴在桌子上睡着了，额上一缕细碎的头发被晚风吹起，看上去竟像一个小女孩趴在那里。杯子里还残留着半杯酒，翠绿的竹叶青如蛇魅一般盘绕在她的唇齿鼻息间。她浑然不知，独自醉卧流年。有几滴酒洒在了那张稿纸上，有几个字被洇开泡软了，忽然就从纸上跳出来，臃肿丑笨，铁画银钩，状如山洞中的甲骨，随时可以篆刻下这人世间的每一个白天与黑夜。

第二支烟也抽完了，他起身向屋里走去。自从宋之仪卧床不起之后，他每天只有黄昏时分趁她睡着时可以出去透透气散散步，顺便买好第二天的菜。

走进屋里一看，宋之仪正仰面躺在床上一动不动，是熟睡的样子。他也不开灯，蹑手蹑脚地走到她身边，忽然就着窗外的月光看到她的两只眼睛正大睁着看着他，目光在黑暗里灼灼的，竟吓了他一跳。她其实早已醒了。因为卧床太久，躺在那里，她全身的肉都是死滞的，没有生命的，那些肉像石头一样挟持着她一起沉入了古潭深处。在这样一具肉身之上，却忽然看见长着两只活着的眼睛，如枯木上长出的奇异菌类，在深夜里看上去尤为清醒疼痛。

他把手伸进她的被子里一摸，果然褥子又被尿湿了一大块。汪洋的尿渍正浸泡着她的身体。她的身体摸上去冰凉呆滞，仿佛是在福尔马林液里浸泡了太久的标本。他叹口气，却没有别的办法，只得开了灯，从柜子里翻找干净的床单和衣服。宋之仪几乎每天都要把床单尿湿两三次，有时候是因为他不在身边，有时候就是他在身边她也会尿到床上，因为她不愿意一直打扰他，让他帮助自己解手，她就无声无息地尿到床上，然后再一声不吭地在自己的尿渍里躺半天，直到臀部被浸泡得苍白溃烂。

看到她又尿床了，他忍不住愤怒地说，怎么就又尿到床上了，下午刚洗的床单都还没有干就又尿湿了，连换洗的床单都没有了。我明天去百货商店再给你批发上十床床单，你想怎么尿就怎么尿。

她裤子也湿了，他换完床单再扒下她的裤子，她一声不吭地尽量把自己蜷成一个团，竭力想遮挡住自己的两腿之间，也不敢看他，只在他手里蠕动着，像条准备挨宰的苍白的死鱼。他不给她再穿上裤子，转身去洗床单和衣服，让她把浸泡太久的下半身晾干。她便拖着一个苍白溃烂的臀部明晃晃地晾晒在灯光下，全身只有眼睛和手指顽强地在动。帕金森晚期的症状，十个手指如独立出去的凶悍桀骜的异族，在整个身体之外不停地抖动着、抽搐着。心情好或不好的时候,那手指就抖动得更加剧烈,像把一个盛大野蛮的秋天放在了她的手指之间,瞬间便万物凋零,落叶缤纷,只剩下了神经末梢最原始最无法控制的那缕抽动。

他坐在屋檐下就着窗里昏暗的灯光搓洗床单,使劲搓了几下,力气便被耗掉大半,整个人忽然就萎靡了下来,还坐在那里,内里却是空的,一点重心都没有了。他握着湿答答的床单,忽然想起来三年前的一个夜晚,那时候宋之仪还是帕金森病的早期,被人扶着还勉强能走路。她每次都坚决地要求他把她扶到厕所去解手,自己哆嗦半天才能解下裤子,但也绝不让他帮忙。到后来就无论怎么哆嗦她都解不开自己的裤子了,直到已经尿到裤子里了,裤子还是没解开。

那天他拿着她的工资卡出去替她领了一次退休金,她每月有四千块钱的退休金,是母子俩的全部生活来源。晚上他便把工资卡随手放在了床头柜上,等到做好晚饭进来一看,发现柜子上的工资卡不见了。他心里有些不悦,便阴阴地说了一句,妈,你还怕我拿了你的工资卡不还你了啊,还要藏起来。

宋之仪半躺在床上,一只手哗哗抖动起来,她慌里慌张地说,我是怕你随手一放就忘了,过会找不到了怎么办,就先替你放在枕头下面了。说着就撑起上半身,昂着头,把一只手伸进枕头下面摸索起来。

宋书青干巴巴一笑,工资卡是你的,你愿意怎么保管就怎么保管,别找了,先吃饭吧。宋之仪像是没听见,手还在枕头下面摸索。他把稀饭和馒头端到床头柜上,又说了一句,快别找了,先吃饭吧。

宋之仪像是完全听不见,她费力地挪开枕头,还在那片空无一物的床单上胡乱摸索,好像那床单上一定能长出什么东西来。

宋书青再次说,饭凉了,快吃饭吧。

宋之仪的那只手还在拼命继续找，那只手像一只被鞭打着的转圈的驴，竟一步都不敢停下来。她嘴里还在说，就放在这的，我怕你过会找不到了，就放在这下面的。

她拱起臃肿的屁股，两膝着地，把两只手都塞进枕头下摸索。看上去像一只笨重的动物正在四肢着地地寻找食物。

他不愿再看下去了，声音提高了好几度，不要再找了，能不能先吃饭？

她头也不回，手也并没有停下来，几秒钟之后却忽然哑着嗓子低低吼了一声，你少说我两句吧。声音嘶哑有力，不像是从嘴里，倒像是从身体的其他什么部位里忽然扎出来的，血淋淋的，像匕首。

他不再说话，也不敢看她，只是呆呆站在那里，不知道该怎么办。忽然看到床头柜下面的抽屉开着一条缝，他一拉开，赫然看到工资卡正躺在里面。他对还在床上摸索的宋之仪说，妈，别找了，你放到抽屉里你自己又忘了。

但宋之仪像是已经完全听不到他的声音了，就当着他的面，她居然在他们中间筑起了一道奇异的玻璃墙，她把自己关在里面，任他在外面参观，只是无法触摸到她。她像兽类一样仍然跪在那里以那个机械的可怕的姿势刨着她的工资卡，她像是一心要在床上挖出一个大洞来，把那洞全部掏空，一定要证明她确实放在那里了，她没有骗他。

他拿起那张工资卡，在她面前晃了晃，高声说，妈，快别找了，在这里呢，肯定是你放进去自己也忘了。

宋之仪看了那工资卡一眼，但目光里是空的，像是完全不认识那是什么，她继续她手里像仓鼠一般的浩瀚工程。

他几乎是哀求了，妈，工资卡是你的，你想怎么保管就怎么保管，我只是帮你去领工资,并不是要替你保存工资卡。你放心啊。妈,你快不要找了,已经找到了啊。

她不理他,继续刨床单。在那一瞬间他忽然觉得无比绝望,他亲眼看着自己的母亲正在变成一种远古的动物,亲眼看着她要在时光中挖出自己的洞穴逃走,离开他,永不复返。然而渐渐地,她的手指抖得越来越厉害,终于支撑不住她的身体了,她像一座颓败古旧的建筑轰然倒塌在床上。她疲惫地闭上了眼睛,却仍然不肯向那张工资卡看一眼。

夜已经很深了,天上高悬着一轮月亮,晚风驮着桃园里的沁香在无人的街巷四处游荡。他坐在屋檐下,搓洗床单的手忽然就停了下来,呆坐了半天之后他开始无声无息地流泪。然后他猛地起身,扔下洗了一半的床单,湿着两只手跑进了屋子里,他扑过去紧紧抱住了赤裸着下半身的宋之仪,他的泪水流到宋之仪的胸脯上,脖子里,他便更用力地抱住她,似乎要把她镶嵌进自己的身体里,骨头里。直至要把她变成他的婴儿。宋之仪一动不动,也默默流下一行泪来,顺着眼角的皱纹无声地爬进了脖子里。

就这样过了许久,宋之仪摇晃着五个手指慢慢说,快给我穿上裤子吧。他忙找出干净的衣服给她换上,把她重新放在月光里,放平放整。他就着月光也躺在她身边,她对他说,你不要怨我,我真的是老了,都忘了自己刚做了什么。他使劲摇头,不说一句话。她又说,我最怕脑子变空什么都不能想了。我日日夜夜躺在这床上的时候,就靠着东想西想去打发时间。这几天我一直在想,到底什么样子才应该是中国人的理想形象。我们的文化里没有纳西瑟斯,那到底有什么?我想啊想啊,还是觉得最理想的中国人就是嵇康那样的。那些离自然最接近的人才最像中国人吧,醉卧竹林、鸣琴长啸、采薇山阿、散发岩岫、高蹈独立,才应该是最理想的中国人吧。当年孙登"夏则编草为裳,冬则披发自覆"。阮籍"邻家妇有美色,当垆酤酒。阮与王安丰常从妇饮酒,阮醉,便侧眠妇侧"。刘伶"常乘鹿车,携一壶酒,使之荷锄而随之,谓曰,死便埋我"。这样的心性我们为什么后来就再没有了?不光是心性没有了,就连想法都没有了。你不信吗,你不信人可以失去任何一点想法吗?真的会。那时候我终日被批斗,每天要做检查,饥饿羞辱会让你失去最后一点想法,直到完全没有了想法。只是像一堆肉一样活着,人完全还原为肉,和任何动物的肉都没有区别。因为脑子里没有了想法,渐渐地,我周围的现实对我就失去了效力,我身处其中越来越迟钝,渐渐不再觉得羞耻,甚至失去了恐惧。所以,也算是人最本能最卑微的自我保护吧。

想太多会耗神的,你好好养病就好。

现在我躺在床上不能动了,你知道吗,我真的很害怕,我害怕慢慢地我可能连意识都没有了,又变回了一堆没有知觉的肉。你要答应我,千万不能让我活到那天啊。你答应我,啊?

他不再说话,只是静静蜷缩在她身边,像是已经睡着了。

三

过了几日,桃花已经开始陆陆续续凋谢的时候,宋书青忽然又在桃园里看到了那个叫小调的男孩。

他正站在一枝桃花仍然簇拥繁茂的树枝下握着自己的宝剑,那树枝因了这满枝的桃花,看上去有一种异常明亮的感觉,以至于把树下小男孩的脸都照亮了。

小调一看到他就跳起来,远远地笑着跳着对他招手。他走到了那枝明亮的桃花下,还没有来得及开口说话,就见小调从自己口袋里小心翼翼掏出一款旧手机来,是一款老旧的诺基亚 3100 手机。男孩把手机递给他说,叔叔你能帮我给我爸爸打个电话吗?这是他以前用过的手机,他去了澳大利亚了,这手机留在家里被我找出来了。我昨天晚上偷偷充上了电,这手机是我爸爸的,那我用它打电话,我爸爸就一定能接到电话,是不是啊?

宋书青接过手机摸索着,翻来覆去地看着,却并不打电话,他对男孩说,澳大利亚太远了,他接不到我们的电话的,因为实在是太远了。等你长大了,你就可以去澳大利亚看你爸爸了。

男孩失望地看着他手里的手机,不能打?你试过了吗?要不你再试试?你是说让我去做个水手吗?是不是做了水手坐着大轮船就可以去澳大利亚了?叔叔你说是不是坐上轮船就可以去澳大利亚了?

男孩把手机要了回去,仍旧小心翼翼地装进口袋里。然后,手里握着那把塑料宝剑在树下挥舞了起来,好像对面正有个隐形人在和他对打。

宋书青看着眼前的男孩忽然再次感觉是与四十年前的自己重逢了,那时候他也是这样,终日一个人游荡在这片桃园里,至于父亲,他连父亲的照片都没有见过。父亲对他来说只是一种麻木迟钝的模糊痛苦,这么多年里他对这种痛苦进行了蒸馏提纯,最后只肯给自己留下一点人造的回忆。这点回忆是他看到别的父亲做过的,他便强加到自己的身上。比如父亲一定给他削过木头手枪,一定曾把他扛在肩头。因为每个父亲都会这么做,他的父亲只是这个称呼皮肤下的一个单体细胞。

他看着眼前的男孩,或者说看着四十年前的自己,忽然就有一种奇异的冲动,他想挑衅男孩,想把男孩身上那层薄薄的皮揭开,想一直看到里面去,似乎一直看到里面去,他才能与那个真正的自己重逢。他说,你还记得你爸爸长什么样吗?

记得。

你爸爸对你好吗?

好。他给我买好吃的,给我买了这把宝剑。

你是不是只有这一件玩具?

等我爸爸从澳大利亚回来的时候,就会给我买很多很多的玩具。

他答应过你吗?

我每次梦见他的时候,他都是这样对我说的。

要是你爸爸再也不会回来了呢?

他默默收起宝剑,背对着宋书青走到桃树下抱住了那棵桃树。宋书青忽然发现他其实是在那里流泪,一种很安静的哭泣,没有动作或声音。安静,无奈,精疲力竭。这样的哭泣出现在这样一个小小的人身上,看起来竟有些可怕。

宋书青一边旁观着小男孩,一边窥视着四十年前的自己,越来越近了,近到了逼真的地步,真的就是他自己。小男孩有多痛,他就有多痛。小男孩不过是个演员,在替他饰演这场很多年前的舞台剧,寂静的观众席上只坐着他一个人。这种带着血腥味的窥视忽然就让他感到了一阵剧痛,他几乎站立不稳,也伸手扶住了身边一棵桃树。桃花汹涌地落了一地,像是要把这一大一小两个人都掩埋进这个春天的黄昏。他想,春天的黄昏,其实多么适合埋葬人们的悲伤。所有的桃花变成了一场一望无际的大雪,直到把这里的人们掩埋得不留一丝痕迹。

宋书青带着男孩去饭馆里吃了一碗饸饹面,又给他买了几个黑糖烧饼,让他带回去给妈妈吃。然后把男孩送到了麻叶寺巷的家门口,男孩一手提着宝剑,一手紧紧抱着烧饼,用那双奇大的眼睛看了他两眼,忽然说了一句,叔叔,等我长大了也给你买好吃的。然后像个骑士一样转身向屋里冲去,一边跑一边兴奋地尖叫着,妈妈,妈妈,你快看我拿回来什么了。

宋书青回到家进了屋子没有开灯,床上躺着的宋之仪一动没动。一阵夜风吹过,窗前蜀葵和西番莲的影子透过玻璃印在了墙上,桌子上,被子上。它们像南国雨水充沛的妖魅植物一样,葱郁地,阴森森地覆盖着她的脸,她的手,还有她木匣子一样日益空洞腐朽的身体。然而,她还是一路携带着自身的重量,以一个加速度向着那个更深不见底的地方坠去,坠去。他习惯性地把手伸进她的被子里摸一摸是不是湿的,她忽然开口,因为这几天舌头已经开始变僵硬,声音听起来多少有些陌生,没有尿湿,我不喝水就尿得少。

为了不尿床就不喝水?他赌气一般拿起她喝水用的奶瓶,她最近已经开始用奶瓶喝水了,因为她用杯子的时候总是把水洒满胸脯,他便给她换了婴儿用的奶瓶。他坐在床头扶起她的上半身,抱在自己怀里,用奶瓶喂她喝水。肥大葳蕤的植物倒映在他们的脸上、身上一幕幕上演。像是四季都正在他们身上出生、交错、凋零、更替。像是桃花与白雪,垂柳与落叶,霞光与夕阳同时都盛开在他们的身上。她很听话地偎依在他的怀里吸着奶瓶,看起来像个刚刚出世的老婴儿。

他知道,过不了多久,她的吞咽功能也将出现问题,她将连奶瓶都不会用了,只能靠注射器打入她的喉咙里。

一奶瓶水喝完了,他还是不忍放下她,就那么紧紧地把她像个婴儿一样抱在怀里。他摸索着她稀薄的头发,摸索着她脸上和手上的皱纹,他说,你不要怕,尿到床上也不要怕,你想喝多少水就喝多少水,尿了床也不怕,我给你洗床单就是。有什么好怕的……只是,你不要离开我就好,我把你当小孩子养着,只是,妈妈,求你千万不要离开我。

她一句话都没有说,也不看他,那张被他抱在怀里的脸湿漉漉的。他就这么坐着抱了她许久许久,以至于让他觉得好像一千年都要这么过去了。他轻轻把她放下,让她睡吧,她却挣扎着,像条被砍去了手和脚的怪鱼一样蠕动着,挣扎着,不要走,不要走。他说,妈你不瞌睡吗?她拼命用目光挽留他,舌头打着卷,我要说话,和我说说话……我怕哪天,我就连话都不会说了……今晚和我好好说说话吧。

仍旧没有开灯,他坐着,她躺着,月光、晚风,还有植物的呼吸游弋在他们周围。又在黑暗中静默了一会,他先开口了,妈,给我讲讲我爸爸吧,为什么很少听你说起他,以至于让我从小就觉得自己没有父亲。

黑暗在他们中间筑起了一道温钝的隔离带,使他们彼此都有了些许安全的感觉。她面目模糊地躺在那里,看上去如一条失去了年龄与性别的河流,而他孤独萧索地等在河边。她开口了,我一直都想告诉你什么叫盘底盛宴,就是你的盘子里就剩下那么一点吃的的时候,无论那剩在盘子里的是什么,都将是你的盛宴,不管剩下的是一颗土豆一片菜叶一块面包甚至是面包屑。如果你不想饿死,那剩下的那点东西都是你的盛宴。你只能去舔那盘子。你仔细想过这个可怕的动作吗?舔。人活到一定程度的时候会觉得生活看上去骨骼林立,上面没有任何多余的东西。这时候无论别人随便给你点什么,你都会感激不尽地接住。

……

我们被下放到交城县的第二年你父亲就去世了,那是1968年……是的,那时候你还没有出生。他死后,他曾经喜欢的东西,很多年我都不愿去碰,因为我怕伤到我。当年你父亲死后,我还是整日被批斗,每天在扫大街,就这样过了好几年。那时不知道还会平反,我已经一眼看到我的后半生会怎么过了,没有工作没有丈夫没有家庭,还是牛鬼蛇神,就是以后想随便找个人再建立个家庭,也会被人嫌弃,最多也只能找个引车卖浆之流或是残疾人,人家还嫌你成分不好,嫌你结过婚。那真的是盘子已经看到底的感觉,空荡荡的。我必须想清楚,我后半生最需要的那一点东西是什么,到那个时候,什么文学什么诗歌都已经没有一点用了。我甚至顾不上去太多地悲伤,因为悲伤也很奢侈,你根本悲伤不起。我只能去想那一点点最后的东西是什么。

那是什么?

一个真实的孩子,一个亲人,不是幻想中的,不是在大脑里行走的孩子。我需要一个真实的孩子,只要有一个孩子,那我的后半生就不那么害怕了。有一个孩子我就有了家,就有了亲人。有了一个孩子,无论我以后多么丑陋多么贫穷多么活得不像一个人,不论我被整个时代怎么折磨,他都不会离开我。那时我每天在扫大街扫厕所,就慢慢认识了一个靠拾荒为生的男人,我从来没有问过他的名字。他是个善良的人,大概觉得我可怜,就不时关照我一下,白天给我一口水喝,晚上还偷偷给我送过两次吃的。晚上我一个人躺在光木板床上的时候就翻来覆去地想,只能是他了,就他了,因为只能是他了。他毕竟是个男人,只要是男人就可以。我只是需要一个孩子,而不管父亲是谁。

……

这两天我预感到我可能很快连话都不会说了,所以我必须告诉你这些秘密。很多人活在这世上都将成为秘密,可我不想让你这样。那时我为了说服自己,拼着命地去想他那一点好,一点对我的关照,想他还给我送来一点吃的东西。我把那一点细节无限无限地放大,翻来覆去地在心里背诵他那点好,背诵得滚瓜烂熟,背诵得让自己都开始恶心。就这样那点细节比他本人都要更真实更具体,都更像一个活着的人了,以至于我能够拼尽全力地去忘记他那口从没有刷过的黄牙,黄牙间的口水,忘记他粗鲁的举止,忘记他从不洗澡积攒下来的体味,那种体味我一辈子都忘不了,过了这么多年了,那种体味好像还牢牢长在我的身上,像一层皮肤……后来我真的怀孕了。无论他们怎么折磨我,最后我终于是把一个孩子生下来了,就在那光板床上,自己一个人。对,那个孩子就是你。这就是盘底盛宴。你该知道盘底盛宴的感觉了吧。光光的一览无余的盘子,代表着破碎,赤贫,灰烬,一无所有。盛宴却是华丽的,光影斑斓,流光溢彩的,堆积着婉转的色彩与无尽的想象,甚至是富丽堂皇的。然后生生地把这两个词绑在了一起,让它们成为一体,在虚无中享受盛宴。而那舔着盘底的人,你知道吗?看起来会不像一个人,更像一种可怕的兽,你会为了盘底的那一点东西,或是一点吃的,或是一点依赖,或是一个人,而去乞求、去下跪、去哭泣、去挽留、去头破血流地一次次往上撞。直至长成一个人状的怪物,或一个怪物一样的人。

  ……

  我这么多年里从来不敢去要求你什么,就是因为觉得我对不起你,因为你是被我硬生生地拽进来的。所以你后来不愿去上学,我就不让你上,你从小不愿和外人接触,我就让你一个人待在家里,你长大了害怕找工作,我就养着你。好在我还有一份工资,够我们两个人生活,你喜欢一个人安静地看书就可以一直看下去。可是……

  不要再说了。

  可是,我终究是要死的,我死了你怎么办。

  不要再说了,妈求你不要再说了。

我这样瘫在床上几年了还不忍心去死,我还要拼命活着,你以为我就真那么喜欢这人世间吗?我早已厌倦不堪。那你知道是为什么?因为我一死,我那份退休工资就停了,你没有收入怎么办啊?你一个人可怎么活啊。

你要再说我就把你放到院子里去。

你放吧,你把我扔到街上都可以,我知道让你伺候一个瘫子好几年早就烦了累了。我其实真没有那么想活,人世间是什么,四十年前我就再清楚不过了。可是,小书,我死了你怎么办啊,你都没有工作过一天,你连一技之长都没有,你都不知道什么是社会。所以我一直不忍心死去,我是真的不忍心。

你再说一句我就走,我睡到街上去,你一个人睡。

小书,你一定要听我的,你要记住我今晚的话。如果我死了,千万不要办丧事,不要通知任何人,你就悄悄把我埋在谁都不知道的地方,或者把我烧掉,但不能让任何人知道,你要瞒过所有的人。这样你就可以继续领我的退休工资,因为那工资每次都是你替我去领的,他们都认识你,而且领教师工资也不用我自己的手印……你就这么领着,领一天算一天,你就能活下去,你再领十年的工资,就当我又活了十年,那时候我都八十多岁了,不知道一个人老到八十多岁是什么样子,会不会看起来老得吓人?只要你还领着我的工资就当妈妈还一直活着,陪着你……只是,千万不能让任何人知道我死了,一定要让他们以为我还活着。

不许你再说话,求求你不要再说了。求求你了。

我用了这么多年才想明白一个道理,对人最高的怜悯其实就是对肉的怜悯,你不知道被剥夺了任何想法的人是多么的可怜,就是一堆和动物没有任何区别的肉。你让他做什么他就会做什么,你想让他骂自己他就骂自己,你想让他死他就会去死。所以真正的怜悯是对世间这些行走的肉的怜悯,而不是对人的怜悯。我一直不愿告诉你,你真正的父亲就是那个看桃园的老人。平反后我去教书了,他去守了桃园。这么多年里就在一个县城里,我总是避着他,生怕碰到他,就是碰到了我们也像不认识一样,从没有说过一句话。他知道我厌恶他,便也从不靠近我,我甚至至今都不知道他的名字。可是,就是这样,我还是能比别人更多地感觉到他的存在。后来他和那瘸子一起死在桃园里的时候,我是最早知道的。因为有段时间一直没见到他的背影,我就感觉可能他出什么事了。我这么多年里第一次进桃园找他,就看到,他和瘸子死在一起,已经开始腐烂,身上爬满了苍蝇。可是这样腐烂的肉身与当年你父亲跳楼摔成一堆血肉比,又算得了什么,没有比一个人硬生生把自己摔碎更可怕的了。我不知道他们是怎么死的,我猜测也许是自杀,因为他们死的时候躺在一起,姿势并不痛苦,身边没有一滴血,衣服整整齐齐。可是就是知道了他为什么死又怎样,他没有一个亲人,谁会在乎他。我想了很久,没有告诉任何人,最后就悄悄把他和瘸子埋在了桃园里,给他们筑了两座坟。每年的清明节我都在他坟前给他点一支烟,倒三杯酒,也算我们在这人世间认识过一场。

……

你小的时候我从不阻止你去桃园里玩,是因为我想,他虽然不认识你,但是就是能多看你几眼也好。

宋书青转过身跌跌撞撞地疾步往屋外走,屋里没有开灯,黑黢黢地错落着一团一团坚固的阴影,他走到门口的时候,忽然整个人都重重撞在了门上,他痛苦地呻吟了一声,弯下腰抱住了自己的膝盖。床上的人也不再说话,屋里忽然之间静得恐怖,就这么安静了几分钟之后,他忽然回过头踉跄着向那张裹在暗影中的木床冲过去,他一头扎在床上,把脸紧紧贴在老妇人的身上,无声地哗哗地流着泪。他抓住老妇人的一只干枯的手,放在自己脸上,一遍一遍地摸索着自己那张湿漉漉的脸。那张脸因为无声的哭泣而变得狰狞、变形。

四

已到四月,杨花飞雪。整个小城的人们都慵懒地倚在飞絮蒙蒙的窗前看满城飞雪。

他走进桃园的时候又看到,那个叫小调的男孩子正在树下挥舞他那把宝剑。桃花谢尽,整个桃园从那幢巍峨的宫殿里褪了出来,剥落出一树树碧绿。小调站在树下,脸色仍是黄的,换了件不合身的旧衣服,空荡荡的晃荡在身上,袖口挽了两圈还是嫌长。

他手里拎着一件事先买好的塑料汽车玩具,还有一盒饼干向男孩走去。男孩远远看见他,便在树下高兴地又跳又叫,拍打着自己的屁股,嘴里"驾驾",把自己当成一匹马,赶着自己往前跑。等宋书青走到他跟前了,他先是偷偷朝宋书青手上看了一眼,然后又假装什么都没看到,只是脸上忽然就明亮了起来,像在脑袋里面点了一支蜡烛。他举起那只握着的拳头给他看,手掌心里卧着一只指甲盖大小的青桃,毛茸茸的,顶着一朵谢去的桃花,他说,叔叔,地上捡的小桃子,能不能吃啊。我妈妈说要等到秋天,秋天什么时候才能到啊。我还是喜欢冬天,会下雪,我小的时候我爸爸还带我去滑冰。

宋书青把玩具和饼干都递给他,说,你现在就已经不是小时候了?别老玩你那宝剑了,来玩这汽车。男孩怯怯地看了看他手里的东西,犹豫了一下还是接住了。他一边兴奋地拆汽车的盒子,一边低声辩解道,宝剑是我爸爸给我买的,很贵的,是一把好宝剑。男孩一只手抱着饼干,一只手玩着汽车,又趴在地上,把地上捡起来的青桃和蘑菇都装在汽车的车斗里,装了满满一车。然后一边推着汽车走,一边咯咯笑着。

宋书青站在那里,静静地看着地上的男孩。忽然,他清晰地听到他的唇齿之间跳出来一句话,好像没有经过和他商量就径直蹦出来,竟把他自己吓了一跳。他听到自己说,你想你爸爸吗?趴在地上的男孩不吭声,继续玩汽车。他忽然想狠狠抽自己一个耳光,然而一种更可怕更强壮的力量从他身体里走出来,看都不看他,就兀自对着那地上的小男孩说了一句,你爸爸什么时候就回来了?他跟跄了一下,几乎站立不稳,好像真的被谁狠狠推了一把。地上的男孩还是不说话,也不肯抬头看他,只是机械地玩着那辆塑料汽车。

夕阳从树枝间落下,被割开,又捶打在他身上、脸上。他站在那里有些眩晕的感觉,恍惚之间觉得地上的男孩其实就是四十年前的自己,而看着自己的其实是另一个陌生人,陌生到了残忍的地步。他盯着地上那个曾经的自己,那个像虫子一样弱小,无法抵挡任何杀戮与伤害的自己,忽然有了一种迷恋的感觉,迷恋伤害,迷恋他身上所有的灾难故事,迷恋他身上那些最痛的缝隙。似乎只有更多的灾难才能治疗他的灾难,更多的疼痛才能喂饱他的疼痛。他听见自己忽然又对四十年前的自己说,你爸爸到底去了哪?他到底什么时候才能回来?他真的能回来吗?

男孩的眼泪终于流了下来,他心里被这眼泪狠狠割了一刀,但这疼痛又让他愈发贪婪,他失去控制地盯着男孩脸上的每一寸表情。男孩无声地流着泪,忽然抬起头对他说,我爸爸在澳大利亚,他回来的时候会给我买很多玩具,还会买很多好吃的。他快要回来了,我已经给他打过电话了,他在电话里告诉我的,他很快就要回来看我了。

刹那,他的泪也几乎要下来了,嘴里说的话却已经完全不受自己控制了,完全是那个陌生人在代替他说。他说,能告诉我你怎么给他打电话的吗?

男孩抹了一把眼泪,低声说,我爸爸的手机就留在家里,我一打他的号码,他的手机就响了,爸爸就能在电话里和我说话。

终于,他的泪也"哗"的下来了。他满足地站在那里,昂起头,心里剧痛着,不让男孩看到他的泪水。

男孩又高声对他说,我爸爸还说了,他要是回不来,我就去澳大利亚找他。告诉你一个秘密吧,我有一只储钱罐,里面已经攒了一百个金币了,我已经有一百块钱了。等我攒够了金币,我就坐轮船去澳大利亚找我爸爸去。你不信吗?下次我把我的储钱罐拿出来给你看,是一只小猪储钱罐。

他很想很想一步跨过去,紧紧抱住男孩,抱住四十年前的自己,在这桃树下,在这夕阳里痛哭一场。然而他只是抹去眼泪,轻声对男孩说,快吃点饼干吧,你还喜欢吃什么? 都告诉叔叔。

天黑透的时候,他把男孩送到了麻叶寺巷的家门口。男孩抱着玩具汽车往里冲,妈妈,妈妈,快看我的新玩具。叔叔送给我的,还能装小桃子,还能装蚂蚱。

屋檐下坐着一个女人的身影正在洗衣服,她听见声音抬起头来,他们在黑暗中对视了一眼。他看不清她的脸,只能看到她一层薄薄的剪影。女人看了他一眼,然后继续洗手里的衣服。

回到家里,第一件事就是给母亲换床单,换裤子,她毫不意外地又尿到床上了。他把她日益滞重的身体搬开,铺好床单,又打来一盆热水给她擦洗身体。她由他摆布着,一动不动,她的全身上下只有眼珠还能动,她便使劲地向他眨着眼睛。自从她不能说话了以后,她就依赖这双浑浊的眼睛和他说话。他问,饿了吗?喂你点稀饭吧。刚买菜时给你买了些香蕉,可以帮助通便的,吃了饭再喂你。

宋之仪失去说话的功能是在那个长谈之夜后的第二天,她再张开嘴的时候,发现嘴里一片阒寂。昨晚说过的所有话已经如落叶坠入大地永安之心,草木成灰,万物凋零。所有关于父亲的秘密在这里戛然而止,所有关于她自己的秘密也永远被关进了一扇紧闭的窗后。琴弦在月下崩断,她嗓子里已经发不出任何声音了。晚期帕金森的病症之一。接下来,她还要渐渐失去咀嚼和吞咽功能,接下来失去排泄功能。唯一维持身体机能的办法就是输营养液,再把排泄物从身体里抠出来。

到黎明,她听见万物断裂的声音。包括碎成几段的河流。纷纷流浪在大地上。

他把她的头放在自己腿上,像婴儿一样给她戴上围嘴,然后用勺子把小米稀饭一勺一勺送进她嘴里,她的喉结在缓缓蠕动。她的整个身体忽然在他眼中开始变得透明,他都能清楚地看到她的血液,她的骨骼和她那些正逐渐走向衰竭的脏器,他能看到金色的小米稀饭正像一群游鱼一样在她身体里缓缓游动,正往那深的,更深的地方游弋而去。他恍惚看到自己也像条鱼一样正在母亲的身体里游动,从立春到秋分,从水湄到山涧,从更漏将阑到满川烟草,他住在她的湖泊里、血液里、每一块骨头里,每一根神经里,每一寸光阴里。他忽然发现,他真是不想离开她这残缺破败锈迹斑斑的身体啊,他真想永远寄宿于其中,她生他便也葳蕤,她死他便也凋谢。活在这世上,犹如月痕,譬如朝露。

那碗稀饭,她吃了很久很久,屋子里只有勺子碰到瓷碗的叮当声和坠入喉咙的咕咚声,空气里四处蛰伏着她卧床太久之后发酵成的酽熟与腐败的气味。她极温顺极听话地枕在他的腿上,仿佛是他新生的小女儿。

云归后,月在庭花旧栏角。他觉得一生一世就这样过去其实也挺好。

再次走进桃园的时候,小调果然又站在那里。他断定他一定是在那里等他。他远远看着那男孩孤零零地坐在一棵巨大桃树的枝杈上望着远处,看起来像一个正在大海上航行的水手。男孩一看到他,就从树上跳了下来。先悄悄地看了看他两只手里拿着什么,一看宋书青手里不是空的,他便分外高兴,却又忙藏起这高兴不敢去问他拿的是什么。宋书青见他手里还是拿着那把宝剑,就问,上次送你的汽车呢?男孩说,放家里了,舍不得拿出来。

宋书青把买来的蛋糕递给他,男孩看见蛋糕,连忙搓着两只手,兴奋得不知道该如何是好。最后挑了一块大的,边吃边讨好地抬眼看着宋书青说,叔叔,我妈妈说要我谢谢你。宋书青看见他嘴里的一口乳牙基本已经换完了,只有一个豁口还没有长出来,就问他,你掉的那些牙都哪去了?男孩说,都去了它们该去的地方。他问,哪里是它们该去的地方?男孩说,上面的牙齿就扔到门后面,下面的牙齿就扔到房顶上,我妈妈说这样才能长出新的牙齿。他说,你怎么不去上学?你不想上学吗?男孩只是默默啃着蛋糕,眼神黯淡下来,不再说话。

他又从包里掏出两本画报,递给男孩说,你最喜欢看的是什么?男孩立刻又高兴了,指着天上说,我最喜欢看奥特曼,奥特曼住在外星球上,有时候会来到地球上打怪物,奥特曼很高很高很高,有几层楼那么高呢,几下就把怪物打死了。他翻开一本画报,说,那都是假的。我教你看书吧,这是一本海底世界。你看这是各种各样的鱼,这是鲨鱼,这是鳗鱼,这是鲶鱼,这是巨口鱼,这是灯笼鱼。

男孩连忙说,灯笼鱼会自己打着灯笼吗?他说,灯笼鱼的头顶上就长着一只灯笼,可以给它照亮海底的路。男孩咯咯笑起来。他又说,这是各种贝壳,有白玉贝、鹦鹉螺、星螺、雪山螺、黄金螺、砗磲贝。最大的砗磲贝能把一个人装进去,它们还会自己在海底走路呢。这是海底的珊瑚,漂亮吧,五光十色。

男孩连忙跳起来说,珊瑚我知道,澳大利亚的大堡礁就有很多珊瑚,我妈妈说珊瑚是珊瑚虫盖起来的房子。等我到了澳大利亚我就能看到珊瑚了。

又是他的澳大利亚。他有些厌烦有些疲倦地合上了画报,看看天色,说他得走了。男孩用乞求的目光看着他,叔叔你能和我玩个游戏吗?就一个,一个就好。他叹了口气,说,好吧,你想玩什么?男孩眼睛倏地又亮了,那我们玩捉迷藏吧,我藏起来你找我。你快把眼睛闭上,从一数到十才能睁开。

他闭上了眼睛,听着周围的动静,他能听到风过树叶的沙沙声和虫子的弹琴声,还能隐隐听到男孩渐渐走远的声音。他竟一时不想睁开眼睛,只想彻底融化在这黄昏里。等他再睁开眼睛时,忽然发现天光已经暗下去一截了,整座桃园影影绰绰,看起来有些阴森的感觉。不见了男孩的踪影,他在桃林里穿行,四处寻找男孩的影子。走着走着,他忽然有一种奇怪的感觉,似乎他正走在一条隐秘的时光隧洞里,他每走一步,便感觉离自己的童年更近了一步,而他自己也缩小了一点,他整个人正向着一个他最害怕的角落里坠去。他从不愿去回忆自己的童年,以至于到后来他就以为自己已经没有了童年。此刻那童年就匍匐在桃园深处的阴影里窥视着他,最后一缕天光从树枝间落在地上,明暝分际,他忽然明白,他要找的男孩正是那个童年里的自己。那个四处被人嫌弃被人欺负的孤独的小男孩,没有任何人愿意和他玩游戏。只有一次捉迷藏的经历,他被别的孩子锁进了一只破立柜里,他在那立柜里喊了很久很久才有人听到把他放出来。

他深一脚浅一脚地寻找着那个男孩,更像是寻找着那个多年前的自己,心里越来越恐惧。他叫了一声,小调。没有回应,只有沙沙的树叶声诡异地低吟。他又叫,还是没有人影。他又往深处走去,忽然就看到眼前有三座静静的坟墓正与他对视着。

所有的记忆在一个瞬间复活。父亲,肮脏的老人。他怔怔地与它们对视了一会,然后转身就往外跑,一直跑出了桃园。他要马上离开这里,不再管那个小男孩。走到半路上的时候,他的泪忽然就下来了。他转身又返回桃园,这时候半轮月亮已经升起了,桃园里铺了一层疏淡的月光。他刚走到桃园的入口,就看到一个小小的身影正一动不动地站在那里。男孩正无声无息地看着他。

第二天男孩没有去桃园,第三天也没去。宋书青便买了一些吃的,又按男孩的身高买了一身新衣服,黄昏时分来到了麻叶寺巷的男孩家门口。男孩正和一个女人坐在屋檐下吃晚饭,看见他进来,男孩有气无力地叫了一声,叔叔。女人连忙让他坐下,快喝碗稀饭。他第一次看见这女人的脸,淡眉疏目,脸色苍白,倒很清秀的样子。女人似乎想说点什么,但也没有开口,只是很感激无措地站在那里。他不敢再看女人,只忐忑不安地看着男孩,说,小调,我给你买了吃的来,还有一身新衣服,也不知合不合身,怎么这几天不见你去桃园里玩。女人说,他这两天在发烧,不知怎么感冒了。见男孩蔫蔫的,并不想和他多说话,他便转身离去。女人一直把他送到门口。一直到他快走出巷子了,回头一看,女人还站在门口。

门口的虫鸣高高低低。我曾经与多少人遇见过。在没有伴侣的人世里。

宋之仪病情恶化,宋书青一连多日没有出门了。

第三日。宋之仪不再进食的第三日。他把蔬菜、肉、水果打成灰色的汁液,用注射器注入她嘴里,然而她已经连最后的吞咽功能都退化了,消失了。灰色的汁液又从她的嘴角溢出,看上去像是可怖的毒药。他又打进去,她又吐出来。他再打,她再吐。他恐惧地大声抽泣着,她怎么能这样。她不能这样对他。她怎么可以把赤裸裸的死亡一步之遥地摆在他的面前吓他。她怎么就不知道他会害怕。他使劲掰开她的嘴巴,一边抽泣一边蛮横地把那灰色的汁液往里灌,她喉咙里发出了可怕的咕咚声,然后她再次吐了出来。他抱住她号啕大哭,他使劲摇晃她的身体乞求她哀求她,求求你,求求你了。她却只是无声无息地躺着,如安静地上班下班,安静地做饭洗碗,安静地性爱和欲望,安静地生和死。

他不去看她身体上唯一活着的眼睛,兀自把她被子拿开,她的下半身无耻地向他裸露出来。他看着她两腿间那个丑陋的地方,忽然便再次泪下,他想其实他可以从这里再回到老母亲的子宫里,最初的胎,最后的冢,空骨埋尸的乱葬岗。他费力地把她翻过身去。她那个溃烂苍白的臀部此刻就正对着他。生命栖息于生命,如鸟栖息于树木,早晨栖息于黄昏,骨头长出骨头,血液造出血液。这世间本身就自带疯狂与轮回,究竟有多少的不忍心。父亲的骨灰有一天进入女儿的身体,是不是就会孕育出一个新的父亲。此刻他手里握着一把细长的勺子。人是一种必须排泄的丑陋动物,人生来就有必须肮脏的一面。他不能让那些干硬恶臭的宿便变成利器戳穿她的内脏。

可是她的整个身体里好像都已经被清空了,什么都没有,甚至连那些内脏好像都被她自行消化了,吞食了。空空荡荡的。

第十日。宋之仪不再进食的第十日。他早已放弃给她喉咙注入毒药般的肉汁,她停止进食,也停止排泄,她像一株植物一样静静地长在泥土里,承受着日月与流年,春光与秋风。她不再有腐败之气,看起来枯瘦而洁净,通体散发着植物的清香。一只透明的塑料管子插在她手上,营养液一滴一滴地流进她的血液。他日夜坐在床边陪着她,他也陪着她不吃,不喝,不睡,陪着她活成人世间的一棵植物。草木有大命,枯而又荣,荣而又枯。一只鸟,不厌其烦地纠缠它喜爱的那棵树。液体一滴一滴地落进血液,是时间的脚步,是更漏将阑的声音。一滴,一滴,渐渐走进黄昏深处。他紧紧握住她的另一只手,把它藏在怀里,把它种植于自己的血肉之中。他把脸贴在她的胸前。那个夏天,还有那个冬天的事,你忘了也挺好,就是记得,也无妨。就像任何一个冬天和任何一个春天一样,其实都不过是你栖身的土壤。

第十五日。宋之仪不再进食的第十五日。她周身变得透明,连皮肤下面紫色的血管都看得纤毫毕现,纵横蜿蜒的血管如植物的纹理。她变得出奇的轻,出奇的小,似乎只要一个指头就可以轻轻把她碾碎。她的骨骼,她的五脏全部被她自己吞噬掉了,像人类一万种重复的罪孽,上演着万物刍狗的古老神话。他已经不吃不喝不睡多日,他已经失去人形,就这么躺在她身边,紧紧抱着她,他贪婪地呼吸着她身上那种属于母亲的气味。他想变小,想回到她体内,他想死在她的前面,就可以不用看到她的死。

如果我也死去,我们就会靠近一些,而我知道自己不会死,我也知道自己将亲眼观看着你的死亡。能不能离我再近一点,再近一点,就像我小时候发烧时那样抱着我,寸步不离我。小时候我很乖很安静,就坐在小板凳上安静地等你回来。

她不吃不喝不语不屙不笑,她植物一般种在那里,他以为她已经不再知道什么是悲伤,什么是喜悦,却忽然看到她的眼角流下大大一滴眼泪。那滴眼泪一直往下流往下流,一直流到了枕头上。他明白她在告诉他什么,其实他早就明白,于是便不去看她的眼睛,她身上那唯一活着的地方。他却不知道,她原来还是会流泪,她并不是没有了任何想法的肉。他坐了整整一个晚上,即将坐到天荒地老了,黎明前,他慢慢把几乎没有了重量的母亲轻轻抱在了怀里,像抱着自己初生的婴儿。他亲吻她的额头,她干枯的皮肤,她脱落的头发。然后,他伸出一只手静静地拔掉了那根正滴着液体的塑料管。

他一直就这么抱着她的尸体,一连抱了几天几夜。他一滴泪都没有流。他终于明白,这就叫拥有,因为她再不会离开,而他将不再感到失去。她终于死了。屋子回到了一种旷古的宁静,再没有人会打扰他的寂静与厮守。

五

这个深夜,麻叶寺巷里飘过一个失魂落魄的人影,步履踉跄地飘进了男孩小调家的院子。院门是开着的,有一间屋子里还亮着灯。

他无声无息地站在院子里,干枯地饥渴地精疲力竭地与那盏灯对视着,它看起来就像母亲临死前的最后一缕目光,他做出拥抱的姿势向那灯光走去,好像这样就可以抱住母亲。他推开门,空空荡荡地飘了进去,只见灯下呆坐着一个女人,见有人进来,并不惊慌,只是抬头看了一眼。他什么都没有想,什么都来不及想就向着那女人直直走了过去,他一把抱住了她。多日的不饮不食榨干了他的所有水分,他身上散发着枯木、深渊、尸体与败德的味道,然而他又浑身滚烫,几欲燃烧,似乎他此时燃烧的已不是水分,而是血液。血液燃烧产生的蛮力浇筑在他手上,他一把就扯掉了她的裤子。女人没有挣扎,光着下身躺在昏暗的灯光里,安静地看着他。他久久地看着女人两腿之间,女人躺着,一动不动。他忽然低下头去,把脸深深埋进了她的两腿间,似乎这样他就可以从那个部位再次回到母亲的子宫里。这样他就可以离母亲近些,更近些。他伏在她两腿间一遍一遍地叫着,妈,妈,妈,妈妈,妈妈。

如果我死去,我们就可以靠得更近些。可我没有死,我只是这样静静看着你生你死你病你老,就像站在杨柳依依的桥边看着船上远行的你。最后我看着你就像看着这人世间最纯真的婴儿。你死的那一刻我忽然无悲无痛,周身没有一点裂缝,我什么都不想做,我什么都做不了。我多么想一直把你拥抱入怀,据为己有,让你再没有机会离开我。让我可以一直随身携带着你,如携带着一块玲珑的宝石去周游这人世,去看那一夜的大雪和那一春的桃花。你是否能忘记我对你曾经的所有厌烦和热爱,能否忘记这人世间对你曾经的所有厌烦和热爱。

这么多天以来,他终于能够哭了,终于能够号啕大哭出来,他一直哭到后半夜才渐渐安静下来。在哭声结束的那一瞬间里,他忽然觉得自己刚刚被重生了一次,他像一个透明的婴儿一样重新来到了这个世界上。周围的一切看起来熟悉而遥远,空洞而陌生,像是很多个世纪之前曾经来拜访过的星球,恍惚留着些斑驳的记忆。他哭完之后就一直用那个姿势,蜷缩在她的两腿之间,好像他是她刚刚新生出来的婴儿,又好像他随时都准备离开这人世,返回他的故乡。女人整晚上一直都抱着他,轻轻拍打着他。小调在隔壁的房间里睡得很熟。

　　第二天早晨离去的时候他给女人留下一些钱,到晚上的时候又来了,仍是整晚上抱着那女人,离去时又留了钱。周而复始了多日之后,他忽然对女人说,以后我来养活你和小调吧,我每个月有四千块钱的收入,够养活你们。

　　他惧怕一个人待在家里,家里到处是宋之仪滞留下来的气息,甚至于她尸体上的霉菌都在屋子的每一个角落里繁衍生长开花结果。他一走进屋子便觉得宋之仪还躺在那张床上,还睡在那绿色小花的被子底下,还在那里等他喂饭喂水。等他真的带着荒诞的相信走过去了,他想象母亲的离去其实是他刚做的一个梦,现在是该梦醒的时候了。他甚至满怀信心地站在了这梦的边缘,等着纵身往深渊里一跳。揭开那被子一看,下面是空的,只有一个年深日久烙出来的人形凹槽静静地躺在那里,枕头上有母亲留下的几根灰白色的头发。他再次无法分清究竟哪个是梦境,他到底站在梦境里还是现实里,到底是梦中的他在看着他,还是他正阴森森地看着梦中的自己。立起来的三维空间如高墙一般把他困在最里面,上面、下面、左面、右面、侧面、正面,全是宋之仪破碎的零散的器官和影子。他趴在床上静静流了一会泪,然后,他小心翼翼地把那几根灰白色的头发收了起来。

　　他不肯回家,生怕碰见邻居,便白天去桃园里徘徊,趁天黑下来便去麻叶寺巷的小调家里。然而这天一出门便碰到了对面的段老太,段老太正把手袖在围裙下站在自家门口,一见他出来了便笑眯眯地看着他说,怎么好久不见你推着宋老师出来溜达了,宋老师的病怎么样了?我还想着这两天买点好吃好喝的去你家看看她呢,结果敲门没人应,整天连你个面儿也逮不住,今天总算逮住你了。

宋书青浑身一哆嗦,在阳光下忽然有窒息了几秒钟的感觉,好像他正沉在水底看着岸上的段老太。然后他听见自己冷静得有些异样的声音,摸上去像玻璃一样光滑寒脆,我妈她这几天回我乡下的小姨家住去了,住一段时间或许对身体好,乡下空气好,我小姨家吃的蔬菜都是自己种的,一点化肥都没有下。我妈已经有好转了,都能自己拿勺子了,就是手还抖。

他感到当他特意加上最后一句话的时候,就像有一条蛇从他嘴里游过,倏忽的,冰凉的,血腥的,然后游到他身体深处狠狠咬了他一口。他几乎呻吟出来,却只是痛苦地闭上了嘴。

段老太从围裙下抽出一只手,搭起一个凉棚,饶有兴趣地看着他,哦?已经能拿勺子了?宋老师真是命大,都不用人喂饭了,还能自己拿勺子吃饭了。说不来过两天就能下地走路了,我可等着她来我家串门了,自打她都不能走路串门了,我这心里呀,就觉得空落落的。

他勉强竖起一个直直的背影消失在了段老太的视野里。然后,背影轰然塌下来,他拖着残破的影子木然地向桃园走去。前面的桃园像一个大梦一样正安静地诡异地等着他,他只想躲进去,简直都有些急不可待了。一走进桃园他就看到,那棵大桃树下正站着一个小小的身影在挥舞宝剑。他阴着脸走了过去,小调看见他过来便停住了,可是也并不怎么敢看他。他怒气冲冲地对男孩说,你怎么又逃课了?好不容易把你送回学校上学,你怎么老是逃课。你看看一年级的小孩们哪个年龄不比你小,你比人家大就更应该好好学习。

男孩不说话,只是低下头去仔细摸着宝剑被磨坏的毛边。男孩的态度更是激怒了他,他一把夺过他手里的宝剑,没听到我和你说话吗?你现在不好好学习，长大了怎么办？让你妈一直养着你吗？等你到了我这年龄了还让你妈养着你吗？

话刚说完，他感觉像有兵器斫到了自己的骨头上一样，很钝的痛，他痛苦地弯下腰去。男孩跳起来夺过了自己的宝剑，大声对他说，不要你管。我不喜欢你老去我家，你又不是我爸爸，我爸爸在澳大利亚。我给我爸爸打过电话，他就要从澳大利亚回来了。

他的眼泪几乎下来了，却伸手一把又把男孩的宝剑夺过来，他做出要把宝剑扔出去的样子，说，你去不去上学？你为什么不好好上学？我小的时候是想上学都没学可上，学校不要我，我没有进过一天学校，我连什么是学校都不知道。可你现在有学上了，为什么不去上？你说，为什么不去？

男孩跳起来要够着那把剑，他嘴里不停地叫着，要你管我要你管我，你是谁要你管我，你又不是我爸爸你还住在我家里。谁要你管我，谁要你管我。

他一把把那把剑掷了出去，宝剑掉到了密林深处。男孩突然不说话了，只是阴森森地无声无息地看着他，他看起来正在变成一团发酵的固体，散发出一种能腐蚀人的气息。宋书青一阵后悔，想开口对男孩解释点什么，张开嘴却又说不出一个字，只觉得内里在被一把大火焚烧，五脏六腑都已瞬间成灰。

男孩跑进了密林深处寻找他的宝剑。他看着男孩的背影，忽然觉得眼前的景象是在他自己身体上打开的一扇窗户，站在这窗前，可以看到神谕般的晨光正渗进这幽暗的斗室。窗外是许多年前的风景，到处是大字报，背着炒黄豆踩着两脚血泡的学生们四处走动在搞大串联，学校的老师们在扫大街，八岁的小男孩宋书青则躲在桃园里最大的那棵桃树下。那棵桃树结满了青色的桃子,那些青绿色的圆形果实挤在树叶的后面,看起来像大大小小的乳房,以至于这桃树看起来充满了母性,像一个千秋万世哺育过无数子孙的庞然怪物。

如今窗外的桃树依旧,那棵最大的桃树因为苍老看起来更加虬媚,它似乎可以就这样永生永世地活下去,可以年年在白发苍苍的头颅上依旧开出艳丽的桃花,它已经有了妖的气质。树下的男孩抚摸着树的年轮,像在八岁之前就已经路过了湖泊、山川、春风、秋霜,最终埋葬自己的白骨。他忽然如此想成为男孩的父亲,因为他深知一个没有父亲的人的今生和来世。

就在黄昏降临的那一个瞬间里,他想不顾一切地冲过去,把那男孩拥抱入怀,把他四十年虚度的光阴如祭祀一样全部虔诚奉上,他希望他能接住这祭祀,能慢慢咀嚼慢慢吞咽,能慢慢流入他枝杈蔓延的青色血管。如果可能,他愿意变成他的父亲,他愿意替他提前走过人世间所有的婚礼和葬礼。而这不是因为他爱他,他爱的其实是这黄昏时分,人间所有徐徐开放的伤口。那些伤口饱满艳丽又安静诡异,如这桃园深处那几座小小的坟墓,正盛开在大地之上。

男孩在桃园深处捡到了自己的剑,但并没有向他走来,只是站在那里,像一个小小的剑客一般,执着自己的宝剑冷冷看着他。

开始有更多的邻居关心起宋之仪的病情。这天他刚走到自己家门口,就有房前的老张夫妇向他包抄过来,张老太的手里还提着一篮鸡蛋。老头老太唯一的儿子五年前死于车祸,如今就靠老头贩卖点核桃枣什么的来维持生计。他在看到那篮鸡蛋的瞬间,手猛地一抖,钥匙差点掉在地上。张老太仔细端详着宋书青的脸,说,书青啊,怎么出去这么久,你妈一个人在家里能行吗?我早就说要去你家看看你妈,这不终于抽出一点时间了,我就想着买点什么实惠呢,还是给她买点鸡蛋吧,咱们房前房后的,什么实惠买什么。快开门啊,让我们进去坐坐。宋书青紧紧捏着那把钥匙,听见自己的声音在发抖,我妈去了我小姨家,还住在乡下,没回来呢,我明天要回乡下去看她。

你妈怎么还住在乡下,走了有一个月了吧,老住在人家家里也不是个办法吧。

乡下空气好,对身体好。

赶紧接回来,你说你都不伺候她还有谁愿意伺候?指望别人那不更是假的。

等他开了门,老头老太又坚持一定要把鸡蛋给他送进去,他说不要不要,你们留着自己吃吧。张老太脸一沉,是看不起我们吗,鸡蛋是花不了几个钱,可也不要看不起我们哪,都是房前房后的。

他不再挣扎,任由他们进去放鸡蛋。院子里多日没有打扫过,看起来荒芜破败,没有人迹,只有那棵枣树看起来分外茂密繁盛,叶子上闪着一层异样的釉光,整棵树看起来繁茂到阴森的地步。老头老太放下鸡蛋四处张望,一边狐疑地抽着鼻子,捕捉着空气里滑过的蛛丝马迹。宋之仪曾住过的那间屋子拉着严严实实的窗帘,看不到里面,这使这间屋子本身就具备了一种奇怪的硬度,锋利地矗立在那里。张老太说,我就羡慕你妈当老师,退休了还有工资养老,多好啊。我们年轻时骗我们当工人好,工人阶级当家作主,结果到老了谁管我们?我们成了最不受待见的人。一边说着一边朝窗户里张望。宋书青忙说,我妈在乡下,真不在屋里。老太重复了一遍,你看看我又忘了,你妈她,回乡下了是吧?

终于送走了老头老太,那篮鸡蛋却留了下来放在枣树下。他有些惊恐地看着那篮鸡蛋，不知该如何处置它们，好像它们是老头老太扣留下来的一个人质。

六

他日夜躲到麻叶寺巷的女人家里，好让邻居们以为他去乡下接母亲去了。

夜阑人静，小城深处的核里，昏暗的灯光下有一男一女，女人坐着，男人跪着，男人在给女人洗脚。女人不安却并不挣扎，只是深深吸一口气，呆坐在向日葵花图案的床单上。男人一边为她洗脚一边说，直到我妈死了很多天之后我才慢慢清醒，我才慢慢明白过来，我再没有机会给她洗一次脚了，你知道我多想再给她洗一次脚。把她那双瘦骨伶仃的脚捧在手里的时候，就好像我正捧着她的一辈子。她的脚后跟上满是裂纹，她的一个大拇指因为受过伤变形了，特别肥大，看起来很丑陋。可是当你把那样一双脚捧在怀里的时候，你就会觉得她的根在你的手上，就好像她永远都不会离开你。让我给你洗洗脚吧，谢谢你。

他跪在这假想的母亲面前，虔诚地为她洗脚。他想用这无边的静谧的深夜去包扎她所有的伤口，让她看起来有一种誓死不休的美。他想起母亲临死前那些无法掩饰的丑陋，那不能人语的丑陋，那两腿之间的丑陋，那不再粉饰太平的丑陋，那终于要离开桃花与少年的丑陋，那魂魄即将告别肉体的丑陋。他想在这个深夜里一一为她补偿。

他为她刚买的新衣正挂在窗前，一袭红色的长裙在夜风中飘摇，如同一个柔媚无骨的女人正悬挂在今夜的月光下，她们合二为一，不知生死，也无须知生死。在今夜，活着与死去已经失去了界限。他买来的肉和点心正搁在盘子里,如同庙堂里隆重的祭祀,正袅袅冒着青烟。

母亲,今夜我在这里等你就如同你当年带着阴谋与恐惧静静等待我的到来。有时候我恍惚为什么那个必将到来的人是我,而不是别人。可是我和别人又真的有区别吗?如果你此刻从云端俯瞰下去,我和那些别人是不是都长着一模一样的面孔,是不是其实根本没有任何一点点区别。其实每个人都有可能做你的孩子,只是碰巧我们相遇了。

他和女人每晚抱在一起睡觉,就只是抱着,别的他从不想。女人试图主动过,因为花他的钱,觉得不安。他说,不行,能让我抱着你就好,能抱着,我就觉得离我母亲还很近。因为有时候我觉得小调就是那个小时候的我自己,看着他就像在看着我自己在长大。对了,明天一定让他去上学,不能再让他逃课了。

隔壁的房间里似乎传来几声低低的抽泣,他打了个寒战,是不是小调在哭?女人仔细听了听,哭声停了。她说,他晚上睡着了就不会醒的,小孩子都睡得死,可能是在做噩梦。

第二天早晨起来后,他到隔壁房间叫小调去上学,却发现隔壁的床上是空的,小调已经不见了。他把手放在男孩躺过的褥子上,温的,说明男孩刚出去不久。他想他是不是自己去上学了,或者又去了桃园里玩耍。等到中午吃午饭的时候,小调还没有回来,女人去学校找,他则偷偷摸摸去桃园找,生怕路上碰到熟人问他,你妈身体怎么样?你怎么不守着她自己出来了?她身边没人照顾能行?

他溜进桃园,桃园里静悄悄的,没有一个人影。午后的阳光从枝叶间筛下来,斑斑驳驳地落了一地,树底下长着蘑菇,蒲公英,还有滑腻的青苔。他一边找男孩的影子,一边往桃林深处走去。已经走到那口井边了,仍然没有男孩的影子,他知道再往前走就是那三座坟墓了,它们对他一直有一种奇异的引诱,就如同一种必将到来的黑暗蛰伏在那里,他向它们走近的时候总有一种被催眠的感觉。忽然,一片落叶敲在了他的肩头,他猝然停住了,慌忙转身,从桃园里逃走。

直到天黑男孩都没有回家,宋书青和女人打着手电筒在县城里一直找到半夜,几乎把县城里的每一条街巷都找过了,就是没有见到小调的影子。半夜回到小调睡的那间屋子,只见被褥还是他早晨离去时的样子,像一只遗失在大地上的蝉蜕,冰凉而透明。

你还不懂得在这人世间,一场大雪因为过于洁白就会接近春天,有多少日子因为耽于薄酒看起来便像极了快乐,你还不懂得一棵树长得越高离太阳越近,根就扎得越深越暗。那么多植物的苦苦生长,不过就是为了镇压那一场枯而又荣,荣而又枯的徒劳。

他把手伸进那被子里,想触摸到男孩的体温,在那一瞬间他甚至怀疑男孩是不是正躲在被子里和他开了一个玩笑。然而被子里是一团坚固的冰凉,早已没有了温度。他忽然打了一个寒战,像想起了什么,打开柜子寻找男孩的储钱罐。果然,那只小猪储钱罐也不见了。他明白了,男孩带着他的全部积蓄去澳大利亚找他的父亲去了。这时女人又发现宋书青给他买的那身新衣服也不见了,大约是男孩穿走了,他想穿着新衣服去见自己的父亲。

> 背上行李流浪,
> 从前有个快乐的流浪汉,
> 扎了帐篷在死水塘旁,
> 古里巴树下好阴凉。
> 他坐着歌唱,

等待壶里水烧开。

你会跟我一起,背上行李来流浪,

背上行李来流浪,流浪,

你会跟我一起,背上行李来流浪。

(澳大利亚民歌《背上行李来流浪》)

  他们去公安局报了警。一天,两天,十天已经过去了,男孩还是杳无音信,下落不明。女人在县城的每一根电线杆上,每一个十字路口都贴上了白纸黑字的寻人启事,男孩阴森森地站在每一张黑白照片里,如同一个无处不在的幽灵一样逡巡着县城的每一个角落。人们围着照片交头接耳,啧啧摇头,但是没有一个人知道男孩的下落。

  男孩已经失踪半个月了。女人连哭泣的力气都失去了,白天晚上地陷入一种巨大的昏睡里。这个深夜,他看女人已经睡熟,就一个人出门,飘出麻叶寺巷,向着却波街走去。夜很深了,月光雪白,除了他,街上看不到一个人影,只有零碎的狗吠声像梦呓一般在月光下响起又落下。他无声无息地走过却波街,打开门进了自家院子。屋子里黑着灯,一团死寂。院子里月光流转,满地是荒芜的碎银,就着月光他看到墙头上的砖头有两块掉到地上碎了。大约是有人曾爬到墙头向里窥视时不小心弄掉的。看来已经不止一两个人在怀疑宋之仪究竟是不是还活着,也许哪天趁他不在家的时候,他们还会翻墙进来,在院子里在屋子里四处寻找关于宋之仪所有的蛛丝马迹。一旦证实宋之仪其实已经死了,他们就会立刻向教育局告状,停止发放一个死人的工资,并让他退回所有冒领的工资。他们不能忍受,当然也在嫉妒,身边有个活人一直在领死人的工资。

  他惊恐地盯着那两块碎砖看了很久很久,然后扑通一声跪在了枣树下,紧紧抱住了那棵枣树哗哗流泪。最近这棵枣树身上的妖气越来越重,叶子油绿,结出的枣一个个都硕大无比,鸡蛋似的挂在枝头,站在墙外都能看见枝头上可怖的大枣。午夜的月光愈发凶猛,把人间的一切剪出了黑白的边缘,他跪在那里只觉得千钧重的月光正夯入他的骨骼,他的血液,似乎整个世界的重量都正压在他的身上,一定要榨出他的那点原形来。他跪在那里一直哭到后半夜的时候,慢慢从地上爬了起来,他环顾了一下四周可有窥视他的人影,见一切寂静,便拿起一把铁锹,在枣树下挖了起来。挖了一会他便猛地停住了,再次跪在地上。那埋在枣树下的正是宋之仪的尸体。

月光把一切白的事情都照黑了。白的霜。白的时辰。白的骨头。

小调已经失踪一个月了还没有找到。他不敢回却波街,便终日躲在女人家中和女人一起猜测小调的下落。女人呆呆地说,他会不会是被人贩子拐走卖到别处了啊,他会被卖到哪里?他要是真被拐走,我就一辈子都见不到他了。他说,如果他能被卖到一家家境好的人家,人家供他上学,给他吃好的穿好的,你说是不是你也会放心一点。女人说,卖到好人家总比跟着我好,我都没有给他买过一件新玩具,他就只有他爸爸给他买的那把宝剑。可是那样他就连妈都没有了,太可怜。他说,或许小调真的被卖到国外了,或许真的就去了澳大利亚了,以后他长大了就过来认你,然后把你也带到澳大利亚。她说,我不该骗他的,不该告诉他什么他爸爸去了澳大利亚,我只是想着说个遥远的外国地名骗他,没想到他会记得这么清楚,是我该死。他说,也说不定再过几天小调就突然回来了,小猫小狗丢了一个月有时候还会自己跑回来的,更何况小孩子还会说话,还会问人。她便期待地看着他,你觉得可能吗?你觉得他还可能回来吗?他说,说不来的,也许明天就回来了。她又更期待地看着他的脸,你说明天吗,你觉得明天有可能。那就等明天吧。

他们等完了一个又一个明天,男孩一直没有回来。有时候半夜院子里有一点响动,女人就会忽然从床上爬起来,披头散发地往外冲,是小调,是小调回来了。冲到院子里一看,只有满地苍白的月光和房檐上倏忽而过的黑猫的背影。

他把女人抱在怀里说,要是小调真的回不来了,我就做你的儿子,我会养着你,会一直对你好。女人只是精疲力竭地哭泣着,并不说话。有丝丝缕缕的月光从窗格子里漏进来,在夜里织出了另一重的时空,在那个时空里,他看到年幼的他正站在窗前,窗前摆着一瓶盛开的桃花,在他身后是宋之仪漠然地走来走去,不去看他,也不去看桃花。在他和宋之仪的身后是一面古老的穿衣镜,年幼的他从镜子里看到了那里面的第三重时空。在那重时空里,年老的他独自坐在一张桌子前,桌子的尽头有一群面目模糊的人正远远看着他,桌子上有盘子和勺子,盘子里是一堆鲜红色的食物,他仔细看去,那食物正在轻轻跳动,那是一颗心脏。是他母亲宋之仪的心脏。

午夜的月光愈发惨白,所有的空间在瞬间凋零为幻象,只剩下床上干枯的男人和女人。

他紧紧把女人抱住,也泣不成声,他从小惧怕走进这个世界,现在,他和这世界之间唯一的遮挡物就是母亲了,准确地说,是死去的已经开始腐烂的母亲仍然为他遮挡着这个世界。他体内的疼痛再次发作,他对女人哀求着,我叫你妈妈好吗,让我叫你妈妈吧。妈妈,我以前对你不够好,我真的对你不够好,我知道错了,可你要给我机会让我改正啊。现在你是我唯一的亲人,就把我当成小调吧,就把我当成是长大后的小调,当我是你的儿子吧。求你了。

一天天过去了,小调还是没有回来。

女人不再试图从他那里取得一次又一次的安慰和假设,却开始提着力气一天到晚往县城里唯一的一座教堂里跑。

她也不再流泪,脸上终日挂着一层小心翼翼的僵硬的笑容,有人的时候她这样对人笑,没有人的时候她对着石头也这样笑。他有些看不下去了,说,你能不能不要整天都这样笑,老这样笑让人感觉挺害怕的。她指了指天空,低声说,嘘,上帝会听到的。只要我够虔诚,上帝就会照顾我,就会让小调回来的。他们说只要相信就一定会实现。我就在心里想象一个天上的父亲,我信赖他感激他,他就会真心来帮助我。人得信点什么啊,要是什么都不信了还怎么往下活。

他想起了最后变成水仙花的纳西瑟斯,纳西瑟斯愿意沉入水底是因为他相信那水中的倒影是世界上最美的人。那倒影存在与不存在其实都没有太大的关系,只要他相信。

他又想起了《红灯记》中的铁梅唱段"铁梅呀,你不要哭,莫悲伤,要挺得住,你要坚强。学你爹心红胆壮志如钢。"心红胆壮志如钢,她信,她怎么可能不信自己的时代。她怎么可能会觉得自己的时代是一种幻觉?铁姑娘其实与水中优雅的纳西瑟斯又有什么本质的区别?纳西瑟斯,李铁梅,都不过是一群临水照花人,一群靠幻觉活着的人。

微风过处,繁花如雨,落红无数。

他又想起宋之仪给他讲过"邻家妇有美色,当垆酤酒。阮与王安丰常从妇饮酒,阮醉,便侧眠妇侧"。

当垆酤酒,侧眠妇侧。柳外楼高,雨打梨花。不知春尽。

不知春尽,也挺好。

几千年过去了,我们还在渐渐受难,老去,离世,成灰,唯有留在水中的那些倒影却明艳如昨天。连一丝衰败都不肯。

七

这天他刚走到女人家门口,就被梨状的郭老师一把抓住了,老妇人喘着气说,我就猜你在她家里,你啊你,也不回家去看看,每天就躲在这里,教育局的人正四处找你核实情况呢。他脑子里"嗡"的一声,嘴上却硬说,他们为什么找我。老妇人看看四下无人,连忙把嘴凑到他耳朵上,听人说宋老师其实早就死了,你瞒着不报教育局就为了还能冒领她的工资,这是真的假的?

他立刻面色如土,几乎从地上跳了起来,一把抓住老妇人的胳膊说,这是哪个说的,哪个说的,你带我找他去,我一定要问个清楚。老妇人把胳膊从他手里拽出来,一边观察着他的表情一边说,我就是不信才问你,我说哪个至于连自己的妈死了都不敢给办个体面的葬礼,倒还要冒领着死人的钱,那真是忤逆不孝了。他僵在那里,虚弱地对着空气说,是,哪个至于还要领死人的钱,哪个至于。

老妇人又说,那你不回家照料你妈去,一天到晚待在这里做甚?他说,我妈住在乡下养病,我这两天就把她接回来。说完便仓皇逃走。在县城里失魂落魄地游荡了半日,只吃了一只烧饼,又躲进桃林独自待了半日,直到黄昏时分才向却波街走去。正是晚饭时分,却波街上家家户户端着饭碗正坐在门墩上吃饭,不是小米稀饭就是柳叶面,日复一日。他从却波街上一路往前走的时候,所有的眼睛都一路跟着他往前走,这些眼睛都吸附在他的背上形成了一整块石头或者玻璃一样的物体,冰凉地沉沉地压着他的脊背。前方是从大地里从泥土中缓缓升起的暮色,看上去仿佛是刚刚停泊在这个星球上的巨大飞船,浩大得近于可怖,似乎它将从这个星球上裹挟一切,再带走一切。

他就这样一路走到自己家院子门口,开锁走进去。枣树依旧蛮横诡异地站在院子里,黑着窗口的房子看上去愈发神秘破败,自从母亲离开之后,他就再没有勇气独自睡在这房子里。他坐在屋檐下点了一支烟,暮色更重了,不断把他引向一种更深的寂静,这寂静听久了居然如同一种音乐一样长出了肌理和花纹,似乎只要他沿着这肌理走下去就可以走进某一种睡眠。忽然,他跳了起来,原来是烟灰烧到手指了。鲜红的烟头掉在地上,他赶紧吹那只手指。

等到手指的疼痛过去了,地上的烟头也熄灭了,一切重归寂静。他忽然觉得不对劲,似乎这寂静比刚才的更巨大更坚硬,几乎像牙齿一样咬住了他。他打了个寒战,慢慢抬起头,却看到在他面前,在夜色的笼罩下,站着十几个人正悄无声息地看着他。他忽然想起进来时没有关门,他甚至不知道他们是什么时候进来的。他本能地后退了几步,然后在夜色中与他们静静对峙着。

对面的那群人里终于有人开口了,看不到脸,他却一下听出是对门老段的声音。因为面孔在黑暗中消融的缘故,说话的人可能也意识到了这点,声音听起来与往日很不同。就像是这声音吞噬并消化了他的面孔和五官,觉得骄傲又觉得愧疚,便在这声音里兀自又长出了鼻子、嘴巴、眼睛和牙齿。听他说话的时候,就能感觉到眼睛和牙齿正像蛇一样顺着这声音向他爬过来。老段借助着黑暗的力量,没有做任何掩护就直直说,你把你妈藏到哪去了?怎么一个多月了都没有见到她。

他又往后退了一步,舌头几乎咬到了牙齿,他发着抖说,我妈她……回乡下的她妹妹家养病去了。

立刻有另一个声音从老段后面冒出来，老早就说你妈回乡下去养病了，怎么能在乡下住这么久？你为什么一直不把她接回来？你就这么不孝？

他挣扎着，乡下空气好，她想多住一段时间，对病好。

又有一个声音从黑暗中冒出来，那团黑黢黢的人影看上去就像一只九头怪兽，它的每一只头都能吐人言，都长着血红色的舌头。这个声音是女人的，骗谁啊，你妈是帕金森晚期，根本就走不了路，乡下空气好对她有什么用，还不是一天到晚躺着。你这么久了都不管她？

他又往后退了一步，但是已经靠到墙了。他想到这些人都是却波街上的邻居，在一条街上一起住了这么多年，见面总会打个招呼，母亲身体好的时候他们还时常来串门，他从没觉得他们身上有什么地方让他害怕的，都是些再普通不过的人，虫蚁一般活着。可是今晚，他却忽然觉得他一个都不认识了，他们的面孔齐齐隐匿，他们在今晚变成了一个集体，一个庞然大物。他忽然想起了小时候看到过的"忠"字舞，又想起了十字街头的广场舞，使这个夜晚忽然变成了一个无比熟悉的陌生夜晚。

又有一个声音朝着他飞了过来，是直直飞过来的，带着某一种利刃，空气里都能听见寒光一闪。这个声音苍冷地说，是不是你妈其实早已经死了，你为了能继续领她的工资所以不敢告诉别人，也不敢下葬她。

他整个人都贴在了那面墙上，他真想把自己埋葬在那面墙里。他几乎要哭了，他说，没有没有，真的没有，我妈妈好好地在乡下，我明天就去接她回来。

另一个声音很熟悉，是对面的段老太，光听你说回去接人就说了好多次了，总是不见你接回来，恐怕这人根本就不在乡下吧。

他几乎号啕起来,在,在,你们信我,她在乡下,真的在。

又一个声音说,我们工人们早早下岗就没有了一分钱收入,老了就几百块钱退休金,领一次还得自己去按手印,就是病倒了,爬也要爬过去按这个手印。他们当老师的凭什么就拿比我们多得多的工资,退休以后的钱还可以让别人代领。一样出力干活,凭什么我们这些工人就这么可怜。现在你妈已经死了,你什么都不干却还要领着她的工资,我们拼死拼活累一个月也拿不到一个死人的工资。

他只是本能地张着嘴一开一合,像条马上就要窒息的鱼,他只是机械地重复,活着的,活着的,她活着的。

人群里的愤怒越来越浓重,像白天被晒过的花香在月光下开始发酵开始膨胀,开始变成另一种更庞大坚固的物质。有人说,现在我们就进去找,看他能把他妈藏到哪里去,那么大一个人,要是死了这么多天藏在屋里,都不知道臭成什么样了。众人响应,于是呼啦一声,人群涌进了屋子,灯"啪"的被打开了,他站在院子里看到一群人的影子如皮影戏一般在窗前游动。他们在两间屋子里丁零当啷地找了半天,什么都没找到便又回到院子里来。就着屋子里流出的灯光,他看到每个人的脸上都有一个镀金的侧面,像青铜的面具。这群人在院子里也寻找了一圈,正四处翻找无果,忽然有人指着枣树下的花池说,会不会是埋在这里了,我在墙外就看见他家的枣树长得不对劲,像追了大力肥一样有劲,枣比鸡蛋还大。

于是有人拿起铁锹就在枣树下的花池里挖了起来,又有人从自家拿来铁锹也帮忙挖,三五个人在月光下挖了很久,直到在枣树下挖出了一个阴森森的大坑,仍然什么都没有挖出来,只好作罢。

折腾到后半夜有人说还是回去睡觉吧,人群便陆续结伴散去。临出门前,一个女人还是回头对他说了一句,你不说你妈在乡下吗,那你明天就接回来,要不我们就集体去告你的状。

人群终于消散了,只留下空落落的院子和院子里的他。新鲜的被挖开的土坑在月光下裸露着,犹如一个血淋淋的伤口呈现在那里。他彻夜坐在那土坑边抽烟,把烟头像种子一样一根一根埋入坑里。

第二天早上,他正向麻叶寺巷走去想去看看女人的时候,忽然见街上的人们都哗啦啦朝一个方向跑。只听见两个小孩子一边跑一边兴奋地说,快去看快去看,那边修下水道的时候挖出了一个死孩子。他脑子里轰隆一声,几乎站立不稳,他连忙扶住墙站了一会,然后跌跌撞撞地往麻叶寺巷冲过去。他冲进女人家的院子,院子里静悄悄的没有一个人。他跑进屋里,也没有一个人。他明白了。再走出院子的时候,还有很多人一路小跑着紧走着往前赶,好像今天是一个盛大的节日。他也被人流裹挟着往前走,甚至都不用自己迈步居然也走到了事发现场。

挖下水道的工程已经被暂时搁置,挖开的管道边围着厚厚一圈人。他四下里看看,这是麻叶寺巷和沙河街的交叉口,其实离女人家根本没有几步。挤进去的人群无不发出惊叹声,有的从人群里跳了出来,捂着眼睛表示不敢再看,有的一边嘴里啧啧着一边却上瘾了似的又回头看去。他站在那里只听见里面有人说,可惜啊,这才多大的孩子,怎么被埋到这里了?你说是不是人贩子把小孩打死了,还是小孩偷东西被打死了。又有人说,这是哪来的小孩,怎么也没父母管着,是不是没吃的饿死了。有胆大的使劲探头往前看,边看边和后面的人汇报,看不清啊,脸都腐烂了,哎哟,烂得什么都看不清了,不过衣服没烂,头发没烂,看穿的衣服应该是个男孩。

他站在几步之外看着这圈密密匝匝的人,他觉得此刻自己一个人正在水底看着这群人在水面上划船嬉戏。他只能看到他们的船底,却无论如何都游不上去,都接近不了他们。他恍惚听到他们说的话了,也明白他们在说什么,又恍惚觉得听到的不过是饭时上的闲话,是来自异国他乡的传说,这传说距离他还有十万八千里,他不需要担心,也不用害怕。但在这样安慰自己的同时,他却感到自己其实越来越焦虑,越来越恐惧,他眩晕到几乎站立不住。他紧张地寻找着女人的影子,不知道她此刻在不在这人群里裹挟着。

半天看不到女人的影子,也许她还没赶到。他深深吸了两口气,站稳了,咬住了牙,使劲朝着那圈厚厚的人墙撞去。围观的人措手不及有人要这样往里撞,都骂骂咧咧起来,齐齐回头看他。他趁着这空隙硬是蛮横地挤了进去,面前的土坑里果然躺着一具小小的尸体。他忍着巨大的眩晕和恶心仔细辨认着那具尸体,尸体已经严重腐烂,脸看不清了,但身上穿的衣服还能看清,多长的头发也能看清。他想起小调走的那天身上穿的是那身他买的衣服,便仔仔细细地辨认着尸体上的那身衣服,最后断定这一定不是小调的衣服,又觉得尸体的身高也要比小调高些。他松了一口气,两腿一软,便坐在了地上。他心里想着,赶紧和女人解释去,赶紧告诉她,不是,不是小调。

正在这个时候,人群最外面忽然传来长长一声尖叫,那声音像是从一个山洞的最深处,最靠近心脏的地方发出来的。黑暗浓烈,类似于兽的声音。所有的声音瞬间戛然而止,齐齐回头寻找着那个声音的源头。

他坐在地上就明白了,他拼命想从地上爬起来,却起了几次又跌倒,最后他终于支撑起自己摇摇晃晃的身体从人群最里面撞了出去。然后他一眼看到了人群最外面一个匍匐在地一动不动的女人。

他架着女人走出人群,一步一步往前走。女人已经走不了路了,只是被他架着,拖着两只脚往前移动。看热闹的人群又从男孩尸体那里分散出一部分,紧紧跟在他们后面。他拖着女人往前挪,女人不看他,也不看路,不知道正看着哪里,他对她说,我已经辨认过了,不是小调,绝对不是小调,你放心,一定不是小调,那是别人家的孩子,真的不是小调。她不说话,也不哭,看她的侧面,安静得可怕,简直什么都看不出来。她好像已经听不懂他说的话了,她根本不知道他在说什么。上午的阳光十分灿烂,把她的脸照得特别清楚,他像是第一次看清楚了她究竟长什么样。她居然长着两排长睫毛,眼睛虽然睁大了朝前望,却像是看不到任何东西。他又口干舌燥地说了一句,真的不是小调。她仍然不语。

他们沿着麻叶寺巷一步一步往前挪,他想起第一次在那棵大桃树下见到男孩的情景,男孩握着那把磨起了边的塑料宝剑,十分爱惜地对他说,给你玩一会吧,这真是一把好剑啊是不是。又想起男孩仰起头对他说,告诉你一个秘密吧,我有一只储钱罐,里面已经攒了一百个金币了,我已经有一百块钱了。等我攒够了金币,我就坐轮船去澳大利亚找我爸爸去。

女人还是没有发出一点声音,一点动静都没有。他有些害怕了,他使劲摇着她的背,想哭就哭吧,哭出来就好,求求你了,你哭出来吧。女人好像终于听懂了他在说什么,她的表情开始慢慢变化,她的嘴角她的眉梢她的目光都忽然在阳光下开始了一种奇妙的化学变化,这变化很缓慢很迟钝,就像一种物质还不足以彻底质变为另一种物质,就像电影分镜头一样一点一点地上演着。忽然,他浑身一怔,便立在那里动不了了。在他刚才侧过脸去看她的一瞬间,他绝望地看到了她脸上最后的表情是一种很诡异的笑容。

他明白了,她终于被自己的恐惧逼疯了。

八

男孩的尸体一直无人认领,最后他主动要求处理男孩的尸体,他把他埋在了桃园深处。那里已经有大大小小的四座坟了,一座是看桃园的老人的,一座是瘸子的,一座是那条叫花花的狗的坟墓,另外一座是宋之仪的。他在那个月夜,悄悄把她从院子里的枣树下挖出来,又悄悄把她埋进了桃园深处。现在,在它们的身边又添了一座小小的坟。一个陌生男孩的坟。

他坐在它们旁边,久久陪着它们,点起一支烟。正是秋天,肥熟的桃子无人来采摘,只有大喜鹊和麻雀们整日飞过来尸位素餐,熟透的桃子扑通一声掉在地上,过不多久它将会被风沙掩埋到泥土里,腐烂,发酵,然后是冬天一场大雪覆盖其上。等到来年春天的时候,这个桃子会不会就又长成一棵桃树。那把一个人埋入土中,到底会生长出什么。他想起了小时候他唯一一次坐火车出门的经历,那次是母亲带着他去父亲的老家河北。绿皮火车在平原上慢慢爬过的时候,他从火车车窗里看到路边的荒原上有很多大大小小的坟墓,有的挤在一起抱成团取暖,有的孤零零地坐在旷野上终日与一棵老树为伴。有的怀抱着一块体面的墓碑,有的只是寒酸干瘪的一抔黄土,随时会被风沙踏平。他平生第一次发现在没有人烟的荒野里居然聚集着这么多的坟墓,甚至于发现它们的数量其实并不比活着的人们少。它们无声无息地聚在一起,却好像已经结成了另一个属于它们的王国,在它们的王国里也有风有雨有花有草有朝霞有落日,也许还有国王和仆从,有穷人和富人。它们有它们的四季,它们有它们的循环,甚至它们是永生的,那些千年的老坟会在岁月里修炼出类似于江河群山或群山之上的烽火台的气质。永固,彪悍,坚不可摧。远远看着它们的怡然平静,你并不觉得它们是这大地上的创伤,而是,它们只是这缤纷大地上的一个群落。

犹如麦田。

犹如鸦群。

犹如农人。

犹如动物。

犹如植物。

犹如城市。

犹如乡村。

我在麦田中间,诚恳,坦率。负担爱的到来和离开,也负担亲人的到来和离开。低矮的屋檐,预备好了为途中的麦子遮雨。

他想,活人的世界在它们看来,是不是其实只是一种幻觉,一场大梦,因为它们早知道他们必然的结局,便由着他们,纵容他们,宠溺他们,把他们当成孩子,直到他们也变成它们的那天。

眼前这五座大大小小的坟墓错落有致地聚在一起,看不出它们活着时有什么宿怨,有什么悲伤,甚至也看不出它们有过什么往事。现在它们只是在秋风中安安静静地陪伴在一起,也许不久,它们将连最后的一点肉身都消散成烟,它们曾经作为人和动物的痕迹将从这世界上彻底消失。而它们雪白的骨头将如所有的种子一样深埋在泥土之下,衍生为一棵新的桃树,一只新的蝉,一株新的蒲公英,一个新的孩子。

那个叫小调的男孩仍然没有回来,他已经发疯的母亲日日守在门口望着那条他离开的路。

宋书青再次出现在了却波街上。此时宋之仪已经在教育局正式被注册死亡，工资停发。冒领的工资被退回。这日宋书青穿了一双布鞋，布鞋的前脸上蒙着一层白色的孝布，这是在给亡者戴孝的意思。他背着一只大筐，筐里装满了五颜六色的布料，他在夕阳下慢慢走过去的时候，简直像背着一筐璀璨的晚霞。却波街上的十户人家，他挨家挨户地走进去，放下一匹布料作为对母亲丧事的回礼，邻居们一脸惭愧，慌忙摆着手，不行不行，不能要不能要，我们又没上礼，怎么能要你的回礼。宋书青并不看对方的脸，也不说话，只是放下布，又在院子里趴下身，对着眼前的人毕恭毕敬地磕了一个头，就离开了。再进下一家院子。他一家一家地磕过去，一家一家地留下一匹布料，路过自己家门口的时候，他只看了一眼，就从那扇门口过去了。枣树油绿色的枝叶正在墙头摇曳着。他走过的地方，邻居们一路送出来，集体站在背后默默目送着他。

已是黄昏，落日又在西边的群山之上烧起了一把大火，小城看起来无比宁静祥和。一群燕子从巷子上空呼啦啦飞过，向远处的魁星楼飞去。他一步一步走出了却波街，慢慢走远，慢慢从人们的视野里消失了。

此后再没有人在交城县见过宋书青和那疯女人。

后来听一个去省城刚玩回来的人和别人讲，他带着孩子在汾河公园游玩的时候见过宋书青和那女人。他们在汾河里划着一只租来的小游船，正一圈一圈地在河里转圈。

他听见宋书青一边划船一边对坐在船上的女人说，沿着这条河一直划下去就可以到澳大利亚了。

河流的十二个月

一月你还没有出现

二月你睡在隔壁

三月下起了大雨

四月里遍地蔷薇

五月我们对面坐着,犹如梦中,就这样到六月

六月里青草盛开,处处芬芳

七月悲喜交加,麦浪翻滚连同草地,直到天涯

八月就是八月,八月我守口如瓶

八月里我是瓶中的水,你是青天的云

九月和十月,是两只眼睛,装满大海。你在海上,我在海下

十一月尚未到来,透过它的窗口,我望见了十二月

十二月大雪弥漫。

——林白《过程》

1

那应该是三年前了。

李鸣玉坐着蜗牛绿皮火车一路慢慢爬行到西北,清晨一下火车,看见一望无际的戈壁滩里只蹲着这么一座小小的火车站,孤零零的,天高地远,感到凉意的皮肤忽然清醒,长出一层鸡皮疙瘩。而皮肤的下面仍然是一种深不见底的静默,她整个人看起来木讷、寡言,甚至懒于开口说话。司机说,四十块钱。她不反对。上车。路上司机自问自答道,你是来旅游的吧,怪不得这么白。半天,她迟疑地回答了两个字,白么?司机不理她,继续自语,这几天破烦得很,不过,我想拉人就拉人,不想拉人就不拉,活个自在,你说是不是?然后不等她回答他就轰隆隆地大笑起来。哈哈哈哈哈哈哈哈哈哈哈哈哈哈哈。

她全身看上去坚如磐石,连一丝缝隙都没有,用一块地摊上买到的大披肩把自己连人带包都裹了进去,只把一颗头露在外面,头上抓着一只髻,状如出土陶俑。站在嘉峪关城楼上可以看到远处的雪山,那些雪山若隐若现,如同悬浮的神殿。又听人讲这个城市里的大部分人都在一个巨大的工厂里上班,少部分不在这厂里上班的人又都是那些上班的人的亲戚,便觉得这个城市与别的城市都不同,像一个被遗弃在塞外的原始部落,又像是长在地下的某类群居小动物的巢穴,大家都挤在一起找食物烤太阳,一大团毛茸茸的感觉。好得很。

从嘉峪关出来,有大学同学把自己的一个小学同学介绍给她,一个在西北研究农业的王博士。接上头之后,她跟随王博士进了趟冰沟。通往冰沟先要经过戈壁滩,大戈壁滩上挂着一条细如丝带的公路,汽车在公路上狂奔,感觉一阵大风便可以连公路带汽车一起卷走。无边无际的戈壁滩和灰蓝的天空最终长到了一起,严丝合缝成一只巨大的密封容器,里面只装着汽车、她和王博士。汽车奔跑了一个小时好像还在原地傻站着,根本没动过,天上居然没有一片云路过,不知道云都被关到了哪里。路边不时会看到动物的残骸,偶尔一只白色的长着利齿的头骨,认不出是什么动物的。她想到如果这时候汽车突然坏了,而他们身边只带着两瓶矿泉水,那这茫茫大戈壁或许就是她的墓地。这么想着,竟不由得脊背一阵发凉。

汽车经过了一个又一个小小的干瘪土堆,看上去都像坟墓。每个土堆上都长着一小丛灰绿色的沙蓬,竟无一例外。她问王博士,沙蓬为什么只长在土堆上。王博士说,因为只有土堆上才有土啊,就这点土也是风带过来的,戈壁滩里的植物,只要抓住一点点土都能长出来,可谓寸土寸金。

王博士从后视镜里看了她一眼,她正好从镜子里捉住了他那两只眼睛,他赶紧避开,接着问了一句,语气有些犹疑,听我同学说您是个作家?是真的吗?

别听她瞎说,现在只要花两万块钱,捡破烂的也能出本书。

您可千万不能这么说……出书是一种荣誉。您现在还在写吗?

不写了。

写书挺好啊,为什么不写了?

不想写了。

没有灵感了?多出来走走就有灵感了。

就是不想写了。

您都出过什么书啊,让我也拜读一下。

可以不用您吗……真没出过什么书。

真的吗?

真的。

不可能吧。

你又不是不知道,她那个人就喜欢瞎起哄。

当作家挺好啊,起码有种荣誉感。

是吗?

那当然,事关尊严。

……

您,你是一个人过来旅游的?

哦。

从北京过来的?

哦。

北京的文艺女青年都喜欢扎堆儿往敦煌跑,其实呢,连敦煌是什么意思都不知道,唉。

你对文艺女青年的意见还挺大嘛。

哪敢啊……不过在北京那地方待久了是得出来溜达溜达。

……

怎么又不说话了?你要多和我说说话,不然在戈壁滩里开车很容易睡着的。

你要是一个人在戈壁滩里开车,谁和你说话?

唉,睡着那是常有的事,以前这公路没有垫高的时候,睡着也没事,睡着了车就自己拐进戈壁滩里了，大不了再开出来，反正在戈壁滩里想撞根电线杆都找不到。那时候在这条路上开车的时候，你会看到有一大半司机都是边开车边闭着眼睛睡觉，集体梦游一般，还挺恐怖的。不时就有车咣当一声拐进了戈壁滩里，实在困得不行了还可以就那样在戈壁滩里睡个五分钟再上路。现在不行了，公路垫高了，要是睡着了一头栽进戈壁滩里，车就翻了。

那还是和你说说话吧，你就是当地人？

我是北京人，不过已经西北化了。我研究方向是西北农业，单位在北京，但一年大部分时间我都在西北待着，在这边有课题，偶尔回趟北京，也基本是乡下人进城。可能是我在戈壁滩上待的时间久了点，不习惯看见人，现在一看见北京西站那么多人就害怕，就恨不得能找个地方躲起来。你倒是往这戈壁滩方圆十里看看，哪里能看到一个人嘛，要是真的在这里看到一个人那倒比看到什么都稀罕。我现在最怕回了北京坐地铁，人像沙子一样能把整个地铁装满，又是在地下钻来钻去的，像鼠类一般，真是没有了一点人的尊严，所以只要是回了北京，不管多远我都是打车，有钱没钱是另一回事，我最起码要保证自己是在地面上活动的，是能一抬头就看见阳光的。能看见阳光不算是很高的要求吧。

你一直做这个……农业研究吗？

你错了，我本科读的是中文系，硕士读的是哲学系，博士才改读西北农业。在这西北，水就是钱。你不要不信，在这大西北，只要一下点雨，我倒比谁都高兴，比当地的农民还高兴，每逢下雨我都要自己喝点小酒吟两首诗庆祝一番。是不是听着有点可笑？

还行。

你说话真是惜字如金。我以前上学的时候话也少，反倒是来了西北之后话多起来了,可能是因为平时没什么人可以说话。那个,你到底为什么不写了?

不为什么。

能自己写书真的挺好的,起码有种尊严感。

我们还要在戈壁滩里走多久?

她忽然有些绝望,觉得这戈壁滩是无论如何都走不出去了,只能一直这样走下去。这让她想起了在北京坐地铁的时候,有时候也会有类似的绝望感,觉得地铁会一直在地下就这样爬行下去。有时候在拥挤得水泄不通的车厢里,隔着衣服与别人的皮肤摩擦着,黏滞、酸凉,却不会去看一眼对方的脸。刚看到一个空座位,已经有两个男人扑了过去,坐下的人赶紧假装看手机,用手机把一切屏蔽在外面。很多次她幻想过有一个读过她小说的人忽然认出她来,惊喜地叫出她的名字,可是,从来没有过。有一次,有个年轻的陌生男人忽然隔着人群奋力向她这边游来,她心跳加速,坚信此人一定是认出她的读者,她紧张地看着车窗外的广告,想着该说句什么,该怎么对他慈爱地微笑。然而,年轻男人已经奋力从她身边游过,游向车厢接轨处。那里站着一个瘦小的女孩在等他,是他的女朋友正在那里等他。

现在,她听着一个陌生人的絮絮叨叨,而脑子里其实什么都没有想,这车开到哪里算哪里,其实也不错,大不了就是个地老天荒了。但是忽然之间戈壁滩在前方戛然而止,汽车从戈壁滩拐进了一座几乎寸草不生的山谷。山谷的两边是两面悬崖峭壁,刀砍斧劈出来一般,创口干净整齐,镶满了大大小小五颜六色的卵石和贝壳。在坑坑洼洼的山谷中行走了半日,前面忽然又出现了一道峡谷,上面摇摇晃晃一座破败的吊桥连到彼岸。王博士终于停车,从车上跳下来,他遥望着对面说,过了这座吊桥就不再是中原的土地了,就进入西域了。

她也下了车,踉踉跄跄地迎风站在峡谷边上,披肩里鼓满了风,像只降落伞要把她带下悬崖。她有些诧异于所谓文明居然也是有边界的,而且这边界看起来是如此平静和不起眼,只是一道峡谷和一座破败的吊桥。由此看来,所谓地老天荒原来根本不算什么难事。

峭壁上,峡谷中,这山谷袒露出的每一块肌肉和每一寸血管里都长满了圆形的卵石和破碎的贝壳,像是这山与生俱来的一种疾病。她从地上捡起一块卵石,端详良久,光滑圆润,被打磨到没有任何一条细微的棱角,那显然不是山谷和风沙能养育出来的。几十亿年的时间都过去了,这些卵石的身上依然散发着海洋的气息。几十亿年前,它们大概是躺在海底的,与最古老的那些鱼类相伴,就是现在,也许哪块卵石的身上还刻着那些鱼类的骨骼,它们长在石中,依旧栩栩如生。她把那块卵石握在手心里,顿时感觉不小心触摸到了几十亿年前的时光,在一个很深很阴凉的洞穴里,那些时间静静地蛰伏着,周身已经生出了古老的盔甲般的角质。但它让她感到了某种心安,仿佛是把自己和这个世界上最大的庞然大物系在了一起,它足以稳住和维护一些古老的秩序。她把这块卵石装进了口袋里。

她站在峡谷边上往下看去,下面越来越窄,深不见底,只是隐隐还能听到河流冲刷岩石的声音。她问,王博士,这峡谷怎么这么深?王博士正忙着回人微信,他回完微信叹气道,我实在是不喜欢这些新的通信方式,可是现在的人都不喜欢发短信了,被潮流推着走是件值得悲哀的事。

她被风吹得披头散发,眉目散架,使劲往紧裹了裹披肩,说,其实不用手机也没那么严重的,我都关机好几天了,一点事都没有,也没人报案要找我。他没接话,走到峡谷边象征性地往下看了一眼,说,河流在年轻的时候很容易冲出这样深的 V 形峡谷来,这两边的峭壁也是当年被河流冲刷出来的,我们进来的山谷其实就是一条古河道,几亿年前是河走的,不是给人走的。但最少要经过千万年的时间,河流才会对大地产生一些作用,一万年的话,那根本就什么都看不出来,对这些山河来说,一万年就是眨个眼的时间。这条河发源于托勒南山上的高山冰川,这里地势落差很大,河年轻有劲。河出了冰沟以后,部分会进入酒泉盆地,汇入明水河干流后又进入金塔盆地,最后进入黑河才算是有个正式归宿了。那些老年的河就不是这样了,那些九曲十八弯的河都是很古老的河,比如黄河,拐弯越多的河年龄越大,树有年轮,河也有年轮的。你别看河平时都是趴在地上走的,其实它也能站起来的,一旦站起来就成了瀑布,劲儿还挺大。光这一带的流域就有明水河、洪水河、红山河、观山河、丰乐河、马营河,每一条河流都有它的脾气和性格,有的河流很女性化,有的则比较有男人味,有的急躁有的温和,有的老谋深算有的天真烂漫清澈见底,真的,你和河流打交道多了就会发现它们和人其实像极了。哈哈。

她没有过桥,只是朝峡谷对面望去,对面是一大片没有尽头的茫茫戈壁滩,几束干枯的沙蓬在风中呜咽。她明白了,就是真的能走到地老天荒,其实不过也就这样了。

王博士指着西边的一座高山给她看,看到那座山没有,焉支山,走,我们开车上去。她下意识地挣扎了一下,那么高的山,怎么上去?王博士在风沙中又自信地大笑了两声,说,我对这里比对我北京的家还熟悉,你就放心地跟我走吧。

越野车沿着一条盘山路向上爬去,山上几乎看不到任何植被,只有嶙峋的岩石,有黑色的泥灰岩,棕色的含铁岩,还有白色的花岗岩,古老的岩层像时间一样一层层折叠着,她感觉自己像被劫持到了遥远的侏罗纪时代,不知道有什么大型蜥蜴类爬行动物正在山顶静静等待着他们。果真就爬上了山顶,虽没看到史前巨兽,但山顶上大风猎猎,竟然力大无穷,几欲要把越野车掀翻,她和王博士更是成了风中蝼蚁,不得不像两个老年人一样相互搀扶,摇摇晃晃。只有那些几亿年前就站在这里的巨石在风中岿然不动,蔑视着脚下的两个小人儿。她在风中对他大喊道,你看……石头比房子都大。话说了一半就被风撕扯走了下一半,他大声喊,你说什么?……在哪里?她用更大的声音吼到他耳朵边上,我说……石头比人大。他也扭过脸来高兴地嘶吼着,声音里全是破洞,我每次来这里……心里都特别高兴,因为觉得……人什么都不是,就是蜉蝣之物。她大叫道,拉我……我快被风刮跑了。他却只是指着下面,不停地大声对她说,往下,再往下走一点,走一点。

　　两个人连滚带爬地翻过山顶往下走了一段路,前面是一块巨石,翻过那块巨石的一瞬间,她忽然愣住了,整个人如站在断桥上一样,呆立在那块巨石的边缘。山下是一大片无边无涯的绿色草原,一条蓝色的河流像绸缎一样蜿蜒在草原上,河流在阳光下闪着琉璃的光泽,一群棕色的马在河边饮水,或站或卧。河边的草原上,点缀着珠玉般的白色羊群,牧民们骑着马放羊,居然还有一座小小的清真寺。草原柔软清澈地向远处伸去,再远处是巍峨的雪山,庙宇般发着神光。他站在她身边,用刚刚从大风中解救出来的声音得意而温柔地说,夏日塔拉草原。

　　就是在那一瞬间,她做出了决定,就这里了,不走了。

　　李鸣玉的旅店开在了嘉峪关和酒泉之间的大漠边缘,靠近梨园村。这里的村名大都比较简单粗暴,大约与历史上的几次西北屯田有关,不少村名就按一二三四甲乙丙丁来取,村庄像士兵一样仍然恪守着某种粗暴古老的秩序,不然就干脆起个大烟头、黄粱梦之类的村名,提醒着人们此地如同大漠里的海市蜃楼,并不真实。梨园村周围种了些苹果树、梨树和桃树,不知是不是村名的由来。梨园村离嘉峪关和酒泉都很近,去敦煌也就四个小时的火车,离李家营古墓群只有一公里路。那些古墓有汉代的,有魏晋的,有十六国的,有唐代的,全都阴森森地聚在大漠里,赶集似的。

正好当地有个农家院出租,她便租了下来,修缮一番,给旅店取名为"大漠旅社"。出了旅店的门就是一望无际的大漠,满目黄沙,在黄沙里能隐约看到一小丛青灰色的芦苇荡,那是明水河流过的地方。梨园村大概也是被这明水河养育出来的。黄沙的尽头是若隐若现的雪山,晚上则出了院子就能看到大漠之上的一轮明月。浩荡的月光像天地间敞开的另一道深渊,她一旦走进这月光里就像来到了天地之外的第三重鸿蒙境地。这一重空间仿佛是从天地和万物之间解放出来的,空无一物,却具有一种节日里才有的狂欢气质。月光在大漠里陶醉、堕落、猎猎燃烧,远处的雪山则在月光下闪着幽静古老的光泽。

这农家院不算小,三合院,一面矮墙。五间坐南朝北的正房,东面两间厨房,西面两间杂物间,都是砖芯黄土坯的房子,看上去好像是从这黄色的大漠里野生出来的,颜色浑然一体。主人在矮墙外种了几棵桃树,西北的春天来得晚,她租下这院子的时候桃花正开得风鬟雾鬓,千里黄沙中,从土坯房边猛地杀出这么一簇明晃晃的粉红色,简直像刀剑一样锋利耀眼,夺人耳目。她在院子中央摆了口大水缸,从明水河里运来水把水缸装满,以备不时之需。这样院子里便少了些干枯凛冽之气,到了晚上还可以守在缸前看月亮。她又找来些盆盆罐罐种上玫瑰、生石花、夹竹桃、苦参、莲花掌、景天,把戈壁滩里采来的沙蓬和芦苇插在红泥陶罐里做点装饰。杂物间是平顶的,估计是原来的主人晒粮食用的,她踩着梯子上去,在房顶上搭了个凉棚。坐在屋顶上可以看到戈壁的尽头,从西边涌来大团的云堡,好像携带着一场大雨,赶到近处却风飘云散,了无痕迹。

旅店开张后的一个星期里都没有一个人来投宿。

连着几天,每到黄昏时分,她便一个人到戈壁滩里的明水河边散步。戈壁滩里有很多干涸的古河道,象征着这里曾经河流众多。离河边不远处有一座土堆,但土堆上没有长沙蓬。走近了才发现,黄土堆里夹杂着红柳枝和干芦苇,少说也在这戈壁滩里站了几千年,红柳和芦苇都已经失去了植物的质地,摸上去更像岩石。这种土堆叫烽燧,是冷兵器时代打仗遗留下来的烽火台的残骸。她在烽燧下捡了几块白色的石头。夕阳大得有些匪夷所思,已经几乎要触到戈壁滩了,整个戈壁滩有一种大火燃烧之后的萧索和辽阔,夕阳的余晖如金色的鳞片包裹着茫茫戈壁,使这寸草不生的戈壁滩看上去自有一种奇特的丰饶。在这戈壁滩的中间经过一条金色的河流就是明水河。她坐在河边看着这条大河目空一切地向西而去。

在离开北京之前她确实已经出版了几本书,获得了一些小名声,获了几个小奖。然而,某一天,她忽然决定,要从眼前的生活里彻底消失。

眼下,整个戈壁滩上的活物似乎只剩下了她和这条河。

天空里的金色正渐渐变成橙红、玫瑰红、绯红、血红,当最后一缕血红色的晚霞燃烧殆尽的时候,黑夜升起,温度骤降,整个戈壁滩迅速朝着一个幽冥之处撤退,金色的河流蜕变为黑色,像大地上涌出的时间一样,仍在一刻不停地赶路。她能听见河流在黑暗中撞击巨石又裂开的声音,甚至能感觉到河流正在黑暗中静静看着她。北斗初上,一把巨大的勺子横挂在戈壁之上。

2

她在旅社门口挂了一盏红灯笼,远远就能看到红灯笼在地上投下了一团血影。走到门口还没有开锁,阴影里忽地站起来一个人,把她吓一跳,原来有个人正蹲在门口的侧影里。对方问了她一句,终于回来了?她一愣,听出来了,是王博士。上次见他都没觉得这么熟稔,这次却只是听着声音也觉得是熟人来了。她心里暗自生出了几分欢喜。

开了门又开了灯,王博士四处环顾了一周,仍然有些不相信地说,你还真的没走?我昨天才听我同学说你居然没走,还留下来开了个旅店,结果你还真的开了个旅店?只是这大漠旅社的名字起得不够风雅啊。我已经帮你想半天了,肃城轩怎么样?

她撇嘴一笑,把口袋里的石头掏出来一字摆在桌上,说,是王博士啊,我刚从戈壁滩回来,旅店的名字还是俗点好,我这和农家乐没什么区别。

他皱起眉头,定位农家乐的话倒是俗点好。对了,我也是有名字的,我叫王开利。

她笑道,怎么听着像个当铺的名字,好像正准备开业大吉。

他婴儿肥的圆脸也笑得裂开了,嘴里露出了两颗大门牙,像只大兔子一般立在她面前。她第一次认真看着他,高而瘦,有点驼背,衬衣扣子严严实实地一直捂到喉结处。她发现他其实并没有看起来的年龄那么大,他身上甚至还残留着那么一点顽固的童趣。他说,我祖父原来是在北京后海开饭店的,这名字估计和他开饭店有关系。老北京人嘛,起名儿都喜欢阔气点。我家住在大金丝胡同那边,因为我爷爷我父亲都是离了胡同就没法活,说是住在楼房里感觉挨不到地,心里不踏实。我上大学的时候是在中关村上的,以前宦官们养老的地儿,据说当年还挖出了很多宦官们的坟墓,也是一种消失的文明啊。我人比较懒,从本科到博士就没挪过学校,大不了从这栋楼搬到那栋楼,所以我在学校的宿舍一共住了十一年。住宿舍的时候最怕的就是有朋友来学校看我,因为人家走的时候我得把人家恭送到校门口,把人送走了我自己回宿舍成了问题了,一路上孤单得很。老抱怨我们那学校太大。不过我后来从北京来了西北之后,就觉得我们学校不算大了,在戈壁滩上经常十几里看不到一个人。但我发现我是真喜欢看不到人。

她笑,你还真是喜欢住宿舍,就那么好?

他咧了咧嘴,表示默认。

月亮爬上来了,上弦月。水缸里果然也栖息着一弯红色的月牙。

他沉默片刻又找话道,你要说我为什么愿意在西北吧,除了人少,因为在西北能找到一个学者的尊严,在北京是找不到的。

他头微微上仰,看着灯泡,眼镜里一左一右亮着两只灯泡,看不清他的眼睛在哪里。他在为刚才的自己感到不好意思,只好就那么呆立着。她假装没看见,丢下他跑去看了看热水器的水温,回来问他,你真要住下吗?

他已经变换了一下站立的姿势,吃惊地看着她说,你居然不相信?这么和你说吧,我每次来这嘉峪关酒泉玉门敦煌做课题都得住宾馆,这几年我基本上把这一带的大小宾馆都住遍了,况且,我们这些人申请到的科研经费也就只能报销路费和住宿费。

你们为了把钱花出去只好拼命住好宾馆？她嘲讽道。

他苦笑着摇头,好歹是个学者也不至于那么不堪,但因为科研经费只能报路费和住宿费,助长了一些人千里迢迢去找人开房的风气倒是真的,大约这样才好把钱花出去。

从他嘴里说出开房两个字,就像一个小孩戴了一只巨大的面具,拎着两只塑料花锤走了进来,还要问里面的人,你不怕我吗？难道你不怕我吗？

她忍住笑,递给他一把钥匙说,你就住东边的那间房吧,你是我开业以来的第一个客人,给你打个折。

他叹气道,唉,你给我打折有什么意义呢,我花的又不是自己的钱。

深夜的大漠里风声嘶吼,有石块粗暴地敲打在玻璃上,像有很多只手在拼命磕窗。她一夜半睡半醒,醒来的一瞬间仍然如前几日一样,不知身在何处,需要定神很久。她恍惚觉得还在北京那间租来的房子里。

第二天晚上王开利居然又来了,仍然是店里唯一的客人。他来的时候她正一个人盘着腿坐在新买来的草垫上喝酒,喝的是小瓶的古河州。她对面的两只草垫摆放整齐,好像上面正坐着两个隐形的人陪着她。他在她对面坐下,说,你会喝酒？好事。在这里是得学会喝酒,我也来点吧。

她给他倒了半杯,两个人也不用下酒菜,干巴巴地对喝了一会。他才问,你真的喜欢喝酒？

她头也不抬地说,喝酒解闷儿,你呢？

他说,开始不喜欢,不过不喜欢也得喝。有时候出去开会的时候,为了能多认识些人,多点人脉,也得拼命喝,自己都觉得自己不堪啊。可是人在体制中有什么办法呢？慢慢喝多了就发现喝酒也是有享受在里面的,变成享受是一种最好的抵抗,后来我一个人的时候都会喝上两杯,天冷了也会喝上两杯御寒,这里的冬天还是很冷的。

她眯起眼睛笑嘻嘻地看着他说,哎,你不是那什么知识分子吗?

他的衬衣扣子仍然是牢牢扣到最上面一粒,他僵硬地伸伸脖子,红晕从脖子里蔓延出来扑到脸上,他正色说,你是在讽刺我吗?现在就是去五台山做和尚,也是需要你发表过学术论文的。

她把剩下的一口酒全倒进了自己嘴里,然后把那几块从戈壁滩里捡来的石头捏在手里把玩着,她对着那几块石头说话,我在戈壁滩里走的时候还在想,我把自己的一点积蓄全都投在这旅店里了,要是以后一直没有人来住店,我是不是只能慢慢饿死在这戈壁滩里了。

他端着玻璃杯大惊道,怎么可能,我不就是来住店的吗?我经常要来这边做田野考察的,以后只要我一来我就住你这里,别的地儿我都不住了,别忘了我可是有科研经费的人,就是没有经费我也住你这里。还有我的博士室友,在这边当老师,那厮经常在河西这一带晃荡,以后我也把他拉来住你的店。还有我其他的同事和同学啊,他们只要一来,我都给你拉过来。

她苦笑道,那以后就靠你活了。

他看了一眼她手里的石头,说,这是骨头,有可能是人骨,不过已经是化石了,时间太久了。她吓得手一抖,把石头扔了出去。

他大笑了起来,在大漠里见到个人骨你倒不必介意的,看到河边的烽燧了吧?因为这里有水,在古代就是兵家必争之地。在这大漠里死个人还是很容易的,只要缺了一口水,什么功名利禄王侯将相都是浮云。你看我也得发论文也得评职称,有时候也得巴结别人,可是我发不了论文评不上职称的时候,在河边站一会就能好受不少。别说这点骨头,我在一次野外考察中,还在离洪水河不远的沙漠里见过一具完整的人骨,它是跪在那里的,朝着河流的方向。估计是看到河的时候已经一步都走不过去了,所以它是跪着的。很多时候就这样,明明看着就差一步了,却怎么也走不过去了。

她惊骇地听着。

他挺直腰,昂起头,因为平日里有些驼背的原因,猛地直起腰,他整个人看起来忽地蹿高了一截子,有些吓人,他肃然道,你猜我在戈壁滩里待下来,最大的感受是什么? 就是不管多牛的人都会在时间里化作一把灰烬。

这时候他忽然像想起了什么,从口袋里掏出一张纸来,两只手递到她面前,略带得意之色,你不是个作家嘛,帮我看看这几首诗写得怎么样? 是我自己写的,写诗能让我觉得我在最偏远的地方也没有远离过中国最精英的文化。

她已经有段时间不看书也不写字,昼伏夜行地赶路,把自己从过去生生剥离下来。这一路上她已经想好了,她完全可以不靠写字活着,她可以去做个小贩,可以开个商店,可以去饭店做服务员,可以做个农妇去种地,除了写字,她至少能找到一百种不让自己饿死的办法。她特意选择这大漠,大约也是为了向自己挑战。据说只要下一点雨,沙漠里蛰伏的沙蓬一夜之间就会长出二尺长,看着简直吓人。她要证明自己脱离了文字也是能活得下去的。现在,忽然有人把这些汉字送到她面前来一定要让她看,她像是看着一部分从自己身上脱落下去的肢体,一些藕断丝连的神经。她读了一遍但像是一个字都不认识,又读了一遍,还是一个都不认识。

她面无表情地把纸还给他,我看不懂。

他犹豫了一下,还是说,你不是个作家嘛。

站在戈壁滩上，夜空已经把戈壁滩吞噬完毕，或者是戈壁滩把夜空吞噬掉了，没有了天地，只能看到头顶挂着一把巨大的勺子，北斗七星的旁边是一钩银月。她想起在北京租房写作的那些时光，那时候她还叫李西梅。写到半夜她经常独自下楼游荡，小区里静悄悄地不见人迹，只有一个保安坐在门口打瞌睡，偶尔会碰到他正在半夜翻垃圾桶找矿泉水瓶，这时候她会绕道而行，免得他看到她。在夜里她见到最多的是小区里的那些流浪猫，它们神秘轻盈，无声行走在月下，最多在黑暗中骄傲冷漠地看她一眼就潜回到阴影中。

　　她住的是二十世纪八十年代的老楼房，六层，每次来收水电费的老太太敲开门总是要狐疑地朝她屋里张望一番，有一次老太太实在忍不住问道，你成天在家，也不上班？她嗯了一声。老太太忽然很忧虑地说，我和你的房东可是多年的老邻居了，你可不能在他屋里做些违法乱纪的勾当，不然我去举报你。她只好用手比画着，我是写书的，啊，写书的。老太太更加狐疑，作家？不能吧，你要是个作家还用在这里租房？她虚弱地说，作家有大有小，有有钱的也有没钱的。老太太冷笑一声，继续盘问道，那你写一本书能挣多少钱啊？她羞愧道，没多少钱。老太太忽然又换了一副口气哀叹道，老是见你一个人，你怎么也不找个男人结婚？也老大不小了吧。

3

　　李西梅已经被埋葬在几年前，取而代之的是李鸣玉。现在她打开百度输入李西梅三个字，还会跳出几年前关于她的那些新闻报道，她获了什么奖，出了什么书。它们以不同的题目和不同的篇幅横七竖八地躺在百度里,堆砌在一起,看上去像是她的衣冠冢。她在百度上搜了搜"作家李西梅为什么消失",只搜到"新鲜西梅怎么保存",以及"西梅其实不是梅,是欧洲李,一种李子"。没有人会去关心一个人为什么突然消失在这世上。

尽管这样,李鸣玉还是要隔段时间就从百度上翻出李西梅,静静地观赏一会她的衣冠冢,祭奠一番。时间愈长,李西梅便真的散发出一种白骨的寒凉,像戈壁滩里捡来的那些人骨一样,零碎荒凉,无人问津地躺在百度里。每到这时,李鸣玉就相信,李西梅确实已经从这个世界上消失了。

她从网上买了几本李西梅过去出版的书,又买了些别的书,统统放在一只红柳做的书架上,书架就摆在院子里的凉棚下,来住宿的客人们可以随意去翻。她偶尔也会拿起一本李西梅的书,却并不打开看,只是拿抹布擦拭封面半天,像是在清理一块满是灰尘的墓碑。摩挲半天之后,像扫完墓一样又面无表情地把书放了回去。以至于到后来,连储东山都实在忍不住问了一句,玉姐,你是不是认识这个叫李西梅的?她一边抹着桌上的灰尘,一边认真想了半天才说,原来是认识的,不过这人已经不在了。

怪不得呢。可惜了。

你……看了没?

我看不懂。

我见你床上经常放着一本书,看的什么书啊?

周国平的《幸福的哲学》。

看了几遍了?

第十遍看完了。

这时候洗衣机里的床单洗完了，正嘀嘀叫着，他赶紧出去晾床单。李鸣玉发现他特别喜欢晾床单，他在院子前面的空地上打上木桩，架起几排铁丝，把洗好的白床单搭在铁丝上。白色的床单晾出去的时候还散发着洗衣液的清香，如同某种刚刚生长出来的植物，晾好的床单重峦叠嶂，行走在其中如同迷宫。他每每都借着晾床单的机会把自己在床单里藏一会，只露出两只穿着军用胶鞋的脚。有风吹过的时候，那床单鼓胀如帆船，似乎随时都会带着他离去。她总是怀疑会不会哪天他会忽然从床单后面消失，消失在大漠里，但他一直没有。床单在烈日下很快变干变硬，吸饱了阳光的棉布粗粝、挺硬、可靠。晒干之后，他又是抢着跑出去收床单，叠床单，不时把脸埋进床单偷偷闻一下。捧着床单抬起头正看到蓝得像水底一样的天空里飘过四团灰白色的云，一字排开，整整齐齐，如羊群归来，直奔祁连山脚下而去。羊群刚刚经过，又一大块长形云堡压来，云堡之大让人怀疑上面真的建了什么城堡，甚至有一位国王栖居于内。然而，转瞬之间，云堡坍塌，又是一滴雨都没有下来。

他和她说了好几次了，说他想写诗。

来大漠后的这几年里他被晒得愈发黢黑，颧骨上还长出了两团高原红，像生锈了一般，尤显得颧骨锋利，双颊深陷。他已经习惯了一顿饭一碗拉条子，只要拌上一碟番茄酱一碟沙葱。他常年穿一件复员后从部队带回来的迷彩服，夏天的时候一件迷彩背心，有时候脱了背心光着膀子，便会赫然看到他的皮肉上印着一件背心的形状，边缘居然整整齐齐，像是缝到肉上面去的。她知道他每晚都在睡前看那本《幸福的哲学》，但是他一看就看了几年了，每天晚上还在看，让她都忍不住有些担心了，觉得他已经不是在看书了，他像是要慢慢把这本书吃掉。

在一个无事的下午，她曾亲眼见过他是怎么看那本书的。他坐在凉棚下面的椅子上，捧着那本破破烂烂的书，用了很长时间才费力地翻了一页，看的时候嘴里还在悄悄地念念有词，看几行就停下来，盯着远处发呆半天，才继续往下看几行。她忽然明白了，他是在那里偷偷背书。他想把这本书背下来。

三年前，他第一次出现在大漠旅社，也是穿着这样一双军用胶鞋，裤子上、鞋上全是黄土，好像他刚刚横穿过整个沙漠来到她面前。他身上有一种很古怪的秩序感，庞大、僵硬、疼痛。他笔挺地站在她面前，中指齐齐对着裤缝，两只脚很规矩地外八字打开。他像是刚从某道秘密的缝隙，或是某只封闭的匣子里逃生出来的人。

然而，她很快就感觉到他身上还有一种比这秩序感更可怕的东西。她伸出一只手，是想告诉他头发上粘了一根骆驼刺，这时候看见她的手势，他忽然做了个动作，他还站在原地，却猛地伸出两只手抱住了自己的头。他像只鸵鸟一样牢牢把头插进泥土，而抛弃了头部之外的所有其他部位。

她吃惊地看着他。过了好几天她才渐渐反应过来，他身上那种更可怕的东西是什么，是一种驯化，就像马戏团里被训练好的老虎或狗熊，接收到某种指令时就会做出重复机械的动作。

那天他笔直地站在她面前说，他在网上看到了她发的招聘启事，看到这里可以包吃包住，就一路找过来了。她问他会干什么。他说干什么都可以。她问他以前是干什么的。他说他当过兵，已经复员了。

她问，你是哪里人？

他说，山西人。

她说，你一个山西人怎么跑到这大西北来找工作。

他说，本来在部队的时候还想着拿复员费做一番事业呢，在老家开店做过小买卖,亏本了,复员费也都赔进去了,就想出来闯荡。我在北京王府井做过一年保安,有一次因为维护秩序,被一个带小孩的本地人指着鼻子骂,你算什么东西在这里管我。后来我就辞职去了西安,干了几个月,又从西安到了兰州,然后还是想往西,因为我发现越往西人越少。就又从兰州到了武威、张掖,一直到了嘉峪关,到了嘉峪关发现人真少,而且所有的人都在一个厂里上班,就像一大家子人一样,我就决定先不走了,不然还打算一直走到新疆走到伊犁去,听说过了伊犁就到头了,再走就是哈萨克斯坦了。我都想过,实在不行就偷偷跑到哈萨克斯坦去贩点东西卖。

她叹息,你跑得也够远啊。

他忽然又问,你这里真的能包吃包住吗?

她发现他真的什么都能干,他从戈壁滩里找来一些枯死的胡杨和红柳做成各种形状的桌椅摆在院子里供客人们休息,在院子后面植土开垦了一块菜地,种上甘蓝、土豆、萝卜、西红柿、扁豆,自己改装了一辆三轮水车,每天从明水河里运水过来浇灌蔬菜,就像在沙漠里培植绿洲一样。然后洗衣服洗被单,再把厨房里的两口人那么高的大水瓮装满。在西北家家户户准备着这样的大水瓮,有人想自尽的时候一般都选择钻瓮,踩个板凳一头扎进水瓮里,只有两只脚露在外面,绝没有生还的机会。他还会清理旱厕,把大粪掏出来喂给院子后面的蔬菜吃,结果甘蓝长势吓人,一颗一颗如硕大的人头一般横陈在干裂的黄土地里。他日日打扫客房,她看到他打扫客房的时候会从垃圾桶里把客人们扔掉的矿泉水瓶拣出来攒在他房间里。

她还发现他和外界几乎没有什么联系,除了每个月给自己的老母亲打个电话。他每个月会用家乡话给老母亲打个电话,每次基本都说同样的话,妈,偶(我)在这尕(里)吃得好住得好,这尕日头跌得迟,天气又凉快又没有蚂蚁蚊子,大夏天也得盖被子,这尕的拉条子和你做的饸饹差不多,好吃。你吃好睡好甚也不要思慕(考虑),不要怕偶夺跳不俩(不稳重),偶早都机迷(清楚)了,饭友钰(凉)了馏(热)一下再吃,吃热的对胃好。

每个月拿到工资的第一件事就是去十里地之外的欲泉镇给母亲汇出去大部分工资。有一次他在大漠里挖到两根肉苁蓉,第二天就急忙赶到镇上给母亲寄回去一根,另一根他留下泡了酒。酒泡得差不多了他俩决定先尝一尝,趁那两天没什么客人,她跑到梨园村唯一的一家小饭店买了两只卤猪手,两斤手抓羊肉,他砍下一颗甘蓝,切成丝用麻油拌了凉菜,两个人啃着猪手吃着羊肉喝着酒。

他给她倒了一指头肚酒,给自己倒了满满一玻璃杯酒,举起酒杯和她碰杯,说,玉姐,你肯收留我,我要敬你一杯。说完便咣当一声把满满一玻璃杯酒倒进了嘴里,然后抹了抹嘴角,慢慢啃了一口猪手。她嗔怪道,哪有这么喝酒的,悠着点。他说,在部队里和首长喝酒就是这么喝的。她说,我又不是你的首长,少喝点。他点头。过了一会,他又倒满了一大杯酒,举起来对她说,玉姐,我再敬你,你随意。话音刚落,她还来不及冲过去拦住他,他已经又把满满一杯酒哗啦倒进了肚子里。她叫道,不要命啦。他说,当兵的都不怕死。她把一块羊肉递给他,你不是爱吃羊肉吗?快压压酒。他把那块羊肉小心翼翼地啃了半天,像是怕一口吃完就再没了。她又递给他一块,还有呢,我这两天正想着要不要养两只羊,等过年的时候我们把羊杀了,就有羊肉吃了。不行的话再养两头猪,它们平时也好做个伴,这样过年的时候就猪肉也有了。他接住羊肉,攒在自己面前的碗里,说,我小时候养过羊,我养了就舍不得杀了。他抬起头来,用怯怯的目光瞅着她,玉姐,我老想写诗,你说我能不能写得了?我觉得人家会写诗的人真好,能把肚子里想的东西写出来。

她这时也已经喝下去两个半杯,开始有点头晕,她用手指头指着他说,能啊,只要你想写,你在哪里都能写,但你要写给自己看,不要老想着让别人看。他说,玉姐,我知道了。又给自己倒了满满一大杯,她刚刚喊出一声,别。就见他手里的一大杯酒又是一滴没剩,她又是吃惊又是佩服,怎么这么能喝酒,简直是一只酒桶,好像酒喝下去就从脚心里就漏走了。他略略有些得意,硬练出来的,像练功夫一样,一开始能喝半斤,慢慢地就练成一斤了,有的人还能练成两斤,两斤是很吓人的。喝啤酒的时候我们都是把啤酒倒在脸盆里,一脸盆一脸盆地喝,像牛一样。有的人喝多了就喜欢当交警,一喝多就跑到马路中央指挥车辆去了。有的人喝多了就在宿舍里找老鼠,用衣服把下水口都堵上,说是老鼠会出来。还有个人喝多了喜欢吃玻璃,一块玻璃放进嘴里像嚼冰糖一样,咬得满嘴是血。我们为什么要喝酒呢,因为不怕死啊。

又吃着喝着聊了一会,盘子里的猪手还没有啃尽的时候,两个人忽然之间就不认识对方了,眼睛都吊得直直的,半夜出来梦游一般,一个又是哭又是笑,把酒瓶摔碎,还使劲捶打着桌子。一个吐着白沫满嘴胡话,妈,我带你去看鱼,我在海底给你找了块红珊瑚,我给你戴在脖子里,妈,海豚就跟在我们后面呢,我们快游啊,快。

两个人大闹天宫一番之后就在原地睡倒,一直昏睡到第二天下午有人使劲擂门,药酒的劲儿也过去了一些,才各抱着一只被塞得满满的大脑袋勉强从地上爬了起来。虽然苏醒过来了,但药酒的威力犹在,接下来的两天两夜里两个人都没闭一下眼睛,白天黑夜地醒着,太兴奋,没法入睡。白天只好使劲干活,使劲干活也一点没觉得累,简直是力大无穷,到了晚上还是一点不累,没办法,两个人只好大晚上接着干活,快要把两年内需要干的活都干完了。储东山半夜还在院子里打制柜子,他要在每间房里摆一只这样的衣柜。李鸣玉则大半夜坐在院子里腌泡菜,她用刀把苤蓝的皮砍掉,切成块,整整齐齐地码在坛子里,一层一层撒上盐,再用一块洗干净的大青石镇压在最上面,像是怕苤蓝自己还会跑出来,据说这样腌出来的咸菜才好吃。凌晨时分,金星已经像孤魂野鬼一样游荡在天边,月落乌啼,大漠的最东面有一层蛋壳青的霞光开始快速生长渐渐变白。两个人经过漫漫长夜还是精神抖擞,彼此抱怨这天怎么就又亮了,听着梨园村的公鸡已经在高高低低地打鸣,相信天确实要亮了,便坐在院子里喝了一碗热灰豆,然后继续干活。

这事已经过去很久之后,李鸣玉还时常和储东山提起他那根了不起的肉苁蓉,你那根肉苁蓉是人参变的吗?就是人参变的也没那么大劲儿啊,简直是千年的妖精。说话的当儿,那根肉苁蓉正被泡在一只巨大的玻璃罐里,像个吉祥物一样被摆在旅馆的前台,罐子上贴着一张纸条作为友情提示,"药酒大补,适量斟酌"。

王开利如他承诺过的一样,只要是到嘉峪关和酒泉做调查,就一定住到大漠旅社来。有一次他来这里一连住了二十多天,说是正在做河西走廊农业政策的调查。有时候他还会把一起做调查的同事叫来几个一起住。有一次他们一行四人来住店,李鸣玉居然没认出他来,因为他们满身满脸都是泥浆,像四个乔装而来的海盗。原来是今天他们的车经过一片泥淖时,车的底盘被牢牢吸在了泥里,动弹不得,四个车轮没入泥中已经看不见了,车身像草帽一样扣在泥淖上,就是拔不出来。随后四个人只得下车跳入泥中,硬把汽车像菩萨一样从泥淖里抬了出来。

储东山从明水河里运来一车水,接上水管,像浇花一样往四个人身上冲水。王开利嘴里连忙叫道,够了够了,省着点用水,省着点用。有个人嫌没洗干净,他说,可以了,洗那么干净做什么,你老婆孩子都有了,又没人盯着你看。他教育她把洗完菜的水攒下来浇地,把洗完衣服的水攒下来拖地,把拖完地的水再冲厕所。别人用脸盆打水洗脸的时候,他就站在旁边盯着人家看,嘴里还不时地痛心疾首地说,不就洗个脸嘛,那么小的面积用不了这么多水的。储东山不满道,王博士,用的又不是你家的水,这么心疼干吗?第二天一早起来说他们要上祁连雪山做调研。出发前他打开一瓶随身带的青稞酒,先倒了一杯酒朝着雪山的方向祭拜,别人笑他,他认真地说这可不是迷信,雪山有神性,进雪山前是一定要祭拜的。远处的雪山发着银光静默不语。然后他们一人分了二两酒一饮而尽,随后上车朝雪山而去,一行四人逐渐消失在了茫茫戈壁滩里。

还有一次,他一进旅馆就拖着她往外走,快走快走,带你去看一样好东西。她被他塞进车里,他跟着指南针,在戈壁滩里跑了大约半个小时,停住了。下车一看,原来是眼长在戈壁滩里的野温泉,小巧得很,只有井口那么大,像是谁不小心遗落在这里的一面镜子,镜子热气腾腾,里面浸泡着天光云影,霞光四溢。他说,他们在这附近做调查的时候不小心捡到了这眼野温泉,几个男人赶紧脱光轮流跳进去洗了个澡。他说,你记住这个地方,以后可以过来洗温泉,你可别告诉梨园的村民,就怕他们过来在温泉里洗衣服,他们只要逮到有水的地方就敢洗衣服,琼浆玉液都敢洗衣服,至于洗澡对他们倒不重要,反正这里的好多人几年都不洗一次澡的。

她还没说话他就又赶紧补充,不要担心脱光衣服会被人看到,你看看这戈壁滩里哪里能看到一个人的影子?当然,这样洗澡确实显得没文化了点。不过没文化的事多了去了。咱们还是说洗澡的事吧,实在不行你就扛一个帐篷过来,洗澡的时候架起帐篷来,但是架起帐篷来目标更大,你就更容易被发现。

温泉的前方有两座黄色的老墩台,他说唐代大车道就走过这个地方,继续向前就是盐浆子村,那村里还留着一个老墩台,古时再往前就到肃州了,古时的河西走廊有水才有边军来镇守,才有了这些残留下来的文明。

巨大的落日渐渐埋入了戈壁滩,最后的余晖把戈壁滩上那层白色的盐碱瞬间照亮了。

天黑下来了,戈壁滩坚如铁石。他们驱车沿着明水河往回返,虽然看不见,但能感觉到那条黑色的大河就在他们左边,蜿蜒陪着他们,无声地看着他们。他在黑暗中默默地开了一会儿车,忽然问道,在这边……还算适应?她嗯了一声,车里又是长长的静默。然后他很大声地咳嗽了一声,才说道,你一个人也不容易,要是有什么难处就和我说……据我所知,躲到这边的人有的是欠了债还不起的,还有的是手里有命案的,还有的是出来逃婚的。她哈哈大笑,车厢跟着一起颤抖。他忽又说了一句,记得以前问过你为什么不写了,你说就是不想写了,也没什么原因,我现在倒是开始想明白你这句话的意思了。静默了片刻之后她问,你的工作呢,还好?他说,好。她又问,家里人都好?他说,好。她说,你女儿一定很可爱吧。他说,是。

到了旅店已经是晚上八点,他看了看表,拿出手机往门口走,说要给太太和女儿打个电话。他说他每晚八点都要雷打不动地给太太和女儿打个电话,说几句话。

他第一次在她面前要给太太和女儿打电话的时候,她笑了一下,看不出你结婚还挺早嘛,女儿都有了。

他抱歉地点点头，说，在我们这个国家结了婚还是能省不少麻烦的，这是一种文化上的遗传，你拿遗传没办法的，所以还是结了好。然后拿着手机出门找僻静角落打电话去了。

4

这一日，镇上的派出所来了两个警察，看样子一个五十来岁，一个二十多岁，年老的那个深目削鼻，长长的睫毛像扇子一样垂下来遮着目光。年轻警察目光冷峻，太阳穴上的一根青色血管正在慢慢蠕动，大概嘴里刚嚼过瓜子之类的东西。年轻警察说要查外来人口的身份证。让李鸣玉和储东山登记名字，然后让他们拿出身份证。年轻警察看她登记的名字，再看身份证，他看了她一眼。储东山躲在屋里半天不肯出来，两个警察进屋一看，他正端坐在床上认真地看那本《幸福的哲学》。他们走过去时，他身上微微发抖却看得愈发认真，像一个正坐在教堂里祷告的信徒。年轻警察盯着他，他没有抬头，问他要身份证，他还是没有抬头，只管低头认真看书。当他走到他身边的时候，他甚至还用指头轻轻地翻了一页书，翻过的那页用钢笔画出了很多圈圈。年轻警察的青筋还在蠕动，说，先把两个人都带到派出所再说。

两个人被隔离开之后，长睫毛的老警察问李鸣玉，你到底叫什么名字？

原来叫李西梅，现在叫李鸣玉。身份证上还没改过来，听说不好改。

你为什么要改名字？犯过事？

想换个活法嘛。

你以前是做什么的？

就是混口饭吃。

你以前到底是做什么的？

我写过几本书，不过也都卖得不怎么样。

老警察忽然来了兴趣，长睫毛下的目光倏地亮了一下，他用一个指头的关节慢慢敲打着桌面，你意思是说你原来是个作家？你怎么能证明你是个作家？

李鸣玉让他回旅店的书架上看看，上面就有她的书。书拿过来了，老警察仔仔细细翻了几页，然后推到了一边，点起一支烟抽上了。他一抽烟李鸣玉才发现他满嘴黄牙，显然是被烟酒熏的，正中间还少了一只门牙，也没补过，一张嘴就亮出一个黑黢黢的洞，抽烟的时候正好可以把一根烟卡进去。烟雾缭绕着在他们中间搭了一道屏障，老警察面目开始模糊，只有嘴里的那个黑洞愈发明亮。她坐在那里不敢说话，忽见老警察嘴里叼着烟，掏出一把钥匙开了一只抽屉，从里面甩出一个厚厚的红皮笔记本。他把笔记本往李鸣玉面前一推，忽然笑着说，我知道你为什么要改名字了，换了我是个作家，我也不好意思告诉别人。尤其在这镇上你要告诉别人你是个作家，人家都觉得你这里有问题。他指了指自己的头。我还能不知道嘛，我知道得比你早多了，你才多大点年纪，你才写过几年，你看看我写过多少，喏，你看看嘛，没事，尽管打开看。

李鸣玉打开笔记本一看，本子里粘贴满了各种大大小小的剪报，大都如豆腐块，题目是《赠你一个春天》《回到草原》《牛羊成群的地方》《我美丽的家园（外一篇）》，她随便瞟了一眼，正好看到一句"如果背弃故乡，我的心灵将无处安放"。作者都是一个叫谷子的人。

老警察用两只焦黄的手指掐着一支烟屁股，还是舍不得扔，他目光耷拉在脸上，柔软伤感地盯着那本剪报说，你看看我发表过多少文章，总比你多吧,你看我也不敢用真名,我真名叫张谷来,我就起了个笔名叫谷子,又好上口又代表着文学上沉甸甸的收获嘛。笔名起得还可以吧?我年轻的时候,单位里的人都知道我是根笔杆子,每天晚上下了班还要熬夜写文章,每天熬到半夜,每晚得抽一包烟。那时候文章在报纸上一发表,就会有很多人给我写信,说读后感,说都看哭了,说是要感谢我,有时候我一天就能收到几十封信,传达室的窗口清一溜摆的全是我的读者来信。要不是被写作耽误了,我也不至于到现在还是个老科员。不说这个了。你的书我刚才大致看了看,文笔还是不错的,有基础,就是不够积极向上,不够真善美,写作嘛,就是要真善美,要歌颂,要歌颂的才感动人。不过你年纪不大还扭得过来,我是到头了,早不写了。

为什么不写了?

我写的那些东西现在已经没人看了。你好好写吧。

我也不写了。

你怎么就不写了?

不想写了。

怎么就不想写了?

就是不想写了。

也是没人看了?你们还是小年轻,跟得上时代,不应该啊。要是嫌写东西累得慌,那你这女娃娃也太没出息了。你倒告诉我做什么容易?我年轻的时候还不是每天熬到半夜三更,有时候干脆就熬通宵了,到了早晨洗个脸接着去上班。

就是不想写了。

我知道了,是不是出书还得你自己贴钱?县里原来的文化局局长退休了,自己贴钱出了本书,见人就想送,恨不得把村里种地的开拖拉机的都拦住送一本,跑到我们所里给每人发了一本,发完一遍不放心又想发第二遍,我说老局长你放心吧,你的书我都能背下来了。他又鼓动我也出本书送人,说是一辈子出本书留下来才是不白活,还说要把出版社的电话给我,就两万块钱,我心说,自费出本书还想留下来给后人看? 我呸。我说我可没这个闲钱。想当年读者给我写的信那可是多了去了,整整一个柜子都装不下。

这时候那个年轻警察进来了,和张谷来说了几句什么,张谷来连忙给年轻警察递过去一支烟,然后自己也点了一支。年轻警察抽了一口,脸上跳着一根青筋出去了。张谷来坐在椅子上抽了两口才慢慢抬起头,透过长睫毛看着她说,那什么,你可以先走了。不过你那个旅店的伙计,叫什么,哦,储青。

你搞错了,他叫储东山。

那是后来改的名字,他原来的名字就是储青。你们俩也真有意思,一人用了一个假名字,还凑一起了。储青不能走,你走吧。

他怎么了?

他有吸毒被抓的记录,坐过一年监狱,一年前刚从监狱里放出来。既然有吸毒记录,不能保证已经戒断了,我们就得把他送到戒毒所关两年戒毒,你还得通知他家里人交两万块钱。

他当过兵,他每天晚上都在看周国平的《幸福的哲学》,他已经看了十遍了还在看,他想把那本书背下来。

他有过吸毒记录。

他会洗衣服会做家具会种菜会做水车,他什么都会。

你先回吧,把电话留下。

李鸣玉从派出所出来赶紧找了个储蓄所取了两万块钱,又买了两条中华烟折回派出所。她去了张谷来的办公室,张谷来已经不见了。她就抱着两条烟和两万块钱蹲在派出所门口等张谷来,张谷来始终没有出现。她见到一个穿警服的就问,张谷来在哪里?没人搭理她。到了后来,她见有两个穿警服的人走出来,她不敢再多想也不敢犹豫,立刻跑了过去,还是难以启齿,她咬咬牙,像要跳崖一般使劲跺了一下脚,才冲着他们说,我是个作家。两个人一愣,她不敢作一点点停顿,飞快地说,我是个作家,能让我见个人吗?这人叫储东山,被关起来了。其中一个忍不住对另一个笑了一下,另一个也正在笑,摇摇头,然后两个人走过去了。

一种熟悉的绝望再次包围了她,她慢慢挪到了墙根处,找了块石头坐了下来。一直等到天黑的时候,她看到有个人影蹒跚着从派出所里慢慢走了出来。她坐在那里一动不动,怀里还抱着那沓钱和两条烟。那个人影缓缓挪到了她跟前,借着路灯她看到他脸上紫了一大块,头上流着血,鼻子里也流着鼻血,腿上穿着褪了色的迷彩裤,瘸着一条腿。储东山站在她面前,像不认识她一样,只管淡漠地看着别处,使劲把鼻血往回吸了一下。她猛然想起他第一次出现在旅店的那天,她只是抬起手想告诉他头发上粘了根骆驼刺,他就忽然抱住了自己的头。她心里某个地方轰隆巨响了一声。

他们就这样在墙影里呆呆立了半日她才终于说出一句,没事了?他两只手笔直地贴在裤线上,又使劲抽了一下鼻子,眼睛空荡荡的,没有装任何东西,也不肯看她一眼,只是盯着她背后的一堵墙,好像那墙才是活的。他淡淡地说,一点事没有,尿检了一下是阴性的,他们逼问我后来有没有吸过,让我签字。我说我就那么一次就被抓了,我再没有碰过,我不能签这个字。

后来呢？

后来他们就让我走了。

真没事了？

真没事。

那回吧。

回。

  进了院门没有开灯，院子里铺着一层霜一样的银色月光，月是残缺的下弦，水缸里也养着一轮月亮，像是从大漠深处长出来的光亮。李鸣玉一屁股坐在凳子上，这时候才发现胳膊里还死死抱着那沓钱和那两条烟，把它们扔到地上才发现那条胳膊居然还维持着抱它们的那个形状，像条假肢。回来的时候搭的是梨园村的一辆拖拉机，从戈壁滩一路颠回来，满脸都是黄土，鼻孔里牙缝里都是土。她想，应该去烧点水喝，好像嘴里很干渴，应该把脸洗一洗，可是她坐在那里一动都没有动，只是没有一点力气。储东山却从进门就开始忙着干活了，他打开院子里的灯，拖着一条微瘸的腿先把院子扫了一遍，又用水车运来一车水，给花草蔬菜浇了水，给水瓮装满了，然后开始做那只做了一半的梳妆台，他要在每个房间里再添一个梳妆台。一开始他只是一声不响地干活，到后来他小声哼起了军歌，哼到后来声音竟渐渐大了起来，再到后来简直是歌声嘹亮，穿透黑暗一直向戈壁深处飞去。那条满是尘土的迷彩裤已经湿透，好像是他腿上长出的一层青苔。

  她终于挣扎着爬起来，心里想着得吃点东西，他们都一天没吃一口吃的了，也没喝一滴水。她进厨房拿了两个锅盔出来，蹒跚着走到他面前。他假装没看见她过来，继续一边唱着军歌一边锯着一根木头。她递给他锅盔，他假装没看见，还在唱歌。她说，吃点吧。他仍然在唱歌，在锯木头。她在他身边静静站立良久,一种奇异的悲伤猛地扑过来撕扯着她,她忽然就做了一个动作,她在灯光下猛地举起了那只锅盔,做出要往下砸去的样子。就在那一瞬间,坐在凳子上干活的储东山忽然就停止唱歌,无比迅速无比安静地扔掉了手里的工具,两只手紧紧抱着头无声地蜷缩成一个团,她清晰地听见他在那一瞬间低低地吼了一句,求求你们,不要打我了。

她在灯光下微微仰起一张满是灰尘的脸,泪如雨下。

后来他断断续续地告诉她,退伍回到老家之后,他拿着两万块钱的退伍费想做点小买卖,租了个门面房卖杂货,结果生意不好,撑了几个月就关门了。他生怕被人看不起,急着想多认识点人,多点门路创业,只有挣了钱才能娶媳妇结婚才能赡养母亲。后来在别人的介绍下果然就认识了一些人,人家说要考验他,把一瓶白酒放在他面前,问他敢一口喝掉吗?他心中欢喜,心想喝酒算个什么,就一仰脖子把一瓶酒全喝下去了。后来人家又给了他一颗白色的小药片,问他敢吃吗?他犹豫了一下,想,一次应该没事。就吃下去了。结果这一次就被抓了。从里面出来后他就带了几件部队里留下来的旧军装,身无分文地离开了家乡,先是去了北京做保安,后来又离开北京,一路向西,西安、兰州、武威、张掖、嘉峪关。他本来打算一直走到新疆去,再不行就去哈萨克斯坦。

她给他涨了点工资,又从网上买了两本周国平的书送给他,《我喜欢生命本来的样子》和《守望的距离》。他在院子里做木工活的时候,她把书故意摆在了他手边,他淡淡朝书的封面上扫了一眼就迅速把目光挪开了,没说话,脸上也看不到任何表情。干完活也没有再朝那两本书看第二眼。第二天早晨她看到那两本书还在原地摆着,动都没动过,上面已经落了一层黄土。她把黄土擦掉,送到了他房间里。又过了一天,她在院子里的书架上看到了这两本书,它们缩头缩脑地混迹在一堆书中间。她想了想,把书拿下来又放到了他房间的窗台上,到第二天她发现那两本书又悄无声息地回到了书架上。不过被安置在了最下面一层的角落里,这次它们觉得自己穿了隐身衣一样藏在那里,并对她大声喊着,你看不到我,你肯定看不到我。

他甚至连矿泉水瓶都不捡了,只知道不顾一切地干活。一天当中,无论正做着什么,她的半只眼睛都始终放在他的身上,因为他说话越来越少,而干活越来越多,他手里干的活越多越让她觉得心惊肉跳,仿佛他正在给自己累积一种奇怪的重量,而这种重量一旦达到边界的时候,他就会腾空而去或者沉入地下,或者忽然变成另外一种她从没有见过的面目。这个晚上,她刚刚把客人退的房间收拾干净,出来发现他不在院子里了,房前屋后屋顶上都不见。她心里一沉,怕这一天终于还是来到了,连忙打着一支手电筒往明水河边走去。

残月躲在一大团云后面,那团云看起来像挂在夜空中的一盏巨大的灯笼,旁边缀着几颗寒凉的疏星。夜幕下是沉睡的大戈壁,一种可怖的寂静,走在其中会觉得自己是这个星球上残存下来的唯一生物。她循着流水的声音来到河边,大河在黑暗中嘶鸣着,因为温度骤降,河水里散发着一种阴森的寒气。她用手电筒劈开河面,只能看到流水,她叫了几声储东山。她的声音一喊出来就被大戈壁吞掉了,只有河流的声音像牙齿一样兀立于黑暗中。

她顺着河流跌跌撞撞往前走了一段路,拿手电筒四处乱照,照着河里,湍急的河流里哪能看到一个人的影子。手电筒的光像一把长剑一样刺破戈壁滩,直向夜空刺去。前面有几块大石头挡着,她拿手电照过去,其中一块石头忽然动了动,是个人坐在那里。

他坐在那里手里拿着一个笔记本,她把那笔记本要过来,拿手电筒照着,灯光在黑暗中搭起了一座很小的帐篷,是一个很旧的塑料皮笔记本,应该是很多年前用过的,笔记本上用圆珠笔歪歪扭扭地写着,新建小学,储青。翻开第一页,上面写着"书籍是造就灵魂的工具。——雨果""天才就是百分之一的灵感,百分之九十九的汗水。——爱迪生""宝剑锋从磨砺出,梅花香自苦寒来。""失败乃成功之母。——牛顿"。

她说,小学时候的笔记本都能留到现在啊,我上小学的时候也抄过这么厚厚的一本名人名言,后来就不知道丢到哪里去了。我估计每个人在上小学的时候都抄过这么一本名人名言。她把手电筒熄灭,把笔记本合上还给他,和他坐在石头上一起看着黑色的大河。

他说,我其实不怕死,当兵的没有怕死的。

她说,人最后都是要死的。

他说,原来我以为只要一直往西走,走到新疆,走到大沙漠里,就不会有人知道我的事。

她说,谁没有犯过错,知道了也不怕。

他说,昨晚做了个梦,梦见我妈不在了。我醒来特别害怕,害怕是她给我托梦来了,给她打电话是她接的,我的眼泪一下就下来了。我说,妈,你一定要多活几年,你要陪着我,不要让我一个人在世上活着,一想你还在,我就觉得高兴。我说,妈,我现在知道有很多事情我这辈子已经没有能力去实现了,你不要怪我,我只希望你能长命百岁。

她说,梦都是反的。

静默了半天,他忽然说,玉姐,你是真的信我?

她说,那本《幸福的哲学》看了多少遍了?

他说,十三遍了。

她说，有用吗？

他说，没用，但总比不看强。

她说，以后有我吃的就有你吃的。

5

　　李鸣玉为旅馆生意焦头烂额，嘴角长了一个疮迟迟下不去，问梨园村的一个赤脚医生要了点无名白色药膏抹上，一照镜子，活脱脱一个媒婆。她终日一条棉布裤，一件旧衬衫，早晚罩上一件水洗布夹克，头发早已剪成短发。当初带过来的裙子、高跟鞋、风衣统统压在了箱底，在西北再没出世过。偶尔从箱底抖搂出来一件，怎么看都不像自己的衣服，阴森森的，像刚出土的文物。有一次储东山批评她道，玉姐，你不要穿得像个男人嘛，你一个女人家还得找男人嘛，哪个男人敢找你这样的。她晃着二郎腿得意地看着他，姐乐意。

　　她买了一辆二手的长安面包，储东山开始开着这辆车四处拉客人。他每天早晨四点就起床，开车到火车站守株待兔地等游客。有时候拉不满客人，他就和别的旅馆抢客人，他举着大漠旅店的牌子跑过去拦住人家，说我们店里比他们干净比他们便宜，就在戈壁滩边上，一出门就是大漠风光，还送客人一包当地产的沙枣。说着就把一包早已准备好的沙枣塞过去。

　　李鸣玉自己当导游，储东山当司机拉着客人，行程一般是先去看看明水河墩，再到嘉峪关城楼，再去悬臂长城，最后到李家营古墓群。进古墓的旅行团很少，据说大漠里足有一千多座，露在地面上的只是几十座坐落在广袤戈壁滩里诡异的小庙。小庙外形矮小，圆形窗口，庙门紧闭，看着不像是住人的地方。车在小庙间穿行而过的时候，远处的明水河正在阳光下安静地闪着金光。车在一座小庙前停下，客人们下车，一个戴着墨镜用丝巾裹住头的女人说，就这么一个破庙，古墓呢，古墓在哪里？李鸣玉说，古墓在下面。一进庙就看到里面空无一物，只有一个阴森森的通往地下的墓道口，李鸣玉打开手电筒在前面带路，后面跟着几个战战兢兢的游客，有个游客问，这古墓里还有金银财宝吗？来到墓门，李鸣玉介绍墓门上雕刻的力士、雷公、鸡首人身。然后弯腰进了墓室，墓门狭窄，游客们犹豫着也纷纷弯腰钻进来，进来之后又畏惧地缩成一团。那个女人一进来又叫道，怎么什么都没有？死人呢，墓室里怎么没有死人？李鸣玉不耐烦地说，死人是几千年前的，早就成灰了。金银财宝也早被盗墓的拿走了。女人惋惜地说，什么时候被盗走的？李鸣玉说，在他刚被埋进来没几天的时候。

　　李鸣玉打着手电筒介绍道，来古墓里主要是为了看这些壁画，这些壁画都是一砖一画，内容十分丰富，大家看这些壁画上有农桑、畜牧、林园、酿造、狩猎、宴会、出行，都是当时社会生活的真实写照，大家看这匹马，栩栩如生，这个造型和武威出土的铜奔马十分相似。通过这些保存在地下的壁画，我们能看到几千年前的古人们是怎么生活的，其实和我们现在的生活也没有太大区别，都是吃喝玩乐衣食住行生老病死。这些壁画是研究当时社会生活、文化和艺术的地下画廊。

　　从魏晋墓出来又带客人们去了西昌王墓，然后是一座唐墓。唐墓的墓道很长，感觉一直在往地心里走，越走越冷飕飕的，甬道头顶刻着祥云和飞花。走着走着忽然在地底下看到一座完整恢宏的唐代建筑，楼顶为庑殿式，翼角上翘。墓室的顶部有天象图，有星辰、红日和白月，地下铺着花砖。墓室东面的壁画里绘着六人乐队坐在方毯之上，五个男乐人分别演奏着铜钹、横笛、芦笙、琴、琵琶。一个女乐人似怀抱圆形鼓,中央为男女两个舞者。观赏乐舞的仕女里似有一个女主人,端坐于绣墩之上,手持团扇,身后有六个并排而立的宫女。李鸣玉用手电筒照着壁画介绍道,这古墓结构与壁画都是模拟着唐代贵族的真实生活场景,这就是中国古代的"事死如事生"。大家对比魏晋墓看看,在历史上,几百年的时间能留下的只是两块画砖的不同。

从古墓出来忽遇沙暴,黄沙漫天。太阳、雪山、远处的大河、矮小诡异的小庙都在风沙中慢慢消失不见了。好像时间迅速撤退到了远古时期的一个角落,开天辟地,鸿蒙未开,十几个人被困锁在其中,嘴里、鼻子里灌满黄沙。女人用绿色纱巾把整个头包住,仙人球似的。男人把头缩到衣服里,扛着两个肩膀,看起来像群无头人一样。一个客人忽然在风沙里模糊着一张脸叹息了一句,我今天算看明白了,不管什么人死迷了都一个样。

一行人终于躲进车里,汽车像盲人一样在风沙中跌跌撞撞地摸回了旅店。过了一夜,风沙被所罗门的瓶子召唤了回去,大戈壁重回寂寞与庄严。早晨起来一看,院门推不开了,李鸣玉就知道肯定是黄沙堆在外面把门封死了。沙暴最厉害的时候,几乎一夜之间都能把整个旅店埋进去,那次早晨睁眼一看,怎么天还不肯亮,过了一个时辰,天还是亮不起来,这时,窗户里忽然透进来一束光线,居然是从一个小洞里钻进来的,是储东山从外面挖的。原来是风沙太大,把窗户都埋进去了。

储东山见院门推不开,就拿着铁锹翻墙出去铲沙子去了。客人们也纷纷起来了,听说昨夜的沙尘把院门都埋起来了,个个兴奋得满脸通红,像海南人第一次见到天降大雪。有人爬上墙头拍照,赶紧发到朋友圈里,底下有人笑道,我想起一个笑话,某人在公路上遇到车祸大难不死,交警赶来要把他带走,他连忙说,警察同志,这是我第一次遇车祸,让我先发个朋友圈再说。

有两个女人一人裹一条花丝巾,孪生姐妹似的,正边涂防晒霜边聊天,你是哪里人?

北京人。

我是南京人,咱们都带个京字。我来到这里后悔啊,不在家消停着,跑到戈壁滩里来吃不好睡不好,就为了看几个古墓。要说看古墓,这哪能和我们南京的明孝陵比,还用跑这么远来看。

正在这时忽听见骑在墙头的男子喊了一声,哎呀,才这么一会儿工夫就点了四十个赞了。

储东山把客人们送到嘉峪关火车站的时候,挨个送给客人们一个他用枯胡杨木刻成的小观音菩萨,每个小菩萨他都是用两只手捧着送到客人手里。一个客人顺嘴说,下次来了还住你家。明知道几乎没有回头客,他还是像当真了一样,高兴地咧开嘴笑。

这个黄昏,李鸣玉正在院子外面翻晒干豆角,忽看见一个人影正在巨大的夕阳里艰难地蹬着自行车移动过来,不一会,那辆二八自行车摇摇晃晃地在她身边停下了。车上伸下一条长腿叉在地上,是那天的老警察张谷来。她像门神一样立在门口看着他,又要查身份证?张谷来从自行车上跌落下来,从车把上摘下一个布包,从里面取出一本书来,冲着李鸣玉一笑,一嘴黄牙先亮出一个黑洞洞的豁口,作家,还你的书来了,我全看完了。他说着走到她身边来,像匹马一样嘴里往外喷着酒气,目光呆滞缓慢,盯住什么就愣愣地看上半天才来得及移动。她发现他的长睫毛下面挂着两个皱皱巴巴的大眼袋。一张马一样的瘦长脸因为发福吹了起来,染了色一样上面爬满红血丝。

他坐在院子里用一根指头蘸了点唾沫把书翻了几页，又往前翻了几页，告诉她，作家你看，我把你写得好的地方都标出来了，这里写得好，这里也好，这一段写得是真好，我看完一遍又看了一遍，把好的地方都抄到我的笔记本上去了，看不出你这娃娃家年纪轻轻就能写书。

她皱了皱眉头，我有名字呢。

他用呆滞的双皮大眼睛愣愣地瞅着她，半天才说，那我叫你妹妹吧，你这么年轻，你猜我多大，我都四十九岁的人了，马上就五十岁了，比你大吧。

她说，你们警察也能喝酒？

他点上一支烟，眯起眼睛很享受地抽了一口，警察还能写小说呢，怎么就不能喝酒了？我年轻时候喝得更厉害，喝完了还要骑着自行车回家。你知道我的这颗牙是怎么没有的？就是喝多了从自行车上摔下来把这颗牙摔没了。不过我们哈萨克族人就是喜欢喝酒的，酒都不喝了还有什么意思，我们哈萨克族人天生就是爱自由的嘛。

她诧异道，你是哈萨克族人？

他眼睛隆重地盯着一个遥远空虚的地方，好像那里立着一座巨大的建筑，我是半个哈萨克族人，我妈妈是哈萨克族人，跟着我爸爸一个汉人跑到酒泉，为了爱情嘛。本来我们哈萨克族人是住在阿克塞的，我们哈萨克族人天天骑着马放羊，放完羊就喝酒，一大杯酒就那么端着一口气喝完，一口菜都不要的。冬天的时候嘛，下大雪，哈萨克族人边喝酒边放羊，喝多了扑通一声从马背上摔下来掉进雪地里就睡着了，然后嘛，有的就冻死了。走得远了的话，要到春天才能从雪地里露出尸体来。你说这样活有什么不好嘛，关键是哈萨克族人没钱也不觉得自己穷，有钱也不觉得就多好，他们也不知道什么叫当官，什么叫权力，就知道放放羊，喝喝酒,活到哪天忽然死了就去见主了,也不住院也不用吃药打针。

她把干豆角用针线一个个串起来,半笑着说,那你回阿克塞放羊去呗。

他的眼睛开始看天上,回不去了嘛,你以为我不想回去?我一不高兴了就想,老子回阿克塞放羊去。可我是跟着汉人们长大的嘛。我爸爸说他小时候信的是孔子,后来上山下乡,所以才去了阿克塞嘛。他老了以后我问他信什么,他悄悄问我,是信观世音菩萨管用还是信主管用?我有点生气嘛,我说那可不是你想信就能信的,是主就住在你心里,你会做什么的时候都想着主,你也就不怕死。

她取笑道,你是半个哈萨克族人啊,怪不得长得还挺帅。

他把烟叼在嘴角,冷冷笑了一声,我年轻时候长得漂亮,一米八的个子,冬天穿着一件黑色的长风衣,又能写一手好文章,喜欢我的女人多了去了。

她忍着笑,问,后来呢?

他抖了一截烟灰,有些委屈有些愤懑地说,可是我都不喜欢她们,我喜欢的姑娘可不是只会做饭洗衣服就行的,要像你这样会写书的才行,才有共同语言嘛。可惜我比你大了这么多,早认识你的话,我当年就不和我那老婆结婚了。

她假装没听见,专心串豆角。

他又说,后来年纪越来越大了,加上酒肉吃多了,人就会长胖,没有年轻时候帅了嘛。不过呢,就是我年纪已经大了,也还是有人会喜欢我的。前几年就有个小学老师挺喜欢我的,她大学毕业后分到镇上的小学里当老师,她有未婚夫,在县城里给领导开车。我们认识了以后她就老在微信上给我发她的照片,你说她戴个眼镜看上去斯斯文文一个人,就喜欢给我发一些她不穿衣服的照片,我们第一次去开房就做了很久。

她有些惊惧地看着他。

他又抽进去一大口烟,吐出几个扁扁的烟圈,自觉地一字排开,道,后来每次见面都是她主动约我出来,我带着她找地方开房,我了解嘛,就不会碰到熟人。我们交往了一年,只有一个晚上我们是在外面过夜的,那个晚上我给她洗了澡,整晚上都抱着她睡,半夜的时候她忽然趴到我身上久久不肯下去,也不说话,我就摸着她的头发叫她孩子。又过了两天她就结婚了,嫁给了她的未婚夫,后来她老公把她调到县里的小学了。她后来再没有和我联系过,我连她的名字都不知道,当时存她电话的时候就用一个星号键做了她的名字。她也不知道我的,不知道会不会把我存成一个井号键放在手机里。我也不是爱她,可是我经常会想起她,有时候想起她的时候我还是会难过,就是什么都不做,两个人能抱在一起都觉得好啊。

这时候储东山急急忙忙进来了,后面还跟着一男一女都拖着行李箱,看来又是储东山不知从哪个角落里挖出来的游客。自从买了这辆二手车之后,他要么半夜开车去火车站,要么就开车到城楼下、县城里、镇上、大漠里,四处搜寻游客,只要看到拖着行李箱或疑似游客的人,他便立刻驱车尾随,然后摇下车窗赔着笑殷勤地问,住店吗?人家摇头走了,他又尾随其后一段路,继续摇下车窗向外喊,住在我们店里送沙枣送杏皮水还送胡杨木雕刻的观音菩萨,一路保平安的,住不住?住下来吧。

他已经被西部的太阳烤成了酱紫色,便衬得眼白和牙齿分外锋利,偶尔张嘴一笑都像亮出了匕首。他进了院子看见张谷来,没说什么,张谷来也没说什么,两个人无声地对视了一眼,然后他放下两个客人又匆匆向外走去,嘴里说,还有客,别让人家抢走了。话音刚落,人已经消失不见，远处是汽车在戈壁滩里的喘息和呼啸声。

　　李鸣玉忙着登记客人的身份证，男游客是个中年人，戴着眼镜，环顾四周，走到书架前浏览了一下，女游客看起来很年轻，戴着黑色的棒球帽，头也不抬地玩手机，手机壳上长着两只兔子耳朵。安顿好两个游客之后，回头一看，张谷来不知已经从哪里变出了一只铁皮小酒壶，坐在椅子里抿下去一口酒，眯着眼睛又抿了一口。李鸣玉叫道，又喝上了？你老婆也不管你？

　　他慈爱地摩挲着那只锃亮的酒壶，对着酒壶喃喃自语，妹妹你不知道，这世上再没有比喝酒更享受的事情了，就连做那个事情都没有喝酒好。他们说我有酒瘾，我说只要你喜欢一件事喜欢得不行，就没有不上瘾的，是不是？有人和我喝酒我高兴，我自己一个人喝也高兴。你说我那老婆啊，和个男人似的，不过她本来也不像女人，特别硬，长得硬，说话也硬，脾气死倔。我俩结婚的时候我都三十多了，她也快三十了，着急了嘛，就胡乱结了嘛。她结婚不到两年子宫里就长了一个瘤子，后来就把子宫摘掉了，自打摘了子宫，她就更有理由不像女人了。一年到头也不想一次，我们都分床睡了二十年了。倒是每天还在一个屋里抬头不见低头见的，怎么说吧，我现在就觉得她更像我的哥们，就是不像老婆。她才不管我，她自己在家里也喝，她是顿顿饭都要喝上个一两酒的，顿顿不落。逢年过节我俩就在家里一起喝，也不出门，没个走动处，有一次都喝多了，我俩在一起抱头痛哭。她说，我没有别的要求，但你不能死在我前面，你要先死了连个给我收尸的人都没有。我说你放心，我们无儿无女的，我一定不让自己死在你前头，我一定想办法活得比你久一点，把你送走我才敢死，我要先死了谁给你养老送终。

　　李鸣玉默默地擦着桌子，好像那里有很多灰尘，擦了一遍又一遍。

这时候那对刚入住的男女此刻又下来了，女人依然戴着棒球帽遮着眼睛，骑在男人背上欢乐地叫着，驾，驾，快跑，去沙漠里看落日喽。男人戴着眼镜本还有些斯文相，此时却像石榴一样咧嘴大笑着，驮着女人奔出门绝尘而去。张谷来盯着他们的背影羡慕地看了半天，又拿他那根指头敲打着桌面，说，你看看人家，多快活嘛。你猜这两人是什么关系？

李鸣玉冷笑一声，你们破的就都是这种案子？要么是看看谁和情人出来开房，要么是逼人承认还在吸毒。

张谷来讪讪地笑着，放下酒壶，用手拍了一下李鸣玉的肩膀，李鸣玉一躲，他又追着轻轻拍了一下，妹妹啊，我混得不好，一辈子了还是个老科员，无权无势的，你说那些年轻的谁听我的？不是我说他们，有时候下手真是没轻没重，不会打人的进来几天就学会了，而且打得比谁都狠。这工作有什么意思？你说能有什么意思？我早看透了嘛，还不如我写写文章呢。可是写了又给谁看呢？妹妹呀，我就老想问问你，你能写为啥就不写了呢？

不想写了。

不想写也总得有个理由吧。

没有。

你快写吧，我来找你啊，就是想看见你在写书，我一看，妹妹都写了，我哪有理由不写啊，我受了鼓励就也回去写去了嘛，我就不用每天靠喝酒打发日子了嘛。

你不说喝喝酒放放羊也挺好的嘛，你怎么不去放羊？

那放羊不是没出息嘛。

你倒是比汉人还汉人，汉人的精华全被你吸收了。

我就是和你们汉人一起长大的嘛，我也是半个汉人嘛。你看你，你看你,叫作家也不高兴,叫妹妹也不高兴。好了,我走了,你好好写吧。

  月亮上来了。张谷来把一壶酒喝完,居然还能唱着歌儿稳稳地骑着自行车走远。他走远之后,储东山忽然幽灵一般悄悄出现在了院子里,都不知道他是什么时候回来的,他独自站在月光下拖着一个长长的影子,显然没有再捕获到什么游客。李鸣玉吓了一跳,怎么没看见你回来。顿了顿她又补充了一句,其实你也不用怕他。他在原地很安静又很异样地站立了一会,只是远远地看着李鸣玉却不走近,忽然他小心翼翼地问了一句,玉姐,他说你写过书,是真的吗?李鸣玉在月光里站着,没有说话。

  储东山无声无息又异常敏捷地走到书架前,抽出一本,盯着封面有些敬畏有些疑惑地看了半天,才问道,真是你写的?李鸣玉终于开口,都是以前写的。他郑重地把书翻开,一个字一个字地往下看,一边看一边还读出了声音。李西梅在这个月夜又复活过来,李鸣玉看着她,竟然已经恍如隔世,似曾相识,又觉得像看亡魂一样,再熟悉也不免有些畏惧,还有些隐隐作痛。李鸣玉皱起眉头,走过去啪地合上书放回书架。一回头却见储东山正双目灼灼地看着她,把她吓一跳,他飞快地跑进自己屋里拿出一张纸,递给李鸣玉,玉姐,原来你写过书的,你怎么不早说啊,你能帮我发表这首诗吗?这是我写的。要能发表出来我就寄给我妈看,她老是担心我没有走上正道,给她看看我写的诗都能发表了,是个诗人了,她肯定高兴,再拿给那些亲戚看看,他们就不会看不起我了。去年过年的时候我表哥带着小孩去我家给我妈拜年,人家都不让他小孩往我身边靠,一过完年我就离开家里了。

  李鸣玉接过来一看,是一首《父亲》:

    不要担心,

快些走吧,

天就要黑了。

路上的汽车少了,

坐在上面也不安全。

天要下雨了。

儿啊,你不要害怕,

我老了,

睡一觉,

就会好的。

你快点回部队吧,

我累了,

得睡了。

你要早点回来,

家里没有爹了还有一个娘,

我怕她着急。

她把这张纸叠成四方小块藏在手心里,手心里长出细细一层汗,那张纸很快就洇湿了。她吃力地说,我试试吧。他的眼睛却一直盯着她的那只手,她转身要回屋里,他忽然说道,这样折了人家就看不清上面的字了,你等着,我再抄一张新的给你,马上好。

6

接下来的几天里,储东山整个人都躲在一种奇异而茫然的兴奋当中,这兴奋紧张不安却时刻在闪闪发光,他看见她的时候会刻意躲开,但是就是躲在暗处,她依然能感觉到他新采出的矿石一般的光芒,新鲜坚硬,几乎要把她灼伤,她便也有些怕见他。

过了几日,张谷来又在黄昏的时候骑着自行车来了。他满身酒气,笑眯眯地从布包里掏出一只崭新的保温杯递给李鸣玉,妹妹,我们派出所今天给每个人发了个杯子,我就给你送过来了,怕你在这里都没有个好杯子用。你快试试,看保温不保温嘛。

李鸣玉正在院子里围着围裙劈柴,没搭理他。他便坐在旁边,手里托着杯子,饶有兴趣地看着她劈柴,你说你这妹妹,不去体体面面地写书,倒喜欢在这里受这个罪,也不知道图个啥嘛。

李鸣玉白了他一眼,你不是回阿克塞放羊去了吗?

他依旧托着杯子,笑眯眯地看着她,回去放羊人家都不要我嘛。妹妹啊,我就是喜欢看见你,这喜欢不是说我爱你,爱你嘛,我也老了,爱不动了。我就是想看见你,一看见你我就觉得高兴。以前我只有喝酒的时候高兴,现在看见你我也觉得高兴,你是个作家嘛。你说你为啥就不写了嘛,为啥嘛,到底是为啥呢嘛。

他的声音像群蜜蜂一样围着她嗡嗡叫着。她挥挥手,想把声音赶走,见赶不走,她只好抡起斧头继续劈柴。

他百无聊赖地把杯子拧开看了看里面,又拧上,又拧开,你这妹妹什么都自己干,连个男人都没有吗?还没结婚呢嘛?你说你为啥不结婚嘛?两条腿的男人总是好找的嘛,不要老想着又想找长得漂亮的又想找有钱的,我年轻时候嘛也漂亮,你看老了老了也就是个老头子了,漂亮不管用的。有钱嘛也没多少用,你看我们哈萨克族人上个月挣够五百块钱,下半个月就什么都不干了,先把钱花出去再说。你看我们阿克塞的哈萨克族人可以没有钱,但不能没有舞跳,吃个馕喝个奶茶不是也活得快快乐乐嘛。妹妹啊,要找就找个喜欢你的男人,就像我这样的,就像我这么喜欢你的。等你结婚的时候啊,我给你打一只立柜漆上几层好油漆做嫁妆。妹妹啊,你试试这个保温杯吧,有时候发东西都没有我的份子,人家都想不起我来,我不高兴,不高兴有啥办法嘛,还不如回阿克塞去放羊。

过了几天他又来了,醉醺醺地骑着自行车,自行车后面夹着两条羊腿。他抱着羊腿东倒西歪地走到她面前,笑嘻嘻地捧着羊腿递给她,妹妹啊,今天镇上有人宰羊,送给我一副下水和两条羊腿,我把两条羊腿送给你,好吃得很,你烤了吃煮了吃,想怎么吃就怎么吃。妹妹啊,我就是老想看见你,我真的不是想和你睡觉,我老了,我只要看见你就觉得高兴。一看见你我就想,这个我认识的妹妹是会写书的,多好啊,你就像在替我写书一样。我真的特别喜欢你,人总得喜欢点什么吧。你说我不信我们的主,我是不信他会保佑我,不然的话,我怎么到五十岁了还是个科员呢,不然的话,我怎么一辈子也当不了作家呢,所以我不信他。那我信点什么呢,你说我信点什么好呢。我信你们汉人说的修身齐家治国平天下吧,我一辈子也就是个科员,国家不国家,轮不到我信。所以妹妹啊,我真的老想着回我们阿克塞放羊去,骑着马,喝着酒,放着羊,你说好不好?哪天喝多了从马背上摔下来掉进雪地里,我这个人就没有了,也潇洒得很嘛。我要是先死了,还得我老婆来给我收尸,可是你说我要先死了,谁给我老婆收尸呢。

她把一地的柴都劈完了,实在没柴可劈了,便说,你快回去放羊去吧,快去吧快去吧。

他打了个酒嗝,不高兴地说,你这妹妹怎么说话呢嘛。我哪天说回去就回去了,回去了就再不出来了。

张谷来蹬着自行车,歪歪扭扭地远去了。她扔下斧头,拍了拍围裙上的木屑,一片流云正从她头顶上慢慢经过。她忽然想起几年前,她出了一本长篇小说,为了给新书做宣传,辛苦辗转了几个城市做签售。每次出门都要把衣柜翻一遍,搞得像去参加选美一样。每次都很紧张,因为担心没有读者来,有时候就是只有两个读者坐在下面,活动也得照样进行下去。每次重复说着同样的话,说了一遍又一遍,像背台词一样,以至于后来她对自己开始有了一种越来越强烈的厌恶感。就这样,书仍然卖不了多少。她不得不经常做些兼职,给一些公司写广告软文,或者接活给一些小企业家写传记。

储东山几个月前种下的一棵南瓜顺着墙爬上墙头已经坐下了一个大南瓜,南瓜蹲在墙头长得膀大腰圆,眼看着已经摇摇欲坠,墙头都放不下它了。储东山便爬上墙头用绳子给它编了一张床,让它可以安心躺在上面。南瓜旁边种的两棵砍瓜也相继熟了,长出一米左右的两只绿色砍瓜,青蛇一样挂在墙上。到吃的时候,储东山拿着一把砍刀直奔过去,朝着砍瓜就是一刀,残肢落地,像把一个人卸了一条胳膊。李鸣玉吃这砍瓜的时候总觉得有点心惊肉跳,像是吃了长在这瓜身上的一条胳膊或腿。过了两天一看,那半截砍瓜的伤口已经痊愈,又长得完好如初。遂又砍了一截去吃,过了一天一看,像壁虎的尾巴一样又长出来了,虽然长好了,却还是让人觉得害怕。

这天,张谷来又骑着自行车摇摇晃晃地来了,下了自行车,像变魔术一样从左右两个口袋里各掏出一颗大粉桃,他把桃捧给她,妹妹啊,这是安宁的白粉桃下来了,好吃得很,快吃吧快吃吧。过几天天水的花牛苹果就下来了,我再给你送过来几个。见李鸣玉接住粉桃了,他又扑闪着长睫毛,兴奋地说,妹妹啊,把你的书借一本给我,我有用。你不用管做什么用,反正肯定是有用的嘛。你是我妹妹,我又不会害你。我们派出所新来一个小伙儿,个子高高,干散得很呐。才二十五岁,我就想着先给你占住了,我要把他介绍给妹妹,就得先拿妹妹的一本书给他看,先把他吓住,然后他就得乖乖听妹妹的话了嘛。妹妹啊,你听我的,不能老是一个人过,不然死了连个给你收尸的人都没有。我们哈萨克族人死了是要去见主的,你说你们汉人死了去见谁嘛?见谁嘛?见谁嘛?

李鸣玉白了他一眼,道,你心里又不信你们的主,那你死了也见不到他。

他极其认真地说,等到我快死的时候我就会从心里完完全全地相信主,那等我死了他就会来到我面前把我带走。

过了几天巴梨也下来了,梨园村的周围种了不少花牛苹果和巴梨。巴梨最不能储存,绿色的果皮一夜之间就会变成黄色,继而是剔透的金黄,再然后金黄里又有了红晕,这时候巴梨已经软得像猪油糖了,入口即化,再不吃就烂掉了。所以一年当中吃巴梨就那么几天的时间,还得抢着吃,只要过了这儿天巴梨便踪迹全无,再无音讯,只有来年八月方能再见到,简直是水果界中择时迁徙的候鸟。

巴梨也吃完了,天气愈发清肃凉爽,时日变得前所未有地悠长逍遥,食物跟在时令后面一路小跑,生怕落下。王开利又过来住了几天,说他正在寻找关于西北灌溉农业的有关资料。他们在夕阳里喝了几杯酒,他感慨道,古代的河渠卒们一旦来到河西,便终生不能再回到家乡,一辈子都在这里开渠打井,在史书上却连一个名字都留不下。其实很多年之后,我大概和一个河渠卒也没有什么区别。她笑,就是真的留下一个名字,又有什么意义,只要你换一个名字,你就会变成另外一个人。

这一日,来住店的游客稀少,李鸣玉得空正看着一本书,储东山洗的床单被罩干透了,厚厚一摞压着他,看上去像座洁净坚固的白色建筑在慢慢移动。他从她身边路过的时候探头看了看她手中的书,她闻到了被单上的阳光味和他身上的汗味,忽然知道他想干什么了,竟不由得紧张了一下。只听他说,玉姐,看书呢。她嗯了一声,继续看书,并不抬头。他抱着一摞被单走过去了,走了几步他忽然回过头装作刚刚想起来的样子,漫不经心地问了一句,玉姐,我的那首诗能发表出来吗?李鸣玉仍不敢抬头,又胡乱翻了一页书,说,这个肯定要等等的,人家编辑也很忙,估计还没看吧。他迅速转过身向屋里走去,小山一样的床单被罩移动着,他嘴里过分响亮地哦了一声。

她眼睛盯着那页纸发呆,半天不敢抬头。她曾把他郑重托付给她的那页写着诗的纸藏了又藏,先是藏到抽屉里,怕他会找到,又压在了床单下,还是担心他会找出来,最后,她想出的最稳妥的办法是把那张纸烧了,让它踪迹全无。那一日她看着那张纸的灰烬竟觉得脊背上阵阵发凉,就像看着一个人的骨灰一样。她不忍心向他解释,他这首诗是根本不可能发表出来的。

巴梨路过后,葵花又小跑着赶来了。硕大的葵花盘人头一般沉甸甸地挂满葵花秆,当地人把葵花盘叫作向葵,吃的时候砍下一只,就那么捧着花盘吃里面排得整整齐齐的瓜子,边走边吃,或者边串门边吃,吃一路,黑白的瓜子壳丢一路,像从时间里剪下来的废胶片一样。瓜子嫩而多汁,吃到嘴里不像干果,倒像一种娇小的水果。储东山说这生瓜子不好吃,便在院子里挂了几只脑袋一样的向葵,等着晒干后炒五香瓜子吃。

过了几日王开利又匆匆来住了一晚,说他前几日去考察洪水河边的农田开垦时汽车坏了,就在老虎沟的冰川观测站住了一夜,差点没冻死。她问他怎么睡的,他说他只得把随身带的几片暖宝宝贴在胸上、背上、大腿上,但也只有那几个地方是暖的,别的地方都快冻成冰棍了,热的热,冷的冷,感觉冻硬的地方敲一敲都能脆生生地掉下来。好在包里随身带着一瓶青稞酒,他就隔一会抿上一口,再隔一会再抿上一口,靠着一瓶酒打发掉了一个夜晚。说完又摇头叹息,竟然用暖宝宝取暖,实在是不体面,不体面。说着说着一看表,已经八点了,他立刻拿出手机往外走,说该给太太和女儿打电话。她嘲笑道,你倒是比闹钟还准时。他只是笑笑,便出去了。她静坐了一会,仔细听着外面的动静,却也听不到他的任何声音。只有风声从戈壁深处游弋而来,笼罩四野。她开始慢慢收拾桌上的碗筷。

这天,储东山像个出色的猎人一般一下拉来四个游客,李鸣玉给他们登记完,高兴地拍拍他的肩膀,同时也会为自己越来越像个小旅店的老板娘而感到羞耻。她嘴里说,晚上给你炖几只羊蹄。他咧嘴一笑,忽然转过头眼睛异常明亮地看着她。她忽然醒悟,知道他要说什么了,她惊惧地想要拦住他的话,但已经来不及了,玉姐,我那首诗有信儿了吗?什么时候能发表出来?

她张了张嘴,没发出任何声音来,半天才勉强说出一句,要不,要不再等等?他好像忽然就明白了什么,目光迅速黯淡下去,连忙点点头,不再说什么,换下了身上的那件满是汗味的迷彩服,自己在脸盆里使劲揉搓了几下,便出去晾衣服去了,一晾就是好半天。她知道他一定是又躲到晾出去的床单里去了。

中秋节来了,戈壁滩的早晚已经很冷了,她在衬衣外面套了一件毛衣。戈壁滩无视任何季节的变化,一年四季反正就摆着一副面孔,只是到了深秋时节,戈壁滩变得更硬更冷,表层上的盐碱愈发雪白晶亮,下了一场薄雪似的。李鸣玉决定在这个中秋节做一个当地人吃的彩色月饼,她拍着储东山的肩膀说,生活嘛,这就是生活。做月饼用的发面几天前就发酵好了,一大盆,又准备了红曲、姜黄、苦豆子、胡麻、玫瑰、芝麻、花椒叶都磨成粉,擀好七张面饼,每张面饼上刷一层粉,然后把七张面饼摞起来,再用一张大面饼像包包袱一样把七张饼都包起来,再在包袱上放一些面花和面蝴蝶之类的装饰品,然后下锅蒸熟。出锅之后的月饼足有汽车轮胎那么大,她和储东山一起把大月饼搬出来,扛到院子里,切开,果真看到了月饼里包着七种颜色。

想想来戈壁滩这么久了,日复一日枯燥无边的黄色,第一次集中看到这么多颜色,稚拙,灿烂,蛮横,如一幅挂在幼儿园墙上的儿童画,一定要天真地告诉你这个世界上到底有几种颜色,一定要告诉你这个世界的真正坚固之处究竟在哪里。她看着那月饼,忽然想流泪。她发现,当她让从前的李西梅消失之后,她确实变成了另外一个人存在在这个世上。让一个人变成另一个人,原来并不是什么难事。

她拿刀把大月饼切成一小块一小块,分给住店的每个游客,分给梨园村的几个老寡妇和村口开杂货店的母子,分给看守着古墓的老人。她问老人,大伯,你一个人守着古墓害怕不?老人干巴巴的肩上挑着一件三十年前的旧中山装,似乎时间在他身上从不曾发生过效力,他衣架似的立在那里笑眯眯地说,我给你佛(说),墓子老了就不是墓子呢嘛。你娃娃家泼实着哩,侯(不)害怕。

晚上到了,一轮巨大的明月高悬在万物之上,戈壁滩上铺着一层肃穆的银霜,明水河边芦苇呜咽,大河夹杂着月光的碎片只是向前奔流,那些已经死去的时间如魂魄沉浮于水中。她在桌子上摆好花牛苹果、白兰瓜、黄河蜜、红石榴、月饼,点了三炷香祭拜了月亮。储东山在旁边笑她,看不出你还信这个。两人吃着瓜果聊天。她边吃边说,我以前什么都不信的,从小就被教育成唯物论者了嘛,但我慢慢觉得心里真的什么都不信就好吗?你说宇宙这么大,咱们这么小,谁知道这宇宙里到底藏着什么力量,你不觉得我们每个人的命运都像在暗中被什么力量牵引着吗?储东山摇头,我当过兵,我是不信。李鸣玉掰开一个石榴递给储东山一半,嗑了几粒石榴籽,又说,像张谷来那样对他的主半信半疑的,我看他心里倒比我们多个依靠。一听说到张谷来,储东山立马不吭声了。李鸣玉干巴巴地补充道,其实你真的不用怕他的,他这个人,倒也不算个坏人。储东山还是不说话,也不再吃东西,只是抬头默默看了会月亮。

中秋节过去之后,戈壁滩里的气温迅速转冷,霜降,立冬,冬天的气息已经悄然而至了。游客一下少了很多,有时候储东山出去游荡一天也拉不回一个客人。没有客人的时候,储东山比李鸣玉显得更焦躁和不安,他会大声地锯木头做更多的家具,或者再一次捧起他那本《幸福的哲学》一看半天。大漠旅社看起来愈发多了些世外的萧索之气。屋里已经生起了炉子,夏天的时候储备的木柴派上了用场。李鸣玉到镇上赶集时买回一只铜火锅,没客人的时候就和储东山一起守着炉子涮火锅。木炭烧得红红的,火锅咕嘟咕嘟叫着,羊肉、羊蹄、肉丸子、白菜、豆腐、土豆、粉条、红薯,一涮半天,时间变得更加迟缓悠远。

这个白天刮了一整天的大风,到晚上风总算是停了,戈壁静谧,气温骤降,一轮月亮爬出来了,寒天里的月光看上去格外明亮清冷。有人忽然推门进来,披挂着一身霜气,定睛一看,不是别人,却是王开利。李鸣玉吃惊道,这么冷的天,你怎么来了?王开利搓搓手,这西北的天真是说冷就冷了。然后又端坐在炉子边慢慢说道,我来和你们道个别,这边的项目全部完了,我得回北京了,已经拖了些时日,明早回京,以后再见面怕是就不容易了。先不提这些俗事,今晚月光真是不错,我来的路上在月下想了一首诗,读来为二位助兴。

李鸣玉苦笑,这么冷的天亏你还能作出诗来,怎么过来的?不会是走过来的吧?他边烤火边说,那不至于,那不至于,但确实找不到车,只好坐了辆三轮车过来,坐三轮车有点冷倒是小事,主要是实在不够体面,看那开三轮车的农民也冷,便多付了他些车钱,他也可以早些回家歇息。李鸣玉说,你那辆越野呢?他神情端然地微笑着,那是在这边做项目借的车,项目完了总要还回去的,有来就有还,天道如此,人何以堪。这时储东山抱出一桶很大的塑料壶装的酒,说,这是我从镇上打的散酒,最贵的一种,一斤十五块钱呢,我尝过了,肯定是粮食酒,五十三度的。今天天冷,王博士明天就要走了,我们都喝点吧。

三只碗里都满上酒,王开利一仰脖子就把一碗酒喝尽了。储东山说,王博士,你喝酒痛快,我喜欢痛快人,得敬你一下。满上酒,两个人又一口把碗里的酒都喝干了。储东山把一只手搭在王开利的肩膀上使劲拍着他,王博士,我是个粗人,你能这么和我喝酒是看得起我,我得再敬你。说完又倒满,两个人又仰起脖子把碗里的酒一口喝干,复又满上。储东山正色说道,王博士,你写的诗我听不懂,但我觉得你写得好,肯定能发表出来,不像我,我再敬你。

王开利连连摆手,储兄,咱们都一样的,一样的。储东山一仰脖子把酒倒进了喉咙。李鸣玉忽听见他又提起诗,不敢多说什么,只得又帮他们把酒满上了。一碗酒下去储东山忽然大声对王开利说,王博士,你说你为什么要写诗,你要说实话。王开利沉吟半晌,微笑道,写诗对我来说是一种比较体面的娱乐。

储东山失望地摇摇头,原来你只是当娱乐。王开利见状,忙道,这世上也有人把写作当生命的,只是,我还没有那个资格,因为我只是业余的,业余而已。我写诗并不求发表,有两三知己读后一笑便足矣。储东山忽然声音发抖,为什么我琢磨那么多天才琢磨出来的诗却不能发表。王开利劝慰道,文出于心,你求发表,本就是与心背道而驰,不是为本心了。储东山忽然抱着碗眼眶湿润,我想我妈了。李鸣玉说,不能再喝了不能再喝了。说着,忙把酒壶抱到别的屋里去了。

　　再出来时两个男人正走到门口一起看月亮,她便也抬头和他们一起看。天真是冷了,都能看到彼此嘴里呼出的白气。看了一会月亮,王开利忽然说,大概是几年前吧,过正月十五的时候镇上搞了个灯会,我信步出去赏月,便也顺路去看了灯会,镇上是第一次搞这样的灯会,很多人是第一次见灯会,那真是游人如织。其中有一盏花灯做成小天安门的样子,很多没去过北京没见过天安门的当地人都过去围着这盏花灯看个不停,都兴奋得不行,像是真的看到了天安门。我也跟过去围着看个不停,居然也很兴奋,好像我和他们一样,从来没出过门,从来都没有见过北京天安门。记得旁边一个老人指着灯对我说,和电视里的一样,你看多像北京天安门啊。我连忙点头,真像,在这里看过了就不用去北京看了。好几年过去了,我一直都记得那个灯会,当时我是真的很快乐,就像真的是第一次见到了天安门。这几年里我一直都在想一个问题,那个灯会上我为什么会那么快乐。

　　正说着,储东山忽然又抱着酒壶出现在他们面前,不知道他什么时候潜回屋里把酒壶又抱出来了。于是三个人回屋继续喝酒,又喝了一茬,李鸣玉忽然想起了什么,看看表,说,奇怪了,你今天怎么没给你太太和女儿打电话?王开利朗声笑道,打不打电话她们就在我心里,打也一样,不打也一样。李鸣玉诧异道,不会吧,你向来都像闹钟一样准时,不会是喝多了吧。王开利还是淡淡地笑着,喝多又有何妨,人世百年不过笑谈间。储东山说,就是就是。又赶紧把杯子满上。李鸣玉夺过酒壶说,光喝酒没意思,我们说点好笑的来助兴,这样吧,每人讲一个关于谈恋爱的段子,自己的别人的都可以,谁先来。

王开利自告奋勇,说要讲一个关于他室友的故事。他说他的大学室友读大二时喜欢过一个女生,暗恋两年终于鼓足勇气向那女生表白,那天晚上下着雨,他尾随女生走到教学楼门口,女生看到下雨便站在门口,他鼓起全部的勇气走过去,把费尽心思琢磨良久的一首情诗送给女生。女生微笑地扫了一眼便礼貌地还给他,然后连伞也不打就冲进雨里走了,她情愿淋雨都不愿和他多说一句话。从那个晚上开始他便断了谈恋爱的念头,余生便只剩下了做做学术。

另外两个听的人静默了半晌,然后她接口道,我讲两个我自己的段子吧,有一次我去相亲,约了在咖啡馆见面,见面之后,坐在我对面的男人看着我掏出的手机皱着眉头说,你连个苹果手机都不用?作家最起码得用个苹果手机吧。过了几年,我还是单身,只好又去相亲,相亲的男人拐弯抹角地问我,打听一个写书的人一年能赚多少钱。我说没几个钱。他表示不信。我说真没几个钱。见过这一面之后就不再联系。又过了大概两个月,一天深夜此人忽然发来一条短信,你写书若能一年赚够一百万元,娶你。

三个人拍着桌子大笑,储东山边笑边叫,酒呢,酒呢,快拿酒来。那两个人都笑着转向储东山,该你了,该你了,快讲一个。

储东山说,我没谈过恋爱,讲不了。我当兵的时候,绝大部分战友都没有女朋友,晚上都是自己在被子里解决,好多人常年不敢晒被子,被子一晒出来跟地图似的。我的一个战友在手机上终于认识了一个女网友,虽然没见过面,他却是特别喜欢这没见过面的女人,为了找话题,就把自己每次出海的详情都告诉人家,人家也很关心他,问长问短。他特别高兴,觉得恋爱就是好,有人时刻关心自己。手机上联系了一年都没见过面,后来终于说好在三亚见面,结果两个人在三亚一见面就被抓起来了,说这女人是间谍,故意钓上他的,我这战友因为泄密被判了刑。后来我们部队附近仅有的几个小饭店小商店还有理发店什么的全部被关掉了,我们指导员说那里面的女服务员都是间谍,我们说不像间谍啊,间谍也能说一口村里的土话?指导员说,连土话都不会讲还做什么间谍,总得有点间谍的专业精神吧。后来我们在手机上再交女网友就交不成了,因为看着哪个都像间谍,小学老师像,银行职员也像。

　　三个人又是一顿大笑,又喝了几碗酒。储东山敲着碗唱起军歌来,大海洒满了金色的晚霞,军港的黄昏像迷人的图画。李鸣玉说这次真不能再喝了,又抱走酒壶,过了不到五分钟,发现那酒壶又跑回来了,富态地蹲在桌子上。储东山一拍桌子,今晚必须一醉方休,我们当兵的就是拿酒说话,王博士明天就走了,下次再一起喝酒都不知道猴年马月了。

　　又喝了几碗酒,忽听王开利兴致很好地说,如此月夜,两三知己小饮,人生快事莫过于此,莫辜负这等好时光,我再给二位吟首诗吧。储东山连忙痛苦地抱住头,王博士,你的诗我都听不懂,还是就别念了吧。王开利踉跄着踱步出屋,在月光下徘徊,声音听着幽远清旷。

　　月上中天,天地俱澄澈,戈壁滩里传来喑哑的风声,还有隐隐约约的河流声。两个男人似乎还在喝酒,李鸣玉撑不住,在月光下兀自沉沉睡去。早晨醒来顿时觉得头大如斗,四肢却绵软如絮。储东山正躺在地上酣睡着,王开利却早已不见了。

7

几天后的黄昏,李鸣玉正在打扫院门口,忽然看见有个人影骑着自行车,歪歪扭扭地晃过来了。这天天气阴沉肃穆异常,北风呼啸,空气里已经有了隐隐约约的雪味,看起来今夜有雪将至。不用看她都知道那是谁,她继续扫地,直到一条长腿从自行车上飞下来叉在了她面前。她一抬头正遇上张谷来的眼睛,她忽然觉得他哪里有点不对劲,就像一块磨砂玻璃忽然被擦干净了,眼睛看着忽然大了一圈,睫毛分外长,扇子一样,嘴巴鼻子也分别大了一圈,清晰得近于可怖。她忽然明白过来了,他今天身上没有携带酒味。没有喝酒的他看上去异常清澈凛冽,甚至有点锋利。他扑闪了一下扇子般的长睫毛,忽然就说出一句,王开利死了。

她又扫了几下地才忽然停住,像是终于听明白了,一声不响地抬头盯着他,等他说完。他两条腿都着地,像拍一匹马一样拍了拍自行车的车座,才不动声色地说,顺着河水都流了好几天了,被卡进芦苇荡里后今天才被人发现,有几个脚指头已经被鱼吃掉了。说完忽然扫了她一眼,长睫毛下闪出一道奇异的光亮。她愣了愣,接着埋头扫地,扫着扫着就听见他的声音从后面追上来,你最后一次见到王开利是什么时候?

她重新抬起头,眯着眼睛打量了他一眼,你什么意思?

他纹丝不动地接着她的目光,我已经打听清楚了,他在死前一个晚上来过你这里。

她打了个寒战,有些惊慌又有些愤怒地说,那又能说明什么?

他却出奇地镇定,一个人死了总得搞清楚是怎么死的,是自杀还是他杀。

她嘲讽地看着他，是不是破了这个案子，你就终于能升官了？

他站在那里仍然纹丝不动，看起来极其陌生，不要小看小科员，科员也是警察。

空气里有什么高密度的东西正在迅速聚集，迅速浓缩成了一种重量，一种庞然大物，它擦着她的鼻翼，还有他的，散发着可怖的气味。她把目光费力地从他身上挪开，有些愤怒有些茫然地看着戈壁滩，半晌才说，他那个晚上是来过，说是第二天就要回北京了，和我们道个别，后来都喝了不少酒，我们聊天聊到半夜，后来我睡着了，醒来时他已经不见了，我以为他一早醒来要赶时间就悄悄回北京了。他回北京能和家人团聚了，他为什么要去自杀？像他那样一个书呆子，半个仇人都没有，谁会去杀他。

张谷来又拍打着自行车的后座，好像那真的是一匹马立在他面前，他说，我已经和他单位联系过了，王开利根本没有什么老婆和女儿，他这么多年一直是光棍一条，和年迈的父母一起挤在胡同里的一个大杂院里，那院里住着好几户人家，他虽是北京人，但连自己的房间都没有，一直是和自己的父母挤在一起睡。

他没有结过婚？

连恋爱都没有谈过一次，只是他很奇怪，自从过了二十八岁之后，他逢人便说他有太太和女儿，彻底断绝了别人给他介绍对象的可能。

……

那些在这边工作的人都是数星星数月亮地盼着回北京，回去还能提一级职称，他终于熬出来了，却忽然要自杀？没道理的。

她目光阴凉安静地看着他，你到底想说什么？

像在一种液体中忽然搅入了很多混凝土材料，他变得前所未有的坚硬和固执。他走到屋里,用一根显得过长的指头指着屋子里的桌子,你们当时坐在哪里喝酒?是这里吗?

是。

你们喝酒喝到几点?

很晚了,不知道是几点。

你早晨醒来时他已经不见了?

是。

当时的院门是关着的还是开着的?

她冷笑一声,他不从门里走难道是从墙上翻出去的?

他垂着长睫毛,点了一支烟,姿势看上去有些干枯。他躲在一团烟雾后面说话,妹妹啊,我们有话好好说,你看我就一个人来的,都没有和那帮年轻的一起来,他们打人打得厉害,我都怕他们。你倒说说王开利好好的为什么要死呢?博士都念完了,课题也做完了,父母都在北京,他别的都不为,也总要对父母尽孝吧,你说他怎么忽然就死了呢?

这世上总有些事情是没法说清楚的。

凡事都有原因,怎么就没法说清楚了?

你老问我为什么就不写了,为什么要来这里,我没法给你讲清楚。王开利死了,我相信他也一样,没法告诉你他为什么要死。每个人都有他恐惧的东西……你能明白吗?这在别人眼里根本看不到的东西也许在他眼里比什么都大。我一个朋友从来没有见过鲸鱼,可是她经常和我说,她最怕看见鲸鱼,因为它是鱼,却太大。你能听明白吗?

她眼睛上瞬间泛起一层水雾,目光浸泡在里面,看起来又亮又硬,石子一般。他几口就抽掉大半根烟,从那个没有了牙齿的豁口里喷吐着青色的烟圈,他的面目越来越模糊下去了。然而就在这时候,她忽又听见他的声音清晰地说,一个人不可能无缘无故就死掉的,不是自杀就是他杀。

她眼睛上的水雾迅速干掉了,她挑起半只嘴角微笑道,我记得你不是半个哈萨克族人吗?说实话,我觉得你对我们的儒家文化这一套比对你们的主还了解,你身上没有一点哈萨克族人的天性。

他把烟头扔到地上,用一只脚反复碾压了半天才慢慢说,这是两码事,那你倒说说,一个人死了,如果不是自杀和他杀,还能有什么别的可能?

如果他只是因为那晚喝多了,想到河边看看月亮落入水中的倒影,想作首诗却失足掉进河里淹死了呢?像王开利那样的人,你以为他不可能半夜跑到河边去看月亮吗?他比你自在得多。

有什么证据可以证明他那晚是一个人去的河边?

不是证据的问题,是你心里根本就不相信这世上会有为了看月亮而淹死自己的人。

就在这时候门嘎吱响了一声,储东山扛着两只肩膀缩着脑袋进来了,一进门就跺脚道,冻死人了,今天怎么这么冷,是不是要下雪了。他忽见张谷来正在屋里,脸色一白,想要退出去,可能又觉得不合适,便踌躇一下还是走进来了。进来又不知道手脚该往哪里放,束手束脚的,竟好像全身上下都长满了多余的手脚。张谷来盯着他看了几分钟,忽然向他用力招了一下手,你过来。储东山慢慢挪过来,脸色越来越白,不停地眨巴着眼睛看着李鸣玉。张谷来又点上一支烟,看着他又往前走了两步。储东山停住,两只脚已经不自觉地外八字打开,两只手伸得直直的,紧紧贴着裤缝。李鸣玉不忍再看他,只说,不用站那么直。张谷来突然就问了一句,你紧张什么?

他站得笔直,异常紧张地说,我紧张了吗?

张谷来的长睫毛后面像住着两只水中的生物,活的,泛着波光。他说,王开利死了,你知道他是怎么死的吗?

储东山后退了几步,不敢再说话,只是用一种惊慌失措的目光拼命找着李鸣玉。李鸣玉指指桌子,那天晚上他们俩都喝多了,最后都趴在这桌子上睡着了,他怎么会知道王开利是怎么死的?

你看见他们都睡着了?

……是。

那就是你一晚上没睡?你一下都没睡?

……

你又怎么知道他半夜去了哪里?他完全可以半夜出去到河边一趟,再回来装睡嘛。

储东山的嗓子里发出一种古怪的叫声,他不顾一切地叫道,王博士已经回北京了啊。那晚我喝多了,王博士也喝多了。

他的紧张让张谷来变得更加轻松甚至有些愉快,他用那只指头的关节有节奏地敲打着桌面,那我问你,你们喝多以后做什么了?

睡着了。

都睡着了?

是。

到底是你先睡着还是他先睡着的?

我。

你先睡着了怎么能看到他也睡着了?

那就是他。

到底是谁?

真的喝多了,我真的记不起来了啊。

这时候窗外的天色已渐渐转暗,一种沉甸甸的铁灰色布满空气中,西北风夹着石块捶打着窗户。李鸣玉一直站在窗口看着外面,这时她忽然淡淡说了一句,下雪了。储东山听到她的声音也看了一眼窗外,果然,铁灰色的天空里夹杂着雪花,地上已经落了薄薄一层雪。张谷来坐在那个地方没有动,只是又点起一支烟,他的脸在昏暗中变成了一团,声音却愈发庞大坚固,像站在这屋里的第三个最魁梧的人。他的声音一边盘旋一边观察着,时而出现在储东山的背后,时而又盘旋在他们头顶上方,时而就在储东山的鼻尖下面,今天有人来报案的时候正好我值班,办公室里就我一个人。这是你的运气,我没和任何人说这事,就想着先过来了解一下情况,你看就我一个人来的吧,没错吧,我们毕竟认识嘛,对不对?要是过了今天那可就不一样了,估计就没有人像我这样和你说话了,你也知道的,像你这样有前科的,肯定要先被当作犯罪嫌疑人,法律规定的嘛,有前科的嫌犯可以直接审问,没有人会和你好好说话的,先把你带到局里再说。

夜色已至。窗外的雪越下越大,院子里和屋顶上已经落了厚厚一层雪,屋里没有开灯,只有从窗户里缓缓撒进来的雪光,冰凉而毛茸茸地无声爬行在三个人中间,屋里有了雪的气味,每个人身上都裹着一层寒意。储东山站在原地一动不动,这时候站在窗口的李鸣玉忽然又说了一句,雪下大了。听到这句话的时候,储东山终于动了动,他扭头看了一眼窗外,雪光映到他脸上,他看起来忽然平静异常。

再回过头的时候他的声音开始变得灵巧轻盈,像长出了两只翅膀一样,甚至还渗着一点可怕的温柔。他背对着雪光,黑黢黢地站在那里说,反正你也不相信我的话,我说是我先睡着的你也不相信。王开利的酒量你知道吧,我还不如他呢,今晚我们不如先喝场酒吧,喝场酒你也就知道我的那点酒量了。

储东山抱来那只巨大的塑料酒壶,找来两只茶碗,张谷来看着外面的大雪,犹豫了一下,但酒已经倒好了,酒香和雪花的清香搅在一起,散发着邪气。他和储东山干掉了第一碗。储东山说,酒不错吧,我从镇上打来的散酒,不过这绝对是粮食酒,五十三度的,五十度以下的酒不要喝,六十度以上的那就是喝酒精了。这个度数正好。

一碗酒下去,张谷来眼睛开始发亮,酒不错。两个人又干掉一碗,接着又一碗。

储东山说,好酒啊,下雪天喝点酒全身都暖和,玉姐你也来一碗吧。李鸣玉站在窗边只是无声地看着外面,这时她伸手打开一扇窗户,雪花顿时卷了进来,屋子里飘荡着白色的雪花,空气开始变冷变硬,碰到脸上凉凉的。储东山举着碗,笑嘻嘻地说,我最近又偷偷写了一首诗,不敢给别人看,现在我给你读一下好不好,我算想明白了,写诗就是写给自己看的,为什么一定要发表出来给别人看呢,你说是不是。

张谷来冷笑一声,你才写过几个字?我是写了一辈子,也照样没人看。他们劝我自费出本书送人,我才不干呢,不是舍不得出这个钱,是不愿花钱求人看。

储东山连连点头,我就是个门外汉,不能和你比,来,咱们还是喝酒吧。

几碗酒下去之后,张谷来的五官开始慢慢松弛下来,牙齿上的豁口黑洞洞地亮着,目光则从脸上游离出来,用一种迟钝笨拙的警惕东看一眼,西看一眼,时不时又看看窗外,其实我年轻的时候不想当警察,一心想当作家,有意思吧?你说我为啥想当作家,因为我从小知道自己是半个哈萨克族人嘛,我的母亲早早就去世了,那时候我才二十岁出头,我就没有母亲了,直到现在我想起我的母亲来还是想流泪啊,她死那么早,该是活得多孤独啊。我年轻时长得漂亮,个子又高高的,可是我也孤独嘛。所以我就是想写,老是想写,每天下了班我还要点灯熬油地写啊写。写了一辈子,结果作家没当上,警察嘛还是个小科员。

储东山又给他倒酒,你二十多岁就没有母亲了?也怪可怜,我多少还比你强点,有个老母亲在老家。有母亲在我就觉得那里还是我家,哪天要是母亲没有了,我也就彻底无家可归了。

张谷来的长睫毛深深垂下来,他又把碗里的酒一口喝干了。

储东山又继续把酒倒上,他的语调变得更加轻快起来,当个小科员怎么了,你说一辈子能干成大事的人有几个?不都是像我们这样的人,不知不觉间也把一辈子混完了。

张谷来抬起头来,忽然悲伤地看着他,所以我总是想回阿克塞去,是真的,我从来没有回去过,可我总是想回去放羊,一边喝酒一边放羊,自由自在,到我死的时候我就会相信主,他就会来到我面前把我带走。

储东山避开他的目光,又递给他一碗酒,现在就有酒,管够。

张谷来已经开始坐立不稳,他摇摇晃晃地僵着舌头忽然问道,王开利是怎么死的?

储东山看了看窗外的大雪,他又举起一碗酒,喝掉这碗酒我就告诉你。

张谷来喝完了。

张谷来趴在桌子上一动不动,扇子一样的长睫毛垂下来遮住了他的眼睛。储东山无声地站起来走到他身边,他拍了拍张谷来的肩膀,没动,他弓下腰去,利落地把他背在了自己背上。他默默地看着李鸣玉,李鸣玉也默默地看着他和他背上的人。大约一分钟之后,她慢慢走到门口替他把门打开,雪花立刻扑了进来。出了院门只见戈壁滩已经是白茫茫一片,幽暗的夜空中还在撕扯着大团大团的雪花。

储东山背着张谷来在雪中向白茫茫的戈壁滩一步一步走去。不一会,在他身后又出现了李鸣玉的身影,她推着张谷来的那辆旧二八自行车,跟在储东山的身后。走到梨园村通往镇上的中途,储东山把背在身后的张谷来放在了雪地里,把他的头朝着梨园村的方向。他前后左右看看,没有别的人影,除了雪就是雪。李鸣玉也渐渐走近,把那辆自行车放倒在了他的身边。两个人在雪地里站立了一会,直到张谷来和自行车的上面已经落了一层雪花。

在他们身后,来时的脚步已经被大雪覆盖。

几个月后,春天到来的时候,李鸣玉带着储东山进了一趟冰沟。他们顺着古老的河道一直往山里走,峭壁上镶嵌满了贝壳和卵石,散发着亿万年前海洋的气息,直到来到那座连结中原和西域的吊桥处。然后他们翻过西边那座高高的焉支山,站在了那块巨石边缘,夏日塔拉草原轰然出现在眼前。直到此时,他才站在那里,迎着猎猎山风第一次号啕大哭。

月　　煞

一

　　刘水莲一直记得那个深夜的月光。
　　她是在睡到半夜的时候忽然醒来的。就像是被一个陌生人的体重给压醒了。醒来的一瞬间里,她有些恐惧地看着盖在自己身上的棉被,棉被上没有人,只有雪一样的月光无声地落在上面。月光是从那扇雕花木格窗户里流进来的,汩汩地流了一屋子。整间屋子就像在水底一般,那些旧家具面目模糊地站在月光深处,看起来柔软而飘摇。她睡的那张木床就像水底一艘斑驳的船舱,只有她一个人在上面,正驶向一个陌生的地方。
　　她从床上爬了起来,掀开竹帘,走到了院子里。并没有人叫她,其实整个院子里都没有一点点声音,但是她被一种神秘的东西像磁力一样吸引着,走进了院子里。月光落在青砖青瓦上,那些青砖青瓦便流转着一种瓷质的光泽,清凉而温润。院门上的那角飞檐高高挑向青森的夜空,看上去像一只巨大的鹰的翅膀,就要遮住那轮苍青色的月亮了。是满月。刘水莲忽然有一种不知身在何方的感觉,只觉得周围的一切神秘到了陌生,而又有些微微的可怖。

月光像大片大片的雪花落在她身上,砸着她。

她犹豫着恐惧着,却还是下了两级台阶,就在她踩下那级台阶的同时,她忽然被钉在了青色的月光里。她看到院子里居然还站着一个人。是个女人,背对着她站在那里。就月光她觉得背影像是母亲刘爱华的,她身上穿的那件红衣服也是刘爱华的,在月光下,那件红衣服忽然像吸足了血液一样,鲜艳凄怆得让人不敢多看。可是这背影又不像是刘爱华的,她从来没有见过刘爱华这么安静,安静到肃穆地站在一个地方。刘爱华是个疯子,已经疯了十八年了。每天她不是在哭就是在笑,她怎么会这么安静祥和地站在深夜的月光里?不会是她,一定不是她。

那,又是谁?

刘水莲愈发害怕了,她甚至有些站立不稳了,寂静的月光像蛇一样缠着她的喉咙,她开始有些窒息了,她踉跄着往后退了一步。月光下的女人听到脚步声忽然回过了头,看着她。是刘爱华,不,准确地说,是刘爱华的脸。但,目光却不是她的了。刘水莲站在五步之外的地方看着刘爱华,刘爱华也看着她。刘水莲在看到她的目光的一瞬间里便感到了一种巨大的恐惧,她想转身逃走,想回到屋子里。可是,她动不了,她被月光钉在了那里。那绝不是刘爱华的目光,是有一个陌生人正站在她身体里向外看着她。她,正和一个陌生人在深夜里对视着。最可怕的是,这个陌生人根本不认识她。那目光是远的,是凉的。是隔了几千里地望过来的。刘爱华不认识她了？十八年了,她忽然不认识她了？刘水莲挣扎着动了动嘴唇,想把那一个"妈"字喊出来。可是,她的嘴唇只是像灯影一样无声地落在了雪地里,她嘴里没有发出任何声音,那声音一出来就在月光下蒸发了。

刘爱华还在看着她,她脸上有一种深不见底的平静和遥远,她就这样很远很静地看着她,一个字都不说。她站在月光里像一尊静静的青砖雕塑。刘水莲试探着又往前走了一步,其实此时刘爱华离她已经只剩下一步了。她这才发现她几乎没有这样近距离地看过刘爱华,因为这个女人每天都在她身边,就像她已经是她身上的一件器官了,割都割不掉。

她们更近了,刘水莲突然发现,刘爱华居然把头发梳得一丝不乱。在一个深夜里把头发梳得这样一丝不乱？这十八年里,每天都是外婆张翠芬给她梳头的,一天不给她梳,她就会蓬头垢面地在镇子上乱跑。现在,张翠芬早就睡着了,她住的北屋熄着灯,想是没有醒来。

那么现在,只有她和她了。

两个人在黑暗中静静地对视着，像站在一条大河的两岸渺茫地看着对方,中间有巨大的河流黢黑无声地流过去了。她突然就伸出一只手向刘爱华的衣服摸去,她想看看眼前的是不是只是个投在墙上的影子,是不是这只是她做的一个梦。可是,那影子往后退了一步,躲开了她的手。她忽然用冰凉的水底一般的声音对她说了一句,你是谁？声音也不是刘爱华的,那就是,这不是从一个疯子口中说出来的声音。刘水莲的那只手猝然停住了,影子落在月光里,又停在了两个人的影子中间,看上去像一只边缘清晰的鸟的剪影。

刘水莲跌跌撞撞地逃进了屋子,躲在了自己床上。她想,这一定是在做梦,这不可能是真的。不可能。到明天早晨就好了,她要等着天亮。这剩下的夜晚刘水莲一直是似睡非睡,一会醒了一会又睡着。她已经彻底分不清楚究竟是梦境还是真的,也不知道刚才见到刘爱华是梦还是真的。那种睡眠轻薄得像层纸,随便什么一戳就破了。她就这样支离破碎地睡到了天亮。

有什么在响,是外婆张翠芬起床去开院门的声音,张翠芬每天起床第一件事就是先去开院门,以免让街坊邻居觉得她家在睡懒觉。她迷迷糊糊地想,天亮了?想爬起来的时候竟发现自己周身酸痛,像刚打了一晚上的仗一样。她正在床上歪着,忽然就听见张翠芬在院子里喊了一声,是谁开的门?她的声音里有一种近于绝望的尖尖细细的东西伸了出来,像刀锋。刘水莲这下彻底醒了,她挣扎着爬起来冲进院子里,看到张翠芬正站在院子里看着虚掩着的院门,门闩被人从里面拔掉了。有人半夜把门打开了?院门都是从里面拴好的,从外面打开根本不可能,除非是翻墙进来开门出去了。可是墙上并没有一点被爬过的痕迹。张翠芬忽然像想起了什么,迈着碎步,急急忙忙地跑进了东厢房。那门也是虚掩的,一推就开了。刘水莲看到外婆猝然就站了东厢房的门口,不再动了。

她突然想起了昨晚的月光,怎么就亮成那样呢,亮得都有些邪气了,像是白天的倒影一般,落在水里的清凉的逼真的倒影。昨天晚上月光下的刘爱华到底是真的还是假的?还是只是她的一个梦?她跟着过去了,跟着站在了刘爱华住的东厢房门口。她忽然有些莫名的哆嗦,就像是站在一处洞穴前的感觉,因为不知道洞穴里有什么而微微地恐惧不安着。

然而，东厢房里是空的。没有人。一老一少两个人怔怔地看着这间忽然就陌生下来的厢房。早晨的阳光把她们的影子烙在了砖头地上，肥大臃肿。阳光从窗子里筛进来，她们甚至都能看见在阳光里游动的那些灰尘。一种突如其来的陌生像一个屋子深处的人影一样，越长越大，越长越大，几乎要把她们两个人的影子全部吞没进去了。

刘水莲忽然就明白了，这种陌生是从那炕上从那些家具上从这屋子的每一个角落里散发出来的，那就是，这间屋子里有一种异样的整洁。被子是叠好放整齐的，家具是新擦洗过的，镜子亮得像刚磨过的刀。就连脸盆架上的毛巾都搭得纹丝不乱。这间屋子十八年里都没有这样陌生地整洁过。这种整洁看上去就像是刚被刀斧砍出的一道伤口，新鲜、生硬、粗粝。又像是在一夜之间变出来的狐妖的房子，只是一种幻影，似乎只要轻轻一碰，它就消失不见了。

那摞被子被码得整整齐齐的，蹲在炕角。上面却没有人。墨绿色的油毡铺在炕上，油毡上的几朵红色的牡丹鲜艳欲滴，油毡反射着早晨的阳光，亮得像面湖水，那几朵牡丹似乎就在水中轰然开放了。可是，这油毡上，也是空的。刘爱华不见了。

刘水莲这才开始有了些知觉，就像从一个很深很长的梦里慢慢醒过来了。一种奇异的却是尖锐的直觉像一枚刀一样直直穿过了她的身体，她听见风声从那里呼啸着穿过。那就是说，昨天晚上见到的刘爱华是真的。可是，她现在又去了哪里？她是半夜走的吗？就是在把这些家具全部擦洗完了，把屋子收拾干净了，就悄悄走了？这么说，她是在她走之前看到她的？她在半夜梳着那么整齐的头发，原来准备要出门？出一次远门？

就在这个时候，一群人已经从虚掩的院门里涌了进来，涌进了刘家的院子里。刘水莲再一次有了身在梦境中的迷离感,她根本看不清那些人的脸,却异常清楚地听见了走在最前面的那个男人的声音,他说,婶,快去井儿街,有人在井里看到爱华了。

刘水莲感觉自己一路上几乎都没有用脚就到了井儿街中间的那眼井边了,她忽然觉得身体里有一种巨大的空旷感,就像她身体里忽然长出了一大片沼泽和沼泽上的天空,到处都是明晃晃的空旷。这些身体里的空旷突然让她轻盈如飞,她被熙熙攘攘的人群挤着夹带着,飞到了井边。涌到井边的人越来越多,一个消息已经迅速传遍了整个小镇。刘家的疯子忽然掉到井里死了。这好好的疯子怎么就忽然死了呢?昨天还见她在路上又笑又叫的,怎么睡了一夜就死了?

尸体已经被捞出来了,像尾鱼一样晾在井边的石台上。是刘爱华。她静静地躺在那石头上,皮肤苍白到了浑浊,冰凉而僵硬,水珠从上面滚过又落了下去,就像她也是一件被打磨出来的新鲜的石器。她的脸被井水泡得微微有些肿,就像是突然之间长胖了一些,眼睛是半闭着的,一束很冷很硬的像石头一样的光从那条缝里挤了出来。一看到她的脸,人群忍不住往后退了一步,像是怕被那眼睛里的光伤到自己一样。

她身上的那件红衣服吸饱了井水更加鲜艳了,在早晨的阳光里带着一种肉感的荤腥。她的头发,刘水莲忽然看到了她的头发,从这么深的井上掉下去,又在这么凉的井水里泡了一夜,那头发却还是一根都没有乱。也就是说,昨晚在月光下看到的刘爱华是真的。真的是她。她是费了多大的力气才把这一头长发梳得这样纹丝不乱啊,就像是刀削斧刻上去的。只有石头刻出的头发才会这么牢固这么坚硬吧。

人们在悄悄议论着,怎么就死了?寻死的?要不是寻死难不成是被人推到井里的?

就是个可怜的疯子，一疯疯了这么多年，哪有什么仇人？谁会害死一个疯子？八成是自己寻死跳井了吧？

疯了这么多年也没见她跳过井上过吊，就连刚疯那时候也没见她要跳井，怎么突然就想起跳井了？

疯子的心，又没人知道她每天在想什么。我看她也是好一阵坏一阵的，有时候病轻了些还知道和我打招呼呢。她是不是知道自己疯了，心里也是不好活吧。

那就寻死？

呃……不好说。

张翠芬已经哭得扶着井栏起不来了，脸上又是鼻涕又是泪，她干干地张着嘴，嘴里却已经发不出任何声音了。就像她的声音忽然被什么东西吸走了，她的两片干枯的嘴唇就那么无声地却剧烈地抖动着。刘水莲却一滴泪都没有，她久久地看着母亲的尸体。她这才发现，她从来没有这么近距离地看过这个女人，十八年里从来没有过。从她生下的时候，她就已经疯了。她是被外婆张翠芬一手带大的，是张翠芬用羊奶把她养大的。刘爱华的病时轻时重，重的时候谁都不认识，连自己的妈都不认识，更别说认识她了。病重的时候，她就在街上不停地笑着，叫着，哭着，还要脱自己身上的衣服，一直要脱光才停下来，然后还要站到街中间去，经常因为围观的人太多把路都堵住了。张翠芬每天都要出门找她回来，就像找一个贪玩得不肯回家的儿童。她一条巷子一条巷子地找，一条街一条街地找，有时候还到山上找，别人说你就关上她几天。她说不能关，关住了就疯得更厉害了。

一直到把刘爱华找到的时候，她再拉着她的手把她拉回家，也像拉着一个耍赖皮的小孩子。张翠芬每天早晨给她洗脸梳头发，换衣服，然后她就笑嘻嘻地自己跑出去玩,到晚上再衣冠不整地回来。她就像一具泡在酒里的小孩的尸骸,永远地泡在那里了,她将再不会老去。她从时间的轨道上自己抽身退出了,她沿着自己一个人的真空的轨道往前走,没有衰老,也无所谓悲伤。当刘水莲开始上初中了,上高中了,也开始终日为自己的前途担忧的时候,刘爱华还是活在十八年前的二十二岁,她已经被风干了,一步都没有往前走,高兴了就笑,不高兴了就哭。她像一枚钉子被钉在了时间深处的某一个缝隙里,任是谁都拔不出她来。

从小到大,就因为这个疯子母亲,她受过多少欺负。男同学欺负她,女同学则是一见她就躲,似乎她是个传染病人,是带着病菌的,随时都会传播给别人。同学们欺负她也就罢了,连老师都没有一个对她好过。上课回答问题的时候,她从来不敢举手,因为老师根本就不会叫她回答问题。她坐在教室里就是一件摆设,一件透明的摆设,他们根本看不见她,任是谁都能从她的身体里穿过去,踩过去。

她是空气。不是人。

只有一回她像是存心要报复老师一样,壮着胆子举了次手要回答问题,结果把语文老师吓得眼睛足足瞪了有半天。她觉得她不正常了,可是疯了?怎么突然就要举手回答问题?这事本来不奇怪,可是放在她身上就奇怪了。就像一个本来没有腿的残疾人忽然站起来要跑步,真是怪吓人的。后来,语文老师把这件事四处讲给别人听,说真是铁树开花了啊。铁树开花?她又做了回传说中的怪物,此后就彻底死了心,自己心甘情愿地把自己当成了一缕空气。她心甘情愿地让自己下贱下去,下贱到最深不见底的地方去。

一个人退到最无可退让的时候,还有什么能伤着你?

她在这个小镇上生活了十八年,这个疯子做了自己十八年的母亲。

小的时候,大约是皮肉还没长结实,委实羞耻了好几年。她觉得这疯子是长在她身上的一块赘肉,压在她身上越长越大,她恨不得把它割掉,踩扁,可是这疯子一直结结实实地长在她身上,无论怎么样,她们都是血肉相连的,怎么割也割不断。后来她慢慢长大了,也就皮糙肉厚起来了,脸皮也跟着厚了,绝不像小时候那样,别人一个眼神就把能把她杀死。她已经有些刀枪不入了,谁爱笑就笑去,爱说什么就说去,只要不怕浪费自家的唾沫。听到别人说起疯子这两个字的时候,她一脸的凛冽和无畏,就像一个刚从战场上回来的满是暗疮的战士听到别人说起打仗的表情。这两个字最早对她来说是一块揭了皮的红红的肌肉裸露在那里,任意给人参观。到后来,这伤也就结疤了,起茧之后竟然比其他部位还要厚实些,耐磨些,盔甲似的长在肉上。这世上,有什么事情是白受的呢?没有。

你就是觉得你都死过九次了,那也每一次每一次都不会是白死。

二

刘水莲知道自己是这个疯子生出来的,她是从她身体里走出来的。可是她为什么要生她?她一个人在这个世上受苦也就罢了,还要复制出另一个她来一起受苦?想到这里她便有些恨她。她是这个世界上离她最近的人,也是离她最远的人。在刘爱华疯病最厉害的时候,她就是喊妈喊得撕心裂肺,肝肠都碎成一截一截的,她也不知道这是在叫她。她在另一个世界里迷路了,任是什么都不能把她唤回来。声音,血液,肝肠寸断,都不能。

只有偶尔病轻的时候,她会突然叫她莲莲。她的目光也在那一瞬间抽去了坚硬的芯子,像水草一样柔软咸腥地趴在她的脸上,身上。刹那,她全身都是这种咸腥的味道,就像她的全身上下都在流泪。这个时候,刘水莲便觉得,自己终究不是石头里蹦出的猴子,终究还是有母亲的。那是一个人在这个世界上的出处,回去的路有很多条,可出处只有一个。但这种柔软也不过是偶然的,她的母亲更多的时候是在走失,在一个很深很深的隧道里走失,只有偶尔,才回来看看她。她连趴在她肩上哭一次的机会都没有。

可是,昨天晚上,她看到她时,她的目光为什么陌生到那种坚硬的地步?坚硬得连一丝缝隙都没有。像一扇关得严丝合缝的窗户,一点点灯光都透不出来,没有人能知道里面究竟是什么,又有什么会突然从里面走出来。

现在,她看着她的尸体忽然明白了,昨天深夜,在她看到她的那个时候,她其实已经完全地彻底地清醒了,完完全全的。也就是说,昨天深夜,她突然从一个深不见底的梦里醒过来了。醒来的时候,身边一个人都没有。这一觉就是十八年。突然醒来时自然是物是人非,不知身在何处了。刘水莲想,在她突然醒来的那一个瞬间里,她该是多么深的恐惧啊。这十八年对她来说,就是一眼深井,她一个人向井底爬去,想看到最井底的地方究竟是什么,她想把这一眼井开采出来,想把十八年里沉积下来的东西全部挖出来。挖给自己看。可是那最深的井底,连一点光都没有。那是怎样一种巨大的黑暗?

昨晚,她看到她的时候,她也许正在那里努力回忆着什么吧,她在想这究竟是哪里,她在这里做什么,想她究竟是谁。可是,她根本认不出她了。她生她的时候就已经疯了,当她从那条很深的隧道里突然走出来的时候,她把自己的女儿遗留在里面了。所以,她再也不认识她了。在这个世界上,这个生她的人,却再也不会认识她了。当她就站在她对面的时候,她却彻彻底底地成了她的陌生人。

　　昨天深夜,她一个人在那里究竟徘徊了多久,寻找了多久啊,她一定是一点一点地找到了什么痕迹,十八年里往事的痕迹。那些细细碎碎的羞耻像一根根血红的针一样无声地刺进了她的心里,太多了,太密了,她拔都来不及拔。大约在那个时候,她就决定了这一死了吧。这个决心定了之后,她反而平静了,于是在十八年里她第一次把自己的屋子打扫得干干净净,把被子叠好了,换上了十八年前最好的一件衣服,就像,这十八年从来就没有存在过。然后,她洗了脸,梳了头发,把一头长发梳得纹丝不乱,盘了一只精致的发髻。

　　原来,她那样精心地梳好头发,只是为了让别人能看到她干净整洁的尸体,活着的时候她没法让人看到这样的她,那就让他们看一眼死去的她吧。这才是她。在她悄然走出这院子的时候,也一定留恋地看着这从小长大的院子吧,因为她知道,这一去就永远不会再回来了。是永远。也就是在那个时候,刘水莲被一种神秘的东西唤醒,走出房间看到了她。原来,她们对视的那一眼其实就是永别了。从此以后,这个生过她的人,和她就是阴阳两隔了。

　　她却不知道,她怎么能知道。

　　原来,她忽然惊醒,走出屋子,就是为了和她道个别。是月光叫醒了她。难怪昨晚的月亮会亮成那样?亮得让人觉得惊心动魄,觉得一定有什么要发生了。满月里那种神秘的磁场突然把一个疯子从时光深处残忍地唤醒了,然后又叫醒了睡梦中的刘水莲。

　　她却根本来不及知道。

　　刘水莲一声不响地蹲在了刘爱华的尸体旁边,静静地看着躺在地上的女人。旁边有人过来开始搬动尸体,把她放到了一张木板上,准备抬走,木板还滴滴答答地滴着水。木板刚刚被抬起来的时候,蹲在地上的刘水莲忽然像睡醒了一样,尖叫了一声,妈,便向着木板扑过去。她死死拽着木板,要把刘爱华的尸体往下拽,两个男人都挡不住她,她突然就浑身长满了力气,很邪很硬的力气,她的手紧紧拉住了刘爱华的一只胳膊,嘴里只是尖叫着,拼着命地喊一个字,妈,妈。上来更多的人要把她拉住,要把她的手从尸体上掰下来,可是她的手像长在那里了。她像尾即将被下锅的鱼一样挣扎着,蹦跳着,要从人群里蹦出去,谁也拦不住她。就在刘爱华的尸体要被抬走的那一瞬间,她才忽然明白过来了,在这个世界上,她再也没有母亲了。从前,哪怕她是个疯子,是个傻子,她总归还是个有妈的人。可是,从此以后,再也没有一个人可以让她对着她喊出"妈"这个字了。在这个世界上,这样一个人就要永远永远地消失了。

原来,这就是永别。

刘水莲趴在井台上久久哭着,不肯起来,似乎这井台上还留着刘爱华的余温,她捂着它,怕它消散,可它还是像水一样从她指缝间流走了。

井边还不甘散去的人们悄悄议论着,疯子也知道跳井?看来也不是全疯……

是忽然就清醒了吧,以前就有过这样的事,疯了好多年突然就和好人一样了。我估摸着她可能是想起自己以前做过什么事了,觉得没脸再见人了。可不是,站在这大街上把衣服脱得光光的,被全镇人都看到了,就是好了又怎么见人……

可惜了,本来是好好的一个大学生。要不是她妈当年……

听到这句话刘水莲猛地抬起了头。

屋子里，刘水莲冰凉地牢牢地站在张翠芬面前，像一株没有了一片叶子的挂满了冰霜的树。刘爱华突然死了，她才忽然明白，原来，刘爱华是一个谜。知道谜底的只有张翠芬。现在，她要她把这个封了十八年的谜底告诉她。

张翠芬终于缓缓地开口了。刘爱华从小学习很好，但是高考的时候她戴的那只老表居然走停了，她看错了时间，没有答好题，最后只考取了一所很普通的大学。刘爱华尽管对那学校很不满意，但还是去报到了。刘爱华在那所大学里总觉得很委屈，她失魂落魄地过了一段时间后，意外地遇到了一个人。是她高中一个年级的同学，一个叫马军的男生。原来，他和她考到一所大学了。高中有一阵子，她曾经暗暗喜欢过这个体育很好的男生，但也只是暗暗地喜欢。高考压在头上，别的根本不容考虑。可是现在，他又一次意外地出现在了她面前。

对大学的失望使刘爱华很快就把全部精力集中在了这个男生身上。人总是要千方百计为自己找到寄托的，一种东西让他们失望了，他们就会逼自己转向另一种东西。那是一种本能，就像植物要活下去就得千方百计把根须伸到有水的地方去。他们刚刚见过两面的时候，马军因为踢足球骨折了，在床上躺了三个月。这三个月里他们都没有见面。三个月之后的一天早晨，他在去教室的路上忽然看到站在路边的刘爱华。他只看了她一眼就不动了。这个女生就那么看着他，却满脸是泪。她一步一步走到了他面前，泣不成声地说了一句，你去哪了，我在这等了你三个月。马军不知所措地看着她，在马军还没有反应过来之前，她已经伸出双臂抱住了他，她当着路上的人来人往，紧紧地抱着他，久久没有放开。马军也觉出了这拥抱的异样，忍不住也紧紧抱住了她。那一刹那，他深深地感动了。她抱着他，拼了命地要把她嵌进他的身体，要化成他身上的一部分。他们的恋爱就是这样开始的,一直谈到大四毕业,马军留校了,他们商量着准备结婚。在这个时候,刘爱华回了一趟家,是被张翠芬叫回去的。她并不知道,这一回去,她和马军就已经是永别了。

原来,这世界上这么多撕心裂肺的永别就藏在那些最波澜不惊的瞬间背后。

在你以为是开始的时候,其实就已经是结束了。

三

张翠芬一直站在窗前,背对着阳光在那里说话,仿佛她身上有什么伤口是见不得阳光的,她必须把自己隐蔽在这背光的角落里。于是刘水莲看到的只是虚虚的一个影子,臃肿的,松散的,像一堆已经烧完的纸灰,只要一碰就会灰飞烟灭。她看不清她的表情,只能听见她的声音,这声音就好像一个隐形的人形一样站在离她很近很近的地方,她甚至都能感觉到它擦到了她的鼻翼。

她听见这声音说,你不知道那种害怕,那种无依无靠的害怕,男人早早死了,就丢下我和一个女儿,为了不让她受屈,我三十岁就守了寡,就没有再嫁人。她是我唯一的指望啊,我这么多年是怎么把她带大,怎么把她供出大学来的啊。我就剩她这一个亲人了,要是她也远远嫁到外地,我怎么办,你让我一个人怎么活?我当时是真没有办法啊,我根本想不到她会疯,根本想不到,我只是想把她留在我身边,不要离我太远。我想不到她会当真成那样,她太傻了,太死心眼了。她真是一点弯都转不过来啊。要是知道她后来会变成那样,那我就是一个人苦死也不会叫她回来啊。你不知道我后悔了多少年,你知道我这么多年是怎么熬过来的?我每天是往自己心里扎刀子啊,心里每天都在流血,每天每天。我连死都不敢死,我死了她怎么办？还有,我死了你怎么办？

当年,刘爱华回家后,张翠芬就不让她回去了,说是在县里的中学给她找个老师的工作,离家近,就在本地找个男人结婚。刘爱华死活不同意,哭着闹着要回去。张翠芬看她铁了心地要回去,就把她关了起来。想着关几天她也就回心转意了。刘爱华因为一直没有回心转意,被张翠芬关了整整一个月,这期间,马军曾经千辛万苦地打听到了她家的住处,找到了她家。张翠芬没有让他们见面,只告诉马军,刘爱华已经结婚了,嫁到县里去了,不在家里。而事实上,当时,刘爱华就被关在院子里那间紧紧拉着窗帘的东厢房里。马军听完张翠芬的话就绝望地离开了,连口水都没喝就转身走了。他这一去就再没有来过。

一个月之后的一个早晨,当张翠芬进去给刘爱华送饭的时候,忽然就发现她的目光变了。她忽然不认识她了,就像她的身体里忽然住进去了一个陌生人,这个陌生人隔着刘爱华的身体与张翠芬四目相对。在那一刹那,张翠芬突然就明白了,她,已经疯了。

刘水莲闭上了眼睛,就像她正坐在刘爱华当年待过的那间黑屋子里。门窗紧闭,窗帘严严实实地拉着,被抽去了神经的时间像一堆杂沓的,死滞的脚步,没日没夜地踩着她过去了。那一个月的日日夜夜像一盆火烤着她,煎着她,煎着她的每一根神经,每一寸皮肤,煎着她的五脏六腑。那一个月的时间里,她是怎样像飞蛾扑火一样盯着那窗帘缝隙里渗进来的一点点光亮。她像一枚风干的标本一样把自己挂在那里,挂在那一点点光亮的缝隙里,等着有人来救她出去。

那是怎样一种等待啊,每一分每一秒,都是在刀尖上走过来的。是每等一分钟都肝肠寸断的啊。

在这个世界上,还有一个男人在等她,她爱他却不能再见到他,那是怎样一种疼痛啊,把两个人血肉淋漓地分割开,是怎样一种痛啊。也许一个人真的去爱了,就是有几条命都会拿出来,就是只有一条了,也会拿出来。

刘水莲忽然想起,她从小就在刘爱华屋子里的窗框上,床上,墙上,看到过被利器划过的痕迹,那些不成形的,诡异萧索的痕迹挂在那里一直散发着骨质的寒凉,她一直都不敢去碰它们,就像它们是一道喑哑的谶语。现在,它们已经在十八年里的岁月中凋零枯瘦下去了,像一些风中的残荷,一碰就碎的。可是,她现在才能够一点一点地把它们捡起来,拼凑起来,拼成了两副完整的骨架。一副骨架是"马"字,另一副骨架是"军"字。她用自己的指甲,把这个她爱着的男人很深很深地葬在了这屋子里每一个细密的角落里,把他深深嵌入每一寸每一寸空间。那么,从此以后,在这个世上,无论她是生是死,他都和她在一起了。

用最后的力气做完这件事,她就松手放开了自己,任由时空的狂流把她冲走,漂走。冲到哪里算哪里。她再也撑不住了,因为她已经用完了全身的最后一丝力气。她就是这样在时间的隧道里走失的,从此以后,她在错乱的时空中孤独地流浪了十八年。

刘水莲可以想到,那个晚上,当她轻轻掩上院门向井儿街走去时是怎样地轻松和急迫,快点,再快点,她一分钟都等不及了。在那个满月的晚上,在那条空旷寂寞的街上,她一个人带着自己长长的孤单的影子,梳着整齐的发髻走到了那口井边。她朝着那口深深的井里看了一眼,那就是她最后要去的地方了。井水里映着一轮金色的满月,就像一枚硬币沉在水底,似乎随手一捞就捞出来了。然后,她一秒钟都没有犹豫就跳进了那眼深深的井里。

她跳进了那轮金色的月亮里,像传说中的嫦娥。

张翠芬已经颓然坐在了地上,她坐在那里大口大口地喘着气,似乎在一个早晨的时间里,她已经把自己完完全全榨干了,榨得一点力气都没有剩下,她成了一具被蚀空的残骸在河岸被流水冲刷着。上午的阳光从玻璃窗里滤进了这间刘爱华曾经住过的屋子,屋子里的空气顿时有些发酵起来,酸而暖,像人的体味。像是这屋子里密密麻麻地站满了人,站满了大大小小的刘爱华。冲着这阳光站着的刘水莲忽然泪如雨下,她对着地上的张翠芬喊了一句,那我呢,我到底是从哪里来的,是谁生了我?她都没有结过婚,她怎么生出我的?你们为什么要让一个疯子再生出一个孩子来受苦?

张翠芬仍然伏在地上,她只能听见她断断续续的声音像裂帛一样在这空气中撕裂开来,一声比一声更让她觉得惊心动魄。她说,第二年的春天,我忽然发现她怀孕了……她经常一个人……在外面乱跑,我总是不想把她关起来,我觉得她太可怜,就想让她快点好起来,快点醒过来再嫁个人过日子。可是,她就这样怀孕了……我也暗暗地去查过到底是谁做的这孽事,可是,天哪,我再也查不下去了,因为,不是一个人强奸过她,不是一个人哪……我还去哪里找?都是我作的孽,我都认了,我早就认了,这就是我的命。我吃多少苦都让她把书念完,就是因为我自己没上过学,我不能让她像我一样啊……她小的时候每天自己背着书包上学放学,一回家就写作业,学习比谁都好……那时我怎么也想不到,有一天,她会成了今天的这个样子……这是对我的报应。我那时就想,不管这个孩子的父亲是谁,我都要把她养大。你妈不能没有一个孩子啊,她已经什么都没有了。她又不是天生的疯,她本来是很聪明的,我就想,她生的孩子也一定是聪明的。你确确实实是你妈十月怀胎生下来的啊,生下来还不到六斤,当时我都以为你活不了了,谁知你……

谁知我还是活下来了?你应该高兴,有了我就可以接我妈的班了,你不是就怕没人给你养老送终吗?现在,她死了,是不是该轮到我了?刘水莲满脸是泪,目光却是铁铸的一般钉到了张翠芬身上。张翠芬一动不动地看着她,嘴唇无声地张开,又合上了,像一尾干枯的濒死的鱼。刘水莲不再看她,她又一次打量着这间屋子,在知道了十八年的谜底之后,她突然感觉到刘爱华的魂魄分明还住在这屋子里,她知道,她的魂魄再不会离开这间屋子了。她是一只焊在了这屋里的芯子,从此以后,她永远都在这里,就像,她根本就没有死过。

此后,刘水莲走在镇子上碰到每一个男人的时候,她都会突然看着他想,这个男人会不会是她的父亲?这种意识总是在一瞬间像锋利的刀刃一样划进她的大脑,它既是冰凉的,又是灼热的,它捅着她的大脑还有她的心。她周身走风漏气地从他们身边走过去,倨傲而苍凉。他们之中有一个人的血液就流动在她的身体里,她却不知道他是谁,她捉不住那缕诡异的血液的源头究竟在哪里。他们中的每一个都可能是他,又每一个都不可能是他。她简直像这小镇上的所有男人集体生出的一个孩子,而在本质上,她又是根本没有父亲的。她姓刘,她随了母亲的姓。这其实就是在一开始就告诉别人,她是根本没有父亲的。她被他们彻彻底底地放逐了,然而,她还是不小心长大了。大得都可以和他们面对面站着,看到他们的眼睛里去了。

她想,当他们从她身边走过的时候,会不会有那么一点心虚?心虚这是不是自己的孩子?甚至,他们会不会有些恐惧,因为,她居然也长这么大了,大得都可以报仇雪恨了。她本身是不存在的,可是他们中的一个一定要把她从空虚中唤出来,就像唤醒装在瓶子里的那个魔鬼。是他们把她唤醒的。

　　黄昏的时候,刘水莲一个人坐在山上向山脚下的镇子看去。血色的夕阳把整个镇子染红了,整个镇子像晶莹剔透地汪在了一泊血液里。她一个人坐在山上晃着双脚,忽然有一种近于无耻的满不在乎,她把两只脚对着镇子,就像坐在一个水盆边把两只脚泡进去嬉戏一样,她带着仇恨地戏谑这个镇子。谁让它生出了她,谁让他们生出了她? 她就是一个镇子和一个疯子生出的一个赘物。那张男人的面孔反而藏在镇上一个最深不见底的角落里。如果真的有一天,她把这个男人从那个角落里翻出来了,挖出来了,她站到他面前又该做什么? 叫他父亲? 荒唐,简直荒唐到了滑稽。她恨不得把他咬碎了,剁碎了。他怎么能让一个可怜的已经心碎的疯子再生下一个孩子? 她自己受的苦还不够吗,却还要把她复制出来,拖着她,一起受苦。她从来到这个世界上就像一个人质,被挟持着活了十八年。现在,她要自由了?

　　刘水莲就这样晃荡了两个月,经常是连教室都不去,有时候她看到张翠芬正四处找她,她就悄悄躲起来,不叫她,故意让她找去。这样过了两个月就是高考了,刘水莲终究还是参加了高考。她平日里算个学习中等的学生,只考上了一所省城的大专也不足怪。就算是个大专,她也要去上。她必须离开这个镇子,她打起精神参加高考也是为了这个。因为她知道,如果不抓住这最后一根稻草从这镇子里逃出去,以后,她就再也出不去了。她就会像刘爱华一样,被铸死在了这镇子里。她会成为封在琥珀里的那只虫子,再怎么鲜艳也是死的。她必须得为自己挖出一条通道来,她才能从这芯子里逃出去。

　　必须逃出去。

　　这个晚上,刘水莲和张翠芬坐在灯下吃晚饭,木桌上摆着两碗小米粥,一碟咸菜,还摆着一张揉皱了的录取通知书。那通知书印在一张劣质的纸上,纸上那几个嶙峋的黑色的字和那枚血红的章凛冽地挤在一起,散发着一种潮湿的炽热,好像这些字和这枚章也是摆在桌子上的一道菜,等着她们把它吃下去,还要把它消化掉。两个人却谁也没有向那张纸看一眼,都埋着头喝粥。灯泡的光有些昏暗,落在她们的脸上,手上,像长出了一层釉质。灯光像金属一样落在金色的小米粥里,粼光闪闪,她们头也不抬地就着小米粥把这金属咽下去了。两只碗都终于空了,像两只落在木桌上的满月,静静地静静地摆在她们中间。

其实刘水莲知道的,张翠芬根本供不起她的学费。这么多年里,她们三个人就是靠张翠芬摆个小烟摊,织点毛线袜活下来的。那烟摊是用两只凳子一只木匣子撑起来的,风雨无阻地摆在井儿街的路边,张翠芬就在烟摊后面一针一线地织着毛线袜。夏天忽然下暴雨的时候,她也舍不得把烟摊撤掉,就到人家屋檐下避避雨,烟摊还在雨里,盖了一块塑料布。她站在房檐下眼睛还是一个不错地盯着那些路过的人们,唯恐漏过一个要买烟的。真要是有个过来买烟的,别说是下着暴雨下着雪,就是下着刀子她也要赶紧跑到烟摊跟前的。这几年里,张翠芬的眼睛渐渐开始花了,织毛线袜的时候连针脚都看不见了,她便更全神贯注地守着那个烟摊。因为这是三个人唯一的一条活路。

冬天的时候,她就把烟摊摆在冰天雪地里,然后在烟摊下面生一只小小的铁皮炉。她必须像烤番薯一样不停地烤自己的两只脚和两只手,才能避免它们冻僵。即使这样,整个冬天,她的双手和双脚上还是长满了紫色的冻疮,像一粒粒熟透的樱桃一样终日流着橙黄色的液体。每天早晨,她早早起来把早饭做好,接着再把午饭也做好,然后在身上揣一个饼子当自己的午饭,就搬着烟摊到井儿街上去了。中午的时候,刘爱华和刘水莲在家里吃已经做好的午饭,她不回家,怕耽误了生意,怕少卖了一盒烟。她就在烟摊后面啃那只饼子吃。晚上,一直要到街上已经没有什么人来回走动了,她才搬起烟摊回家做晚饭。经常是别人家都准备睡觉的时候,她们家的晚饭才刚刚做好。

她们三个人成了这镇上一个独立辟出来的生物群,独立在人群之外的,就像一只从灌木丛中长出来的坚硬的木耳。任是谁都摘不掉她们,她们额外地牢牢地长在那里,渐渐地像岩石一样风干在了那里。

她们活得不像人,她们活成了这镇上的一种奇异的标本。

刘水莲就这样生活了十八年,她当然知道张翠芬根本拿不出这笔学费,可是,她要惩罚她。她要替死去的刘爱华惩罚她。所以她要把这张劣质的录取通知书压到这个正在一点一点老去的女人身上,压在她臃肿而苍老的肩膀上。

因为,这是她该得的报应。

沾满了油腻和灰尘的灯泡里滤出的灯光照着这两个坐在木桌旁边的女人。她们披着一身的灯光,一动不动地坐着,就像两只温润柔和的坛子。刘水莲一言不发地看着坐在对面的张翠芬,一种痛像一排隐秘的牙齿一样在她身体深处静静地咬着她,咬着她。但她连一点声音都没有发出,就任由它们咬去,咬她的五脏六腑。

张翠芬也不说话,她一直盯着那张纸,她用一种专注而遥远的目光看着那张薄薄的纸,就像在那黑字和红章之间正上演着一出戏,她正看到紧张处,她看着那几个戏子会怎么做,看着它们走出来又走进去,看着它们走在悲欢离合间。她老了,年轻时白皙的脸上满是密密麻麻的斑点和皱纹,每一道深深浅浅的皱纹就像深深浅浅的容器一样,盛满了灯光。这使她看起来就像站在了灯火通明的舞台深处,看起来,她的整个人都忽然被点燃了。

坐在对面的刘水莲忽然之间感觉到这种异样的明亮了,她忍不住有些微微的害怕。就在这个时候,张翠芬忽然站了起来,她站起来的时候,那盏昏暗的灯泡正好卡在她的额头上,照着她的脸像镀金菩萨一般,神秘,肃穆,安详。她站在那里,对着桌子后面的刘水莲说了三个边缘极其清晰的字,跟我走。

四

街上满是月光。

无孔不入的月光。

是不是所有这些要发生点什么的夜晚都有着这样凄厉的月光?这样像舞台灯光一样尖锐明亮而荒诞的月光。刘水莲的影子跟着张翠芬的影子,无声地走在寂静的青石板路上。她们那长长的虚虚的影子庞大地落在街上,看起来像两只兽的影子,带着一种隐秘的不祥出现在小镇的青石板路上。

月光像洪水一样洁净地冲洗着整个小镇,所有的角落里弥漫的都是这种月光的冷腥,像一场盛大的灾难即将燃烧。她们鬼魅一般的影子穿过街道,穿过胡同,终于在一个院子门口停住了。院门还没拴上,裂着一道缝,屋里的灯光从这缝里吐了出来,像一条蛇信子一般寒凉。张翠芬慢慢推开了门,然后她们两个无声地踩着月光向那间点灯的屋子走去。刘水莲忽然就觉得走在自己前面的张翠芬不再是个人,自己也不再是个人。她们像两个月光下的罗刹忽然神秘地降临到了这镇子里。

没有人知道,她们是来报仇了。

那房门被推开的一瞬间,屋子里的人都愣了一下。屋里一共有四个人,两个孩子在桌子上写作业。他们头对着头,黑色的头发闪着光,看上去像河流深处两颗光滑的卵石。女人坐在炕上做着一只鞋,男人正半躺在炕上,淹没在女人的影子里。屋子里的地面没有铺水泥,满是坑坑洼洼,屋子中间一根柱子撑着屋梁,柱子上挂着一只米篮子,还有半袋白面。

在男人看到张翠芬的一瞬间,忽然就从炕上弹了起来。也就是在那一瞬间里,刘水莲从他的眼睛里看到了一种巨大的恐惧,这种恐惧顿时便让她浑身长满了力量。她甚至很邪地对他笑了一下。张翠芬的脸上笼罩着一层奇异的平静,使她的整张脸看起来都是陌生的,又是可怕的。像一种真正的战争来临之前的平静。她对着炕上的男人平平静静地说,李战海,你知道我是来做什么的,十八年了,她要上大学了,出不起学费,我是来要钱的。

屋里的女人死死地盯着张翠芬看,又盯着李战海看,像是突然之间她谁都不认识了。李战海已经从炕上跳了下来,刘水莲这才看清楚,这是个多么瘦弱,又多么猥琐的男人啊,连胸前的肋骨都能一条一条数得见。他的两条腿是有些罗圈的,站在那里似乎连站立都站立不稳。刘水莲想,这样一个男人,就这样一个男人,却可能是——她的父亲?她一阵翻江倒海的恶心,脸上的笑却更邪更锋利了。她笑吟吟地看着这男人,看着炕上的女人,甚至还看着那两个写作业的孩子。她听见李战海干涩的声音,她听见他慌不择路地说,怎么就说是我的?你凭什么说是我的?

张翠芬冷笑,你凭什么说不是你的?

那又不是我一个人……

张翠芬忽然从腰带上拔出了一把剪刀,她把那剪刀牢牢套在了自己的一只手上,就像忽然之间她长出了第三只锋利的手。她才说,你要是敢说你没睡过她,我今天就把你的这张嘴剪烂喂狗。我告诉你,今天我来就没打算活着回去,你要是不拿出钱来,我今天半夜一把火把你们全家都烧死,你信不信?

……

我放过你十八年,不是放过你一辈子。你还真以为没事了?是还没到时候。现在,到了。

李战海的女人已经在尖着嗓子哭叫,边扯着头发摇着大腿哭,边叫两个孩子收拾书包,她要带他们连夜回娘家去。李战海倚着那根柱子,有气无力地说,我没钱,你也知道,我连他们的学费也出不起。

张翠芬说,那就去借,我都让你十八年了,你今天就别想躲过去,想躲?连门都没有,拿不出钱来就把命拿出来。你还想什么都不往外拿?

最后的结果是李战海连夜七拼八凑出了五百块钱,他说,就这么多了,实在没有了,你今天就是杀了我也只有这么多了。他已经把自己缩在了墙角里,看上去只有小小的一握,似乎一只手就可以把他拎起来。张翠芬久久看着放在桌上的那沓揉皱的钞票,最后,她幽幽叹了口气,拿起钱装进了口袋。然后,一声不响地向门口走去。刘水莲跟在她身后,在她转身要出门的一瞬间,她忽然回头对着墙角的李战海笑了一下。灯光下,她像匕首一样,残忍地对他笑了一下。

她们的影子再一次走进了胡同,再一次出现在了街上。她们无声无息地,力大无穷地走在月光下,一前一后,紧紧相随着,像两个身披盔甲的铁血战士。夜更深了,月亮更亮了,它散发着一种比白天更惨烈的光芒,在这种惨烈的明亮里却又四处飞翔着黑暗诡异的影子。踩着月光她们两个悄无声息地出现在了另一家院子门口。这家的院门是用树枝扎起来的,只轻轻一推就开了。刘水莲认出来了,这是老光棍来宽的家,他连扇木门都懒得割,就终年用这树枝扎起来的柴门。原来,原来,就连来宽都可能是她的……父亲?在走进这院门的一瞬间,她几乎被一种巨大的疼痛击倒在地。张翠芬继续向前走,她气喘吁吁地死命地跟着她,就像是一不小心就会走丢一样,她几乎是拖着自己的两条腿在走。

　　来宽是个五十岁出头的老光棍,很小就是个孤儿,无父无母,由祖母带大,祖母死后就再没人管他了。他有一口自己吃的饭就很不错了,哪里有钱娶媳妇。自然也没人给他说媒,他也就只能一年又一年地荒着,一直荒到五十多岁。就住在祖母留下的这两间破屋里,靠在附近的铁厂里打铁挣点钱养活自己。因为长年在铁厂里打铁,倒也练出了一身好肉,坚硬黢黑,像铁的颜色,摸上去也像铁。土制的铁厂十分不安全,经常出现铁水烧伤工人的事故。来宽的一只脚是这样被烫伤的,一只眼睛也是这样被烫瞎的。因为他的一只眼睛是玻璃珠子做的假眼,所以他看什么东西看什么人的时候都得把脸侧过来,把全部注意力都集中到那只真眼睛上。由于用的力气太大了,使那只眼睛看上去总是睁得要掉出来的样子,似乎随时都需用手把它塞回去。那只假眼睛则终年散发着死滞的玻璃的光泽,蛰伏在他脸上,一动都不动。

　　铁厂里一拿了钱他就去买酒和猪头肉,揣在怀里揣回去,一个人关上院门就坐在屋里一个人吃着喝着,他吃东西只用一只手,另一只手就在一条卷起裤管的大腿上来回地搓啊搓,搓起了泥面鱼一条条滚落下去。他从不刷牙,吃喝完了就地一盘就睡着了,所以不到五十岁的时候,嘴里的牙齿基本上已经掉光了。他也不去配假牙,就用两颗残存的牙齿和光秃秃的牙床继续磨碎那些吃的,咽下去。只要有钱他就去买吃的喝的。别人说你好歹给自己添件衣服,他说,一件衣服穿在身上能觉着什么？披一件衣服在身上那就是把七斤猪肉披在身上了。不可惜了吗？

就是这样一个老光棍，居然也可能是……她父亲？两间低矮的破屋里都没有开灯，莫非来宽不在？然而，张翠芬连犹豫都没有犹豫就朝其中的一间走去。她似乎突然之间具备了一种超人的嗅觉，就像某种动物的嗅觉一样奇异，但是，不像人的。门上挂的是竹帘，只一挑，她们就像魂魄一样无声地飘进去了。月光畅通无阻地从窗户里从竹帘里涌进来，像金属一样轰轰地砸着这屋里的人。就着月光，她们看清楚了这屋里还有一个影子，是来宽。他就在屋里，却没有开灯。他正坐在月光里独自喝酒。三条影子面目模糊地相对着，就像看着彼此在河水里抽去了筋骨的倒影。

刘水莲听见了张翠芬的声音，她说，来宽，十八年了，水莲要上大学去了。我是来要钱的。刘水莲以为这个男人也一定像李战海一样跳起来大叫，凭什么说是我的？可是，这个影子半天没有说话，他无声无息地坐在那里。他周身长着一层毛茸茸的光晕，看起来像一只睡着了的动物。他们三个默默地对峙了一会之后，刘水莲听见了他的声音。这声音从一张没有了牙齿的嘴里发出来，就像从一处很深的洞穴里吹出的风声，支离破碎的，走风漏气的。他毫不挣扎地说，明天铁厂就开这个月的钱了，开了钱我给你送过去。然后他就又一次沉下去了，无声无息了。

一种清冽的酒香从他们中间滑了过去，就像琴弦上的最后几个余音，然后落到地上，碎了。张翠芬没有再说一句话，她转过身向屋外走去。刘水莲也木木地跟着她，走了出来。走到院门的时候，她甚至还不忘回头看了一眼那间屋子。屋里还是没有开灯，从这里看过去，屋里黑黢黢的，像一处坟墓。她走出去时甚至还替他掩上了柴门。她惊恐地问自己为什么？为什么还要替他掩上门？她回答不了自己，她只是想笑，没有缘由的,想在这月光下凄厉地大笑。

然后,她们接着往前走。夜已经很深很深了吧,刘水莲忽然近于蛮横地喜欢上了这个夜晚,走在这晚的月光里,她觉得自己极高极大,像一尊俯视着全镇的雕像一般。她从没有这样清晰地觉着,自己是活着的。

在这个有月亮的晚上,张翠芬带着刘水莲一共敲开了九家院门。到后半夜的时候,家家户户已经睡下了。但她们不管,她们两个人像骑着两匹战马的战士一样,整整一晚上马不停蹄,她们在这个晚上把这个镇子变成了她们的战场。她们死命拍打那些已经关紧的院门,直到把镇子里所有的狗都惊醒了,镇子里四处是狗吠声,凛冽的拍门声在深夜里像水波一样一传就是很远。空气陡然变得紧张起来,一种朔气从人们的窗口呼啸而过,刺激着每个人的耳朵,就像有什么战争正发生在这镇子里。镇上的灯一盏接一盏地亮了,人们走出院门四处询问,究竟发生什么事了。但是街上是空的,人们什么也没有看到。

刘水莲一晚上一扇一扇地数着这些门,刚开始的时候她是心惊肉跳的恐惧,到后来就渐渐麻木了。她冷冷地从那些男人的脸上扫过,想,这样的男人?就一个这样的男人?每一扇门就是一张纸,她戳破了这张纸,看到了下面的谜底。一个又一个的谜底重叠在了一起,一张又一张的脸重叠在了一起,叠成了一张她根本不认识的脸。到最后,她已经看不清这张脸到底长什么样了。她的神经也只剩下了一种木木的本能的痛,在她的皮肤下血红地抽搐着,像一只被剥了皮的动物。

天终于亮了,张翠芬和刘水莲踩着破碎的晨雾,像踩着战场上剩下的颓垣残壁,一步一步向自己家门口走去。接下来的三个晚上,三个有月亮的晚上,张翠芬都带着刘水莲去要钱。苍凉的狗吠声,坚硬凛冽的敲门声和女人们的哭声和在一起响了整整三夜,全镇的人们都听到了,他们熄了灯,在倾泻进来的月光里静静听着这深夜里的敲门声,他们甚至都能听到两个女人在青石板路上走过的脚步声,咔嚓咔嚓的,每一步都像是玻璃做成的,又空又脆。镇上所有的女人看着躺在炕上的自己的男人心里都在胆战心惊地想,她们要敲的下一扇门会不会就是自己家的?自己的男人当年会不会也……

整个镇子就像正面临着一场空前的浩劫,就像有千军万马呼啸而来要将这个镇子洗劫一空一般。虽然所有的人都明白,其实只是一老一少两个女人,但是,到了第二天天亮的时候,所有的人还能从空气里闻到一种可怕的阴森的魅气。这气味把白天也笼罩住了。

刘水莲白天在街上走过的时候,所有的人看到她就停住了手里正做的活,停住了正说着的话,悄无声息地看着她。她像是突然漂到了这镇子上的一座孤岛,无依无靠,荒草满地。他们看着她,不像在看着一个人。似乎一夜之间,她已经异化为别的生物了。她背着他们的目光,沉甸甸地一路背着。这目光伏在她的背上越长越大,越长越厚,像一层钙化了的壳。她背着这层骨骼一样的壳反而无所谓了,反正已经到底了,悬了十八年的果实终于落到地上了,还有什么好怕的?心里便骤然平静下来了。她甚至对他们笑,很邪又很无邪地对他们笑。直到笑得他们害怕起来,纷纷躲开。

在三天三夜的时间里,张翠芬把八个男人的钱都先后要到了手。她一个一个地数着,让刘水莲都记在账上,现在,就差最后一个男人了。这第九个男人叫王满水,曾经做过镇上供销社的采购员,年轻时候天南地北地跑过几年,后来回了镇上,就在自己家后墙上挖了一个门,开起了镇上第一家小卖部。这第四个晚上,张翠芬和刘水莲吃过晚饭就开始收拾东西,她在头巾里包了几个馒头,几块咸菜,带了一罐头瓶凉水,带着一把剪刀,然后就出发了。刘水莲跟在她身后,她们又一次出现在了井儿街的青石板路上。月亮已经是下弦,月面蚀去了一块。缺月疏桐间,回响着更漏的凋零,像是一夜之间就已经滑到深秋里去了。这种残月的光还是青色的,青色中带着一点苍黄,使月光下的一切看起来就像在一幅老照片中似的,蹉跎而柔软。那空中的电线落在地上的影子就像水中旖旎的蛇影。她们踩着这月夜里的波光水影,一直走到了王满水的家门口。

一直没有人开门,那扇门喑哑地紧紧闭着,就像在门的后面正生长着什么阴谋。丝丝缕缕阴森的气息从那门的后面渗了出来,刘水莲忽然就感觉到了恐惧。这是一种遇到敌人的感觉,敌人还没有出现,他的气息,他的体味已经先散发出来了。有那么一个瞬间,刘水莲差点对张翠芬说,咱们回去吧,这钱不要了。可是,张翠芬依然站在那里,连一丝说话的空隙都不给她。她苦苦攒了十八年的力气,要在这四天四夜里全部用光用尽。

五

这是最后一道门了。

门终于开了,王满水一脸阴郁地站在门后。张翠芬一句话都不说,拉着刘水莲就从那道缝里挤了进去。然后,门又无声地合上了,就像是把她们吞进去了。

屋里的灯暗着,看不出屋里的人是睡着还是醒着。三个人站在院子里,在锋利的月光里默默对峙着。然后还是张翠芬先开口了,她说,我是来拿钱的,准备好了吗？王满水已经点起了一支烟,那支闪着红光的香烟像一只在月光中长出来的蘑菇,妖冶、孤单而可怖。王满水猛吸了一口烟,那点红在夜色中愈发鲜艳得像个伤口。然后,他把烟一点点吐尽了,才没有表情地说了几个字,我说过了,没钱。

没钱,就拿东西抵。

我凭什么要把我的东西给你？你凭的是什么,你把证据拿出来啊,证人也可以,在哪呢？

你不用这么死皮赖脸地不承认,你自己当初做过什么,说过什么,你自己最清楚不过。当年你不是亲口对别人说,你强奸刘爱华的时候,第一次完事了都不用往外拿,就可以接着做第二次？这话是不是你说过的？你还真以为我不知道？

你要是能记得这么清楚,怎么过了这么多年才翻出这旧账？人都死了,你找我干什么？

你还要抵赖这不是你做下的事吗？

就算我是做过这样的事,也不是我一个人做的吧,你这几夜不都在讨债吗？那些男人要是没做过亏心事会把钱给你？那么多人都做下了,你凭什么就说这孩子是我的,就该我出钱？

你又怎么知道这不是你的孩子？他们出了钱,凭什么你就不出？

我再告诉你一次,我没钱,你想怎么样就怎么样,明天把公安局的叫来我也不怕。我告诉你,要钱,一个子都没有。

王满水,你真是猪狗不如,你越活越没有一点人味了。你这样昧良心,就不怕遭天谴遭雷劈？

王满水一声冷笑,嘴边的红蘑菇又明灭了几下,他的笑容在月光下看起来散发着凛冽的瓷光,他慢慢对她们说,我告诉你,钱根本不用想。

你想怎么样就怎么样,想杀人就杀人,想放火就放火,你就是今晚把这房子一把火烧了我也绝不多说一个字,你现在要是想把我砍了,也随便。反正,你记住,要钱没有,要命有一条。我进屋睡觉去了,炕上人多睡不下你们俩,你们要是愿意就睡在院子里,要是怕着凉了就趁早回自己家睡觉去。我院门也不关了,你们随便,进进出出都随你们的便。

说完这句话,王满水猛地把烟头扔在地上踩灭了,然后就掀起竹帘进了屋里。屋子里无声无息地,那竹帘又安稳地垂下去,就像一只瓶子重新塞上了盖子。她们,进不去。已经是很深很深的夜里了,月光愈加凛冽,愈加清醒,就像端午节里的雄黄酒,她们两个,周身湿漉漉的,她们是泡在雄黄酒里的虫豸,任是怎样也爬不出这瓶子去。刘水莲无意中碰到了张翠芬的身体,她的身体是一种奇怪的僵硬,就像经过了某一种化学反应之后忽然凝固下来了,冷却下来了。又像是一个身处绝境的人为了保留一点力气而让自己闭关了,几乎连脉搏都关闭了。整个晚上张翠芬就这样入定一般坐在台阶上,刘水莲也枯坐着,坐到后来她渐渐开始支撑不住,好像是睡着了。等到再睁开眼睛,天已经亮了,又是早晨了。

王满水一家人都已经起床了,他家做饭就在屋檐下的一口泥灶上,他老婆正坐在灶前添柴,大铁锅里烧了水,准备做早饭的样子。他老婆蓬着个头,胡乱穿着衣衫,木木地看了她们一眼,一句话都没有说,她像是根本不会说话一样,不哭也不闹,然后就把眼睛从她们身上移开了。再没有去看她们一眼,就当她们是根本不存在的。早饭做好了,是和子饭,面条土豆豆角还有小米煮了一锅,最后喷了油葱,香气像泡沫一样在整个院子里膨胀着,要把台阶上的两个女人都包进去一样。王满水的小卖部也开张了,他开始洒水扫地,开始忙碌一天的生意。他的两个孩子一人吃了一大碗和子饭就背起书包上学去了,他老婆开始无声无息地刷锅，然后喂鸡。他们都没有向她们看一眼，任由她们自生自灭去。

　　张翠芬和刘水莲吃了些包在头巾里的馒头，喝了几口罐头瓶里的凉水。吃完之后仍是一动不动地坐在台阶上，她们似乎就只剩下这一件事情可做了，就是这样像两把刀一样，无声无息地却又寒光闪闪地坐在那里。刘水莲这时候才明白了昨晚出来之前，张翠芬为什么要包上一包馒头，还要带上水。原来，在这场战争还没有开始之前，她就知道这场战争的酷烈了，这也是她为什么要把王满水放到最后一个要债。这场战争在她脑子里盘旋了十八年，就像下盲棋一样，哪一步该怎么走，她早已在脑子里设好定局了。她自己跟自己下这盘棋，一下就是十八年。这十八年里她不能跟任何人说，她就一个人守着这盘棋，死死地孤单地绝望地守着。现在这盘残酷的棋局就摆在她面前了，她在台阶上默默坐着，目光虚虚的，像是在想下一步棋该怎么走，又像是什么都没有想。整个人，完完全全是一望无际的空旷，就像一片沙漠。

　　吃中午饭的时候，王满水一家人坐在院子里那棵枣树的树荫下乘凉吃饭，王满水的老婆做的是炸酱面就黄瓜，他们一家人一人抡着一只巨大的海碗，或蹲或坐，哧溜哧溜，只几下，一碗面就滑下去了。王满水显然一碗不够吃，又捞了一碗。在整个吃午饭的过程中，他们谁都没有向两个女人多看一眼。张翠芬和刘水莲接着吃剩下的馒头，喝完了剩下的水。然后继续枯坐在台阶上。太阳把石台阶烤得滚烫，似乎放团面就可以自己烤成烧饼了。就是这样，张翠芬都没有挪过一寸地方，她盘腿坐在那里，脸上看不出一点点表情，也不说一句话。周身在阳光下散发着一种寺庙里才有的时光之下的清冷和阴森。

　　太阳落山了，玫瑰色的晚霞寂静地落了一院，枣树的铁画银钩看起来也寂寞安详，两只鸡在地上结伴寻找着菜籽吃。泥灶上的铁皮水壶已经烧开了,王满水的老婆把壶拎起来灌暖壶,然后又放上大铁锅准备做晚饭。晚饭家家户户是小米粥,金色的火焰舔着锅底,小米在锅里开花了,散发着一种谷物才有的清香。不一会,月亮就出来了,又一个晚上来到了。

张翠芬和刘水莲已经在这台阶上坐了一天一夜了,头巾里带的馒头已经吃完了,水也喝光了。张翠芬声音平平地对刘水莲说,莲娃,你回去烙几张饼带过来,带一瓶水,还要带上一卷铺盖,夜里在这台阶上睡会着凉的,现在就回去。那声音不像是她的,她像在一个遥远的地方对着她下一道不可违抗的命令。刘水莲犹豫着,要不要走,她突然觉得要是把张翠芬一个人抛在这就是把她一个人留在战场上拼死抵抗,她突然就觉得心酸得无以复加。她呆坐着不动,张翠芬又催她了,说,你快回去好好吃点东西,再给我带点烙饼来。确实,她们身边一粒粮食都没有了,她们就是饿死了,看样子王满水也不会给她们一口吃的。她必须得回去拿点吃的,如果想活下去。是的,如果半路退回去更是死路一条,只会被更多的人看了笑话。他们休想。

刘水莲站起来又看了一眼张翠芬,才向门口走去。坐的时间太长了,吃的东西也不够,她觉得自己双脚在打飘。就是这样,她还是竭力按捺自己的两只脚,让它们往下沉往下沉,就像一个喝醉酒的人踉跄着脚步,却努力装出没喝多的样子给别人看,多少有些徒劳和滑稽。她有气无力地往回走,刚才在走出王满水家的一刹那,她和张翠芬忽然有了些生离死别的感觉。就像是,这一别就再也见不到这个人了。她不是恨这个女人吗,她不是恨她要惩罚她吗,可是,她现在为什么这么疼?她努力按捺着自己,不让自己哭出声来。这种压抑几乎用尽了她的全力,使她走了几步就气喘吁吁起来。她扶着墙,歇了歇,然后,抬起头看了看天上的月亮。月亮更瘦了些,墨蓝色的夜空里有几点疏星,遥远地闪着寒光。月亮像拓下的石印图章,千百年前的神秘的图章,扣在那里,像扣着夜空中的某一处玄机。她看着那月亮,忽然之间浑身上下又蓄满了力气。她在这个夜晚又一次从月亮里汲得了源源不断的力气。

她回了家烧火做饭,烙了几张饼,又装了满满一瓶水。然后把一卷铺盖用绳子捆好了,绑在自己背上,一只手提着烙饼,一只手提着水出了家门,向王满水家走去。铺盖卷很沉,把她的腰都压弯了,她便佝偻着背,像只蜗牛一样,慢慢向王满水家门口移动。一路上碰到的人都看着她,却没人敢和她说一句话。她驼着背,努力把眼睛翻起来看着所有碰到的人。白色的眼球像岩石一样烙着眼前的人,谁见了都是下意识地一躲,似乎是被烫了一下。她对他们一笑,然后慢慢移过去了。她见了谁都笑。那笑一路上就牢牢地挂在她脸上,像生在那里,长在那里了一样。

王满水家的门没有关,她无声地进了门,看到屋里亮着灯,王满水一家人都在屋子里。院子里静悄悄的,好像一个人都没有的样子。她突然就有些害怕,驮着笨重的铺盖卷,急速地朝屋檐下的台阶奔过去。然后她猝然站住了,她站在那里看到了台阶上那个薄薄的小小的影子,那个影子纹丝不动地贴在夜色里,月光下,像一尊小小的被风干的木雕。她的泪哗地就下来了,她把铺盖卷扔下,对着那小小的影子说,婆婆,喝水,吃饼。

张翠芬用了很长时间才慢慢吃了一块烙饼,似乎一夜之间,她的咀嚼功能已经退化了。最后,她用水把这些食物冲下去,刘水莲都能听见她嗓子里发出的咕咚咕咚的声音,像一口深井里发出的回声。她把剩下的食物包好,把水放好,然后在地上铺开了铺盖卷。她对刘水莲说,莲娃,你上来睡吧,不要着凉了。刘水莲硬着嗓子说,你要是不上来睡我也不睡,我们就都坐着。最后,张翠芬和刘水莲都挤到了那卷窄窄的铺盖上,她们铺着一条褥子,盖着一条薄薄的被子,两个人的身体紧紧地挤在一起,她们从没有挨得这么近这么近过,就像是,她们身体里所有的骨头都被剔出去了。她们只剩下了两具软若无骨的肉体,可以从每一个缝隙里嵌进去,深深地嵌进对方的身体里去。她们都成了液体,已经搅在一起了,再也无法把她从她里面拣出来。

两个人睡在院子里看着天上的月亮,感觉就像睡在一望无际的旷野里,头枕大地,身披星光,两个人忽然之间都感到了一种可怕的卑微感,觉得自己是那么小那么小,真是蝼蚁不如啊。这月光,千年万年都是这样,她们在这月光下,又算得了什么?两个人都觉得似乎一阵风过来就可以把她们吹散了,吹跑了。两个人都感到了身边这个人对自己的重要,她们像两只水面上的浮游生物一样紧紧抓着对方,生怕对方忽然之间就烟消云散了。

张翠芬和刘水莲就这样在王满水家里过了五天五夜。每天黄昏的时候,刘水莲就回去做饭,然后把一天里的粮食和水带够了再回到王满水家里。在开始的一两天里,她还觉得恐惧和疲惫,不知道这样下去,事情究竟会朝着哪个方向走去。到了后来的几天里,她就彻底没有任何感觉了,她失去了任何知觉。她学张翠芬,把自己身上的任何感官都关闭了。她只是机械地本能地重复着一天又一夜,然后再开始新的一天又一夜。她不能去想,只要稍微一想,她就支撑不住了,就坍塌涣散了,她就再也没有力气把自己重新收拢起来了。一连几天里她和张翠芬都靠着这最简单粗糙的食物,靠着一点凉水活了下来。她们就靠着这点东西维持着生命的最低要求,然后绝大部分时间里两个女人就像泥塑一样在王家的台阶上枯坐。

她们只有这一种办法了，就是坐下去，坐穿了，看看谁先败下阵来。王满水看似若无其事一般，看似根本看不到她们的样子，难道他内心里就真的没有一点恐惧？难道他就真的一点都不害怕？不害怕这两个随时准备困死在他家里的女人？他当然害怕，除非他不是人。可是他不能让她们看出他的害怕来，他只盼着她们撑不住了，就自己撤离，就息事宁人了。事到如今，就算他半路上肯出这个钱了也下不了台了。那算什么？比当初出了这钱更狼狈。全镇的人以后怎么看他？他还活不活了？

事实上，全镇上的人们都已经知道这场决斗了。有时候即使是白天，也会有几张脸从王满水家的门缝里一闪而过，甚至有的时候，他会忽然在自己家墙头上看到几双眼睛。他们在偷窥。他们在偷窥事态的变化，他们在暗暗观看这场生死斗。这也让王满水感到了从未有过的压力，两天以来，几乎没人上他的小卖部里来买东西。平时打醋打酱油的多是镇上的妇人们，这两天，她们像集体约好了似的，齐刷刷地消失了。他知道了，她们是同情那两个女人的。她们都是女人，所以，在这种时刻，她们几乎是本能地和那两个女人站在了一条战线上。就连来买香烟的男人都忽然少了，也许当初强奸过刘爱华的男人并不止这九个。可能还有更多藏在暗处的男人。可是，在十八年之后，是不是这些躲在暗处的男人忽然都有了一丝良心上的发现？特别是当他们都一天一天走向苍老暮年的时候，当他们有一天发现自己的女儿也已经忽然长大的时候。于是，越来越多的男人和女人都在刻意疏远王满水，他们要通过这种方式来惩罚他。

到第六天的时候，王满水已经有些撑不住了，可是他幻想着最好是这两个女人先撑不住了，败下阵去。她们都坚持了六天五夜了，这六天时间里，她们不洗脸不刷牙不梳头，每天就靠一点干粮和凉水支撑着，晚上，两个人像两条狗一样挤在一卷铺盖里，五个晚上都没有脱过衣服。从她们身边走过的时候，他甚至都能闻到她们身上散发出的浑浊的酸腐的气味。这气味阴冷死滞却绝望坚硬，一瞬间里让他有些不寒而栗。但是，他还是控制住了自己。他怎么能和这个镇上的其他人一样呢？年轻时他是走南闯北出来的，什么世面没见过？他曾经在坐晚上的火车时，把人造革包抱在怀里睡着了，醒来时，包被人用刀划了一个大口子，里面所有的东西都被掏走了。他下了火车的时候，身上已经没有了一分钱。他最早试图做生意的时候，千辛万苦从信用社里贷出来的款，被一个合作伙伴一下就都骗走了。那人远走高飞，他欠了信用社巨额贷款，一直到现在还不了，已经成了死账，因为要不出钱，后来信用社都懒得告他，他也就侥幸逃过了这一劫。

这么多年里，他也算是出生入死过的人，居然能被眼前这一老一少两个女人就搞定了？他即使不要这钱，也不能不要这面子。话都放出去了，又怎么收得回来？到了这天早晨，刘水莲明显感觉到张翠芬有点支撑不住了。她毕竟是六十多岁的人了，连日来吃不好睡不好，白天被太阳烤着，晚上被夜风吹着。她明显感觉到她撑不住了，这让她觉得很恐怖。这样下去该怎么办？要不这钱就不要了吧，她们就这样离开算了，甘愿败下阵来还不行吗？看样子，王满水没有一丝一毫打算让步的样子，难道她和她就真的死在他家不成？

她看着张翠芬，轻声地乞求地对她说，婆婆，这钱咱们不要了吧，咱们回家吧。可是，张翠芬一句话都不说，她微微闭上了眼睛，一副水火不侵的样子。刘水莲看到她坐在那里的身体已经开始微微打晃，她知道，她快撑不住了。张翠芬不再看她，她便把目光移开，继续枯坐着。一分一秒地枯坐在时间的刀刃上。她想，该发生什么就发生什么吧，谁有力量去拦住什么吗？如果有什么真的要发生的话。

到中午的时候，坐在泥灶上的水壶又烧开了，王满水的老婆正在和面，她叫王满水出来灌开水。王满水应声从小卖部里走了出来。张翠芬和刘水莲坐在台阶上都呆呆看着那只已经沸腾了的铁皮水壶。水沸腾着，叫嚣着，雪白的蒸汽顶得壶盖跳起来又落下去。就在王满水准备走下台阶的那一瞬间，忽然有个人影迅速站了起来，先冲着那只开水壶扑了过去。那个人影出奇地迅捷而轻盈，几乎是飞过去的。这个人影只一下就抓起了泥灶上的开水壶，然后，她用两只手把这只水壶高高举过了头顶。

王满水呆住了，刘水莲也呆住了。他们几乎是这时候才同时认出，提起水壶的人竟是张翠芬。在两个人都还来不及说出一句话的时候，他们听见张翠芬的声音在一片雪白的水蒸气中飘了出来，她只说了一句，你还是不还这债？说完，她举着水壶的那两只手忽然一斜，整壶滚烫的开水冒着雪白的蒸汽向她的头上脸上奔去。像一道雪白的瀑布。在那一瞬间，她就像是站在一幅画中一样，正沐浴在陶罐中流出来的泉水中。她整个人，都沐浴在那雪白的泉水里。

张翠芬头部脸部几乎全部被烫伤，两只眼睛几乎都失明了，身上有百分之六十的面积被烫伤了。她被人们送到了医院，王满水终于还是拿出了那笔钱。他的小卖部多日关门，院门也是紧紧闭着，不见任何人。就像是这个人忽然从镇上消失了。

学校开学报到的那天早晨，刘水莲身上带着这个镇上九个男人凑出的钱，一个人向车站走去。张翠芬还没有出院，她催促刘水莲快去上学，别耽误了报到。刘水莲看着两只眼睛都已经烧瞎的张翠芬，只是久久久久地拉着她的手，却一句话都没有说。说什么呢？这个世界上能被语言说出来的东西,其实有多少是真的?

去往省城的长途车一天就这么一趟,时间也是固定的。她提着一只孤零零的行李包上了车。汽车出了镇上的车站,向镇子外的公路驶去。刘水莲坐在车上,呆呆看着车窗外,看着这个自己长大的小镇。这是她第一次离开这里。就在汽车走出镇子的那一瞬间,刘水莲看着车窗外,忽然就呆住了。

在镇口,站着一堆黑压压的人,有男人,有女人,有老人,有小孩。他们默默地站在那里,等着她坐的车走过来,他们都知道,她是今天走。他们也看到她了,他们都齐齐地无声地看着她,看着车窗里的她。她也看着他们,她看到了人群中的李战海,还有来宽,他们也看到了她。他们默默地躲在人群后面,目送着她走过去。

她就这样隔着一扇玻璃与他们对视着,他们中间没有人说一句话,她也没有说一句话。她只是死死趴在那玻璃的后面,用一只手紧紧摁着那扇玻璃,看着他们。然后,汽车就开过去了,她回过头去,他们还站在那里,只是影子越来越小,越来越小,慢慢变成了一点点。最后,他们彻底消失了。

她紧紧紧紧地把脸贴在那扇玻璃上,泪流满面。

美　人

一

　　一个美丽的女人坐在窗边的竹帘下,戴着两只翡翠耳坠。

　　她不动,耳边那两滴绿却像两株植物一样自己一路向下绿去,借着窗子里筛进来的几缕阳光,越来越碧绿,越来越幽深,到最后那两滴绿简直像是要自己燃起来了。它们像两盏青纱灯笼一样照亮了她的如画的眉眼,她的脸看起来像是浸到潭底了,青色的波光一层一层漾了过去,她在水底散发着一缕绝细的幽香。

　　发髻上的珊瑚簪子是朱红色的,嘴唇是猩红一点,旗袍上的绲边和盘花扣也是大红色的,然后,她点了这两滴翠绿。她要的就是这点俗艳到极致的妖冶和芯子里那点肖然不动的古旧,旧到底了便是最时尚的。

窗户上挂的都是发黄的竹卷帘,帘子半遮半掩地卷起来,让人一时恍惚自己在与时光逆行,愈发走到时光深处了。窗外倒是没有芭蕉,但是紫漆描金山水纹海棠香几旁坐着的这个女人像是从画里走出来的。没有人知道她坐在这里干什么。

她像是这屋里的一件摆设,类似于一只彩绘梅瓶或一只石榴瓷粉盒,来衬托这一屋子的家具。这季的家具主题是花卉。那山水纹海棠香几,嵌竹丝的梅花凳,黑漆描金菊蝶纹靠背椅,黄花梨寿纹玫瑰椅,镶螺钿荷花纹床,每一款家具里都有一种花卉静静做它的魂。一种苍黄的冷香在几扇竹帘之间泠泠流动着,在这冷香深处似乎站满了重重叠叠的花影子,家具上那些雕刻出的莲蓬、茨菰、白菊、芙蓉、兰花也在幽暗中轰然开放了。

这家家具店是开放式的,是允许顾客们亲自来体验家居环境的,他们可以自由地坐在条几前喝茶,坐在椅子上闲聊,甚至可以在这里悠闲地打发掉整个下午。就像是,这家家具店是一家中式的酒吧,只要你愿意待着,随便待一天都可以。店里甚至为顾客们准备了免费的茶水。把这里当成茶社经常来喝茶聊天的人们都见过这个坐在角落里的女人。她看起来很神秘,不知什么时候来,也不知道什么时候走,静静坐一会就悄悄离开了。她每次出现的时候,身上穿的衣服甚至身上的首饰都和周围的家具风格出奇地一致。若是古典家具她便穿中式服装,若是巴洛克式的奢华,她便穿得像个欧洲十七世纪的贵妇人,戴着面纱和精致的帽子。

她和它们就像是从同一座炉子里炼出来的,同样的火候,同样的质地,好像她本身就是这家具丛中的一件。她脸上永远化着精致的浓妆,黛眉朱唇,像是刚从瓷瓶上走下来的仕女。没有人能看得出她的年龄和表情。她身上也散发着一种瓷瓶上的釉质,阳光落到她身上便又溅到了地上。他们便猜想这可能是店里老板请来的模特,就像摆在商店橱窗后面一样,给自己店里增加点特别的气氛以吸引顾客。他们便只是远远看着她,像欣赏着一件精致的家具。

女人总是坐在竹帘下的一把湘妃竹螭纹背靠椅上。椅子是一对一对靠墙摆着的,两张椅子中间是一张紫漆描金山水纹海棠香几,供顾客们休息喝茶用。女人旁边的那把椅子却始终没有人坐。那把空椅子像一只容器,里面盛放着类似于挑衅和等待的符号。还盛放着些微微的可怖——就好像,她坐在那里并不是一个活着的人,更像是一只钉在那里的鲜艳的标本。

但女人总是悄悄坐一会儿就不见了,也没有人看到她去哪里了,她站起来就无声地消失在了那扇仿古的雕花木门后面,那镂刻着如意云头纹和蝙蝠纹的木门罩了一层清桐油,散发着木质的清香,让人无端地觉得门后是类似于坟墓那样的神秘所在。似乎那女人到了那门后就不知道会幻化成什么。

家具店里靠墙的那排湘妃竹螭纹背靠椅静静地靠墙排开,像是从遥远荒凉的深宅大院里刚刚苏醒过来,即使不坐人的时候,里面也像裹着一团阴惨惨的魂魄,似乎有一个缩在阴森的宽袍大袖里的男人或女人正坐在那里向外张望着。正是盛夏,店里开足了空调,又有茶水,顾客们乐得在这多待一会,于是真有人在这里一坐一下午地赖着不走。凡是这种人,来的目的就不是为了看家具,多半是些没有去处的闲人,来这里蹭茶水蹭空调来了。两个穿着古装梳着发髻的女孩好像是店员,知道他们来干什么,也只是站在那里微笑着看着他们,并不干涉他们赖在椅子上不走。

这时候从门里忽然进来一个人，一个年轻男人。身材消瘦，面色黧黑，衬得牙齿很白，眼睛很亮。坐在角落里的女人静静看着他，这是她第三次在这店里看到他了。也就是说，他，不是来买家具的。他这次仍在背上斜背着那只巨大的纸筒，就是这只纸筒让她记住他的。那只纸筒长长地倨傲地插在他背上，远远高过他的头顶，使他看起来就像一只什么长着角的动物，桀骜却茫然，在他眼角的空隙里还波光粼粼地闪过一两点凄怆。他背着纸筒在店里粗略地走了一圈，煞有介事却是心不在焉地看着店里的家具。在他装作看家具的同时，他用眼角的余光打捞的却是靠墙的那些椅子。她看出来了，他真正觊觎的是那排椅子和香几上的那些免费的茶水。

可是那些已经坐在椅子上的人就像已经占领了山头一般，丝毫没有要走的意思，茶水喝完了自会有店员过来续上。这个家具店对顾客这种奇怪的纵容使他们在这里放下了最后一丝对尊严的警惕。这点警惕都放下了，就像拔掉了扎在口袋上的那根针，针一拔掉，整条袋子都像散沙一般瘫下去了。他们像水母一样四肢贴附在椅子上，一动不肯动。男人见没有人走，无奈地又绕着店走了一圈，又不同程度地在那几件家具前停留着。女人看到了他的背影，那只纸筒斜插在那里，就像一柄剑佩在他身上，他的头发很长，一直垂到脖子里，这使他的背影看上去有些游侠的风尘气。他穿的那件衬衫已经被汗吸到了背上，露出了里面一块荤腥的肉，就像是他的衣服突然从那里凹进去了一块。

他浑然不觉地背着这块荤腥的肉和那只剑一样的纸筒，在家具中间转着圈子。转到第三圈的时候，他忽然出人意料地向她这边走过来。她有些暗暗地吃惊，他走过来看了她一眼，然后就往她身边的那张空椅子上一坐。他端然往那一坐，背被纸筒别得直直的，像上了弹簧一样，随时要从椅子上弹起来。这样坐了几秒钟之后,他一声不响地拿起了香几上的茶杯,送到嘴边,只一口,一杯茶就不见了,简直像变魔术一般。放下茶杯之后,他开始满不在乎地使劲独自微笑着,一边微笑一边迅速打量了一下周围,见没有人注意他,他便把笑容收回来八分,只留下两分还若隐若现地留在嘴角以备后用。这时候,他才像突然活过来了,把背上的纸筒卸下来立在自己的脚边,那纸筒卸下来竟有半人多高,立在那里像他的一个书童似的。纸筒没了,他背上的弹簧也像被卸了,他便像晒红薯干一样把自己薄薄贴在了椅子背上镶嵌的大理石上,好让自己凉下去。没人看他,他可能终究还是有点窘迫。为了把心里这点窘迫彻底赶走,他又补救一般把一条腿搬到另一条腿上,满不在乎地晃着,像个地摊后面正乘凉的小贩。

现在他和那女人隔着一条香几坐着,两个人都不说话,但是两个人都有点微微的,僵。似乎两个人各自被独立出来罩在了一只透明的玻璃钟里,似乎是任由别人观赏着他们,他们却动不了。突然,男人看着自己脚尖的方向说了一句,今年夏天真是热啊。女人没有出声。男人又愣了几分钟,忽然把下巴僵僵地往女人那边挪了挪,又说了一句,这里的家具真好。说完这句话的时候女人还是没有出声,似乎她真的就是一件放在那里的摆设,是不负责出声的。男人却是说完这句话的时候,好像忽然醒了,他像是忽然回味过来自己刚才在说什么了。他"刷"的一下就把脸整个扭了过去,看着女人的侧面忽然大声说,你知道我为什么要来这里,为什么要几次来这里?因为我从来没有见过设计得这么优美的家具,这人一定是个天才。我没有见过他,但我觉得他太有才华了。这就是为什么我几次三番要来这里,要来看这些家具。他像是急于要洗清某一种罪名一样,激动地打着手势,嘴里还飞出了几点唾沫。

他终于说服了自己,说服了自己为什么要来这个地方并坐着不走。

他把身边的女人抓来做临时听众,开始详细向她讲解这些家具的妙处和设计者的天才之处。一方面是为了让自己待在这里更有理由些,另一方面他暗地里相信这个女人是他最近的目击者之一,看到了他是怎么进来的,又是怎么坐下来喝茶的。他要收买她。他由家具开始讲到美术,讲到这里他的脸上忽然肃穆下来了,像一个叽叽喳喳的喜剧演员忽然站在灯光深处开始背诵起大段大段的崇高孤独的正剧台词,这使他的脸看起来滑稽而悲怆。他说着说着忽然打开了脚边的纸筒,抽出了里面厚厚一卷纸,他的手指笨拙地把它打开,不管女人看不看,他蛮横地把它放在了她的眼前。她看清楚了,眼前打开的是一幅油画。大块大块散发着松节油香味的色块向她砸下来。她静静地看了几秒钟,终于说了一句,是你画的?

原来她会说话,她终于说话了,这就像一种突如其来的巨大鼓励。男人手一松,那画便像一只蚌壳一样又无声地缩回去了。他不看她了,也不说话,只高高地坐在那椅子上,两只脚垂下去,她只看到他的侧面,他的眼睛里什么都看不到,又空又硬,脸上其他部分却是一种凄凉的谦逊。女人又补过似的问了一句,你刚才说什么,这些家具?

好。男人突然用一种笃定的委屈的声音说,罕见的好。似乎刚才那油画就是他的身份证,现在他已被验明正身,说话便是有底气的了。他们以为他是什么,以为他来这里就是为了蹭杯茶吗?虽然事实上他坐到这里确实是为了喝杯茶。但当他说到这些家具上的花纹时,在那一瞬间,她看到,他的眼睛里亮了。就像在他的眼睛里有一盏蜡烛,忽然被点亮了。就因为那一点光亮她便在一瞬间里原谅了他,就算他真是个来蹭凉的无业游民,可她知道他眼睛里那瞬间的光亮一定是真的。

女人叫杨敏玉,是这家具店的老板,她有一个嗜好,就是自己设计家具。她在店里每次展览家具的时候都有一个主题,为这次的花卉主题,她设计了全套古典花卉家具,从雕花炕几、乌木边花梨心条案到十字连方冰梅纹床、龙凤纹立柜再到七屏卷书式扶手椅、嵌琥珀和琉璃的推光漆梳妆台全是她亲手设计的。她有自己的加工厂,在郊区,工人们完全按她的设计来做,这两层的店面几乎是她一个人的展览馆。她经常在下午的时光里悄悄在角落里坐一会,一面是为了看看顾客们对家具的反应,另一方面却也是为了像一个观众一样去欣赏自己的作品。这些家具都是她的子嗣。她爱它们,就像爱另一个遥远的自己。这种开放式的经营模式也是她自己想出来的,这样做自然是为了吸引更多的人来看家具。但其中不是冲着家具的人却也多起来,比如眼前这个男人。

从他刚进门她就知道他是做什么来的,但她不能把他赶走,这会影响她的生意和她的形象。没想到,他径直坐到她身边了。他打动她的不是他手中那幅油画,会画油画的人多了去了,满街晃荡着什么事都不干的文艺青年也多了去了。这些都与她没关系,真正与她有关系的就是他眼睛里一瞬间燃起来的那点光。就那一点。因为她知道,别的都可以装,这点光亮却是怎么也装不出来的。就那点光像是擎在他手里的一盏灯似的,她看到他擎着这盏灯向她走来,灯光落地像雪,她和他之间忽然轰然坍塌开了一个洞。她站在洞里看着外面的他。

太阳渐渐向西落去,温钝的光正透过卷起的竹帘落在窗前的两个人身上。光线像动物的脚印一样无声地从他们身上踩着过去了,她看着自己身上那些斑斑驳驳的脚步,突然觉得她自己正踩着它们,踩着这些脚步,一阶一阶地向深处走去。

那时候她还多么年轻,她读的是一所纺织学校的工艺美术专业,从学校毕业出来就去了当地的一家家具厂做彩绘工,在各种家具上画画。那个冬天,她和其他女工一起住在生铁皮炉的大宿舍里,浑身沾满涂料味油漆味,每过一天都觉得在度日如年。她不能原谅自己就是个彩绘工人。她是个很漂亮的女孩子,可是,她并不是十分看重这点。她真正耿耿于怀的是,她从小认为自己是属于天才那个生物群里的。她的祖母就是个民间艺人,她从小看着她在炕头做剪纸做灯笼,她便也跟着,随便拿起什么都做得了。还有她的父亲,虽然一辈子不过是个木匠,她却从小知道他的心灵手巧,父亲还教她画画,可惜他早早得病死了。她后来忽然明白了自己为什么有一天要去学美术,因为她其实很多年里一直相信,她的整个家族里都神秘地具备着这种艺术基因,这一切到了她身上只不过是遗传。很多年里她就是这样去想的,画画对她来说,更像是一种巨大的责任和使命。

　　于是,她觉得自己不应该就是个彩绘工人。可是当她把她的这点家族遗传讲给别人听的时候,别人都在抿着嘴偷笑,就像是听见一个有妄想症的人四处告诉别人说自己是拿破仑的孙子,她在卖弄她身上那一点点遗传的基因。尽管在很多年里她一直把这么一点卑微的骄傲很深地藏在心底,还经常拿出来像擦拭一只瓷器一样擦掉上面的灰尘,可是当她真的理直气壮地把它拿出来放在别人的目光下的时候,她才感到这其中的虚弱。他们的笑容告诉她,这是多么不值钱的东西。

　　那个冬天,杨敏玉用三个月的时间画了一幅画,每天一下班她就窝在挤挤攘攘的大宿舍里画画。她硬是在那喧闹中坚硬地为自己打出了一个洞,用她自己创造出的方法画了一幅离奇怪诞的装饰画《梦回古城》。然后她带着这幅画到了当地最有名的一个画家门口,却不敢进去,一天都在门口等着,等着画家出来。只要门嘎吱一响,她就要窒息几秒钟,血全部涌到了脸上,兜头盖脸地像波浪一样拍打着她,几欲从她脸上喷出来。但是出来的一直不是画家本人。她像个贼一样在人家门口守了一天才等到了画家,那已经是黄昏了,天色一点一点暗了下来,画家终于出来了,像是晚饭后要散步的样子。杨敏玉血红着脸,不顾一切地冲上去,拦住了画家。她两只手牢牢地捧着那张画来到画家面前,好像要交给他的是九死一生采来的仙草,她要把她的命系在他手上。一句话都还没有说出来的时候,她的泪先下来了。画家奇怪地看着她,她哗哗地涌着泪,最后支离破碎地说了一句,申老师,这是我画的,你帮我看看,就只看看就行。她又是流泪又是说话却仍没有忘记临走时看了一眼画家的脸,就那一眼几乎把她钉在了那里。画家的脸上是他一贯的温和和温和下面深不见底的高傲,最关键的是,他的眼睛,他看着她的眼睛是硬的。

那个黄昏里她几乎是落荒而逃,可是她还是侥幸地等待着,万一,万一呢,万一那画家看了她的画之后突然发现,她真的是个少见的天才。她这样的天才怎么可以在一个工厂里做个彩绘工?那她的后半辈子也就彻底变了。她如履薄冰度日如年地等着画家的消息,画的最下角里写着她的名字和地址,他不会看不到吧,不会的,怎么可能看不到。可是,画家一点消息都没有。就这样过了两个月,偶尔一次她碰到了她在纺织学校的一位老师,那老师和她说话的时候,忽然笑着问她,你是不是去找过申养浩?她顿时有被人一指戳破的恐慌感,就像是自己的身体破了个洞,突然被人看到底了。那老师接着说,是申养浩那天突然和他说起的,说是一个叫杨敏玉的人莫名其妙地跑到他家门口递给他一幅乱七八糟的画,颜色用的没有一点最基本的章法,画的什么恐怕连她自己也不知道,居然还让他看?

他把她当成一个笑话,讲给别人听。

二

　　这只不过是一句被说出来的话,她当时也只以为是句话。虽然她当时也用了整整一下午时间跑到没人的野外试图去消化这句话,先是呆坐了一会,什么也不做地坐着,似乎稍微一动,她这个人就要坍塌了,薄薄的一层壳里面的东西就都要流出来了。她不敢动,也没有多少知觉。后来,有一丝阴凉的痛像被什么叮了一口,突然爬到了她的身体上。然后,这痛像藤蔓一样渐渐向上爬去。她身上有了裂纹,这裂纹哗哗蔓延开来,她终究是支离破碎了。开始哭的时候,是小声,有一声没一声地抽咽,像是怕谁听见了一样,越到后来声音越大,像是她的身体里已经根本盛不下这么多声音了,争着抢着溢了出来,洪水滔滔一般把她淹没了。

　　杨敏玉是一直哭到天黑之后才回到了厂里的宿舍。她当时以为那也就是一句话而已,它还能一直不死了吗?她却不知道,它真的不死了,它留在了那里越长越大,到后来竟长出了一层硬壳,刀枪不入地横在那里,任是谁都收割不了它。它长成了一株巨大而妖冶的植物,用浓荫覆盖着她。这以后的很长时间里,杨敏玉一直怀疑纺校那老师可是和自己有仇,要不为什么专拣着七寸捏?知道就知道了,为什么还一定要告诉她?那句话,难道他不说会死吗?想起这件事的时候,杨敏玉便觉得那画家和那老师是合着伙地谋杀了她一回,她在他们手里已经死了一次,只是她自己都不忍心去给自己收尸,就由着它在那野地里腐烂掉了。

　　此后的很长时间里她都没有再画过画,除了那些画在家具上的死了的山水和鸟兽。画出来也不过是它们的尸体。她想起那画家和她那老师的时候，只觉得他们合伙把她摧毁了，却不负责收拾这片废墟，他们把这废墟留给她自己。她恨他们。

就这样在厂里又晃了一年的时候，杨敏玉认识了来厂里做业务的一个办事员张又昆。张又昆因为业务关系得在这个小城市里待半年，便在家具厂附近租了套房子。当时待在厂里的杨敏玉就像待在井底一样，见不到光，也呼吸不到空气，她急于想从这井里跳出去，又实在找不出可以攀缘的东西，每天只好被井里的温水煮着，到了晚上便觉得真是到头了，像死过去了一般，第二天早晨再活过来，把一天又打发过去。那时候，井壁上就是有一个针眼大的缝隙，杨敏玉都会把枝叶伸进去，把头钻进去，把整个身体都尖尖细细地伸进去。就是死她也要出去。

张又昆就是井壁上那个针眼大的缝隙，而他本身又是空心的，异乡的疏离早把他的中间蛀空了，好在他已经掌握了充分的方法去填补这些空间，那就是，随便用什么填进去，但是不能有心。要想填补点什么那最好的办法就是就地取材了。他第一次遇到杨敏玉的时候就轻车熟路地捕到了她眼睛里那点唱戏一般的神色，好像她随时都是站在戏台上准备着给人看的，她生怕没有人能看到她。她很漂亮，可是，她的漂亮一望而知是寂寞的，是空的，空得近于绝望的凄凉。她在没有人的地方会像排练一般迅速地对着空气突然笑一下，再把笑收回来，又怕被人看见了一样。或向着空中抛媚眼，就仿佛那团空气中站着一个人始终在观看她一般。就是她眼睛里这点神色被张又昆捉到了。他知道，就她了。

没过两个月她就住进了张又昆租来的房子里。她开始和张又昆公开出入在厂里，就是进了厂里了，她挽着他的胳膊还是不肯放下来，铆足了劲地要让人看到。一路上她把半个身体软塌塌地歪在张又昆身上，眼睛里却长满了力气,一下是一下地戳出去,戳到路边那些女工的身上,脸上。她们以为她和她们真的就一样吗,她什么时候和她们一样过?她和她们住一起在一起画家具的时候,就像她们是被复制出来的,是一只掌上的几只指头,可是连在她们之间的那层膜是一碰就破的,现在,她主动先撕了它。厂里这么多女工,张又昆何以就看上她一个呢?她本来就比她们漂亮,可是她要让她们知道,她绝不仅仅是比她们漂亮。

张又昆人虽长得一般,放在人堆里是绝对不会被认出来的那种,可是,他和厂里的其他男工人比起来已经是好得多,开着一辆宝来,虽不是多好的车,但毕竟也不是自行车。他说他已经在老家杭州买好了房子,就等着结婚用了。更重要的,他有赚钱的潜力,就冲着他那张嘴就知道,他以后会越来越有钱的,哄死人的又不用偿命。

杨敏玉自然知道张又昆半年以后就会离开这里,半年期限像道海岸线一样时刻晃在她眼前,日日逼近。她上了他的船,就只能是被他带走才好,要是被他遗留在这里,那就只能沦为一只蚌壳了,自己都羞于打开壳,最后只能被渐渐风干掉了。和张又昆住到一起之后,她自己才有点心虚,似乎这中间的铺垫终究是少了些,两个月就上了床?还是太快了,都没给他留多少悬念。开头这样容易,那结尾时又能有多复杂?张又昆对她也就好了那么数得着的几天,住到一起之后,她便感觉到张又昆对她并没有多好,能省则省,在一起了就连个小礼物都想不起来送她,大约是觉得这个投资没有必要了吧,送了还觉得浪费?她有些暗暗的懊悔和惊慌,但已经走到这步了,便只能胆战心惊地留意着张又昆平日里喜欢什么,一心想往上靠了去。

她注意到张又昆平时手边经常放的几本书居然是唐诗宋词诗经之类,他这样的人居然能喜欢读这些?心中便有些突然地如释重负,他喜欢这些自然是好事,她认为自己说穿了也是这个路数上的,虽然她的文化课基础其实很有限,但,这些东西不都是艺术吗?她,终究是……画画的。虽然他几乎没有和她提起过画画这回事,这多少有些伤害了她的自尊,就好像是她和他已经躺在一张床上了,他却竟然没有看清她的脸是什么样子的。但她那个时候真是顾不了那么多了,她需要一条绳子,需要这绳子把她拉出去。为此她就是死也要抓住这条救命绳。为了能向他靠得更近些,她暗地里恶补唐诗宋词,很辛苦地背诵了一些,就像一年级的小学生那样认真却是被迫的。

她总算把几首诗词烂熟于心了,晚上躺到床上的时候便开始小心翼翼地和他谈起她手上这一捧东西,新鲜的,陌生的,不用就要变质的。他倒是没有拒绝,和她谈起了苏轼,说他还是最喜欢苏轼的东西,大气,还细腻。她心中一阵狂喜,忐忑了一晚上的心终于到底了,就像上了考场,突然发现考卷上的题目是自己昨天晚上刚复习过的。她在黑暗中说,我也是喜欢他呢,我最喜欢他那首《卜算子》……缺月挂疏桐,漏断人初静。谁见幽人独往来,缥缈孤鸿影。惊起却回头……

她一字不落地把它背下来了。

就像面试一样,她一字不落地把它背下来了。

她背完最后一个字以后就没有力气发出任何声音了,一首词就耗尽了她的力气。她漂在一叶船上,感觉身体下面全是虚的,软的,都经不起她这一躺,她似乎随时都要在这黑暗中沉下去,沉下去。她知道他此时也在这黑暗中,也在船上,但是他在这条船的反面。他在离她最近的遥远处。他不发出任何声音,即使他真的发出什么声音了,她也听不到的。她开始在黑暗中流泪,一滴一滴地落到了枕头上,却硬是一点声音都没有发出。最后她蜷在枕头上,像是睡着了。他也像是睡着了。

半年过去得太快了,简直像蒸发,还没觉得开始过就不见了。他什么都不和她说,也不提要走,也不提退房子。她也不说,看起来她甚至比从前还活泼了些,不管他说了什么,她动不动就笑成一团,好像好笑的事情突然之间就层出不穷起来了。离别的日子越近,她就越活泼,活泼得都近于弹簧紊乱了一般,随便一碰就活泼起来,目光明亮得能当灯使,笑容一直僵在嘴角,捏成了形一般固定在那里,怎么也不肯下去。那天她回来时,张又昆已经在收拾皮箱了,他看见她时忽然就站了起来,立在那里看着她,像看一个陌生人一样拘束。她有些害怕,便进厨房做晚饭,她刚走了一步,就听见他的声音从背后追了过来,他迅速却平静地说,房子已经退了。

她呆呆站了两秒钟,还是进了厨房,她把自己久久地关在厨房里,最后拿出了三个菜。往桌子上放菜的时候,她看到他所有的东西已经完全收拾好了,随时都可以拎起来走掉的样子。不要了的东西扔了一地,使这屋子看上去像刚被洗劫过一样,两个人站在其中忽然有一种劫后余生的凄怆。他们默默地坐下吃饭,都知道这是他们之间最后的晚餐。今晚过去之后,他们便是海角天涯了。她甚至问了他一句,明早几点走?哦……要不要我去送你?最后饭也吃完了,所有的序幕一道一道往后拉,那点最底下的东西正一点一点地向她逼过来,逼过来。她坐在那里微微喘着气,就像刚刚经过了海面上剧烈的颠簸,周身的血液都是颠簸的,滚烫的。

所有的碗筷摞成了一摞,像座瓷塔一样立在她和他中间。就像是,她站在这座山头,而他站在那座山头。最后一道幕布也撤了,她忽然发现自己周围满目荒凉,只剩下了河床一样贫瘠的自己。她忽然就伸出一只手,推倒了那座塔。塔碎了一地,反正他是不会再回到这里来了。她是更不会了,洗干净了又留给谁。塔倒了,最底下那点东西鬼魅一般钻出来了。她忽然就被那点最底下的这点东西刺中了,像中了箭,受了伤一般。她捂着伤口冲着他声嘶力竭地喊起来,我算什么,我算你的什么,你说走就走了,你把我当什么。张又昆半晌才低着头说了一句,可是,在最开始的时候你就应该知道的,我是肯定要走的。她突然大笑起来,那你把我当什么……你为什么不带我走？张又昆又停了片刻才说,可是,你不是很适合我。

杨敏玉近于绝望地抬起头来看着他,这种绝望反而让她开始平静了,只是泪水纷纷扬扬地落了下来,帘子似的遮住了她的脸。她平平静静地说了一句,可是,我喜欢你。张又昆反复踩着他们中间那几级空虚的台阶,上去又下来,下来又上去,最后,他停住了,忽然说了一句,你记得吗,有天晚上我问你,听过《广陵散》没有,你说听过的。可是……《广陵散》是根本不存在的,它只存在在一个传说里……

足够了。

她明白了,足够了。

这个晚上她没有留下和他度过这最后一个夜晚,又回到了自己厂里的宿舍,那里有一张床等着她。

在她以为那是一个开始的时候,其实就已经是结束了。结尾处就在前面一步的地方,只是她没有朝那里看。

张又昆走后的一年时间里,杨敏玉每天除了车间就是宿舍,像得了风寒怕传染给别人一样,见人就躲。她真的被他遗留在这里了,成了一只蚌壳。这种传染病人般的生活歪歪斜斜地过了一年,一直到梁戈出现。梁戈是新分进厂里来的工人,和杨敏玉一个车间。这个小伙子看起来很是沉默寡言,又高又瘦,脖子细细的,脸窄窄的,头发剪得老老实实，还戴着副大眼镜。不像其他男工人，就是在个厂子里做工人也要把头发留得长长的，遮住一只眼睛，夏天的时候因为热，只好扎成小辫。他们近于本能地要给自己贴上个标签，我可是学美术出身的。就是做工人，那也是搞美术的。搞艺术的范儿终究不能丢，丢了就更活不下去了。

厂里的生活很枯燥，又是封闭式的，很少与外界接触，男男女女只好在厂子里进行自我消化，互相搭配。来了没几天，梁戈就开始追杨敏玉，他不知道杨敏玉一年前的那段历史。而且无论如何，杨敏玉毕竟是个很漂亮的女孩子，什么时候往人群里一站，都是马上会被注意到的那种。张又昆走后，就像是忽然往她身体里灌了个铅芯子，她整个人一下子变沉了，走路说话，连眼角都沉下去了。这在外人眼里看来，便觉得她是个内向腼腆的女孩子，倒让人多了些怜惜。梁戈追她追了半年时间后，杨敏玉便答应了他。倒不是有多喜欢他，而是，她正处于无处藏身的时候，他给了她一个躲藏的地方，她也就半推半就地躲了进去。相处了一段时间后，倒没发现梁戈有什么恶习，还算个老实的小伙子，就是人太蔫，太平庸了点，画画也毫无灵气，完全是个工匠，没什么出息。没钱也没房子，也不见得有能耐挣大钱，可是她现在就想要这种男人。张又昆已经成了她十年之内的蛇影，她再见不得这样的草绳。有钱？那也不是她的。现在没钱，将来能挣钱？那将来挣的钱也不是她的。

她急急转了个身，便向着另一个完全相反的方向走去，其实她也不知道自己要走到哪里去，只是，凡是和张又昆相似的地方，她就避开，就严厉地警告自己，此地禁入。她是铆足了劲地要惩罚自己的，就好像是眼前这个男人越是穷，越是没钱，越是没出息，她心里就越舒坦一样。她把前一段恋爱的羞辱担在肩上一直走到这个男人身边的时候，已经快把她压到极致了，但是她还是要牢牢把它压在自己肩上，以作惩罚。她在心里给自己判了刑,她还不该出狱。只有她自己知道,谁也看不见的这座山永远都压在她肩上了,她已经是那只五行山下的石猴,修行不到就永远没有出去的机会了。

但是,她愿意。因为,她对自己说,你活该。

现在,她已经背着一座山为自己打扫出了一片新的战场,在这片新的战场上,她将再不害怕贫贱和辛苦,她原来怕这些,她手无寸铁的母亲硬是咬着牙带大了她和她哥哥,她当然怕。可是现在,越是贫贱越是锤炼着她修成正果。怕我图你的钱?图你的钱?你看看我是不是图你的钱。你有一个钱让我可图吗?看把你们吓得,好像我就是冲着你的钱去的。她一次又一次对自己重复这些话的时候,她就真的相信了自己,相信了现在的自己。虽然她当初和张又昆在一起,确实是因为他还有点钱。

这种带着报复性质的信念像咒语一样把她点着了,她终日被这火焰烤着,浑身又满是力气。这点力气像钢筋铁骨一样一下就支撑了她三年,她和梁戈在一起整整相处了三年。

她想,三年了,就算是不爱,也算修成正果了吧。自己跟着这样穷的一个男人居然也把三年走过来了,他还有什么可说的?他还有什么把柄可以看不起她?他敢。她有些疲惫又有些恣意地享受着自己三年咬着牙坚持下来的战果。不爱一个男人却也能忍受下来。如果说张又昆是根本不爱她,那梁戈则是太小气,太不会讨女人喜欢。三年时间里极少陪她逛街,他也一样,连个小礼物都想不起送她,生怕花钱。可是看看自己马上就三十岁了,也该收梢了,就这个男人吧,嫁给他算了。虽然穷了点,没出息了点,小气了点,可是,她一路与他同甘共苦过来,他敢不对她好吗?

他们两个人商量着结婚的日子，商量着去见双方父母，见了父母，这事就算铁板钉钉了。他们相处了这么长时间都还没和双方父母说过，她只有一个母亲和一个哥哥在农村，自然不会反对她到哪里，事实上他们根本就管不着她，他们离她那么遥远，什么都帮不了她。她觉得这一关简直算不得什么，比起从前的种种艰难来，简直是九牛一毛。

可是，她错了。

梁戈的父母详细了解了杨敏玉的家庭背景之后便强烈反对。他们的理由是，不能找这样的女孩子。他们自己家就够穷了，还能再找一个家里没钱的女子？那两个人结婚以后谁靠谁啊，怎么买房？都喝西北风去？他自己就是干这个辛苦活的，就不能再找个干这个的，再说，干这个工作又累又不稳定，不适合女人干。另外一个理由是，她是外地人，不知根知底，谁知道她背后有什么藏污纳垢的东西。他们抵死反对，像怕毁了儿子一辈子的大好前程一般痛心疾首。他父亲甚至扬言，如果和她结婚，他就和梁戈脱离父子关系，以后再不见面。

梁戈刚开始时还在那坚持着，替杨敏玉说话，毕竟相处时间也不是一天两天了。可是最后，他还是动摇了，他抵不过双亲的威胁利诱，加上他本来就是个没有主见也没什么出息的男人。他的父母毕竟了解他，知道自己的儿子没什么能耐，所以决不能再找个同样没能耐的媳妇。

好像全天下的女人就等着他来挑似的，又得要工作好的，又得要家庭背景好的，又得要会挣钱的。哼。她冷笑一声。分手，这次她绝不含糊地分了手。分手之后她就离开了那厂子，省得再看那个人。分手之后，梁戈唯一打给她的一次电话居然是问她，要不要把她留在厂里的东西给她寄过去？

三年就三年，她较着劲把这三年撑下来了，可是她现在只能当这三年喂猪了。

她一滴泪都不往外流。

第一次和一个男人在一起是有目的的，第二次和一个男人在一起还是有目的的。和第一个在一起是为了补偿自己，和第二个在一起却是为了报复自己，横竖都是有目的的。有钱的不行，没钱的还是不行。谈了两次恋爱却像一次都没谈过一样。

空的。

三

和梁戈分手之后，杨敏玉就从那家具厂出来了。那时候她已经快三十岁了，奔三的女人本应该是慌不择路的，随便抓个男人就将就了的，可是杨敏玉提前见了底，知道再遇一个男人也不过如此，只要自己还是个穷人，那就不是被男人疑作是想图钱就是被嫌弃她没钱。她就强迫自己死了心。离开厂子以后，她去了市里找了一家家具店做导购，做了一年认识了一个家具行业的老板，渐渐熟了之后，她便转到老板手下做业务员，跑起了业务。跑业务的时候为了能签下单子，陪酒陪笑，甚至陪睡那都是家常便饭。前两个男人像长在她身体里的两块结石一样硌着她，硌得她日日夜夜地疼，这疼痛却像蓄能电池一样供给她源源不断的能量，连个断电的时候都没有。和这些男人周旋的时候，她也没有多少负罪感，因为想起来就觉得自己又不是没有认真过，认真也认真过了，力都尽了，心底里自然是凉凉的，静静的，一望无际地荒凉着，连个供男人暂时寄宿的地方都找不到。

被迫和哪个男人上床的时候，她心里便一遍遍默念着那明天早晨就能到手的单子,像个佛教徒做什么都心里虔诚背诵佛经一样。这时候,她便觉得自己就是做错了多少事,受了多少苦,总有一个彼岸等着她罢。她看不清彼岸的自己的面目,只觉得那就像是一尊飞金菩萨一样的塑像在等着她,等着她渡过去,化入其中。有时候她甚至都能看到自己飘在了空中,正看着自己在地上行走的那个肉身。她看着那张脸,自己的脸,竟觉得熟悉到陌生,便有近于一种恐怖的感觉,仿佛那是另外一个人,只是另外一个和自己不相干的人。可那真的是世间的自己。

跑了几年业务淘到自己的第一桶金之后,杨敏玉便果断地开起了自己的家具店。这是几年时间里她筹划已久的,已经烂熟于心了。现在,只不过是把脑子里搭好的积木一块一块地再搬出来。过了两年赚了些钱之后,她又紧接着扩大店面规模,并开起了自己的家具加工厂,不再向别的厂家进货。加工厂建在郊外一处荒无人烟的地方,建工厂的时候,她在那工厂附近顺便给自己建了一套小别墅,从此以后,她就算是有了自己的家。如果不是忙得需要住在办公室里,她都要开车回到郊外的家中,虽然那家里根本没有人等她。

就是在自己的加工厂建起来之后,杨敏玉开始自己设计家具的。设计家具本不是老板分内的事,可是她自己愿意。那个黄昏,她一个人坐在办公室里,寂静像热浪一样箍着她,这种密密实实不留一丝缝隙的寂静很容易把一些藏在深处的东西榨出来。她怕它们现形,怕它们从那只密封的瓶子里钻出来,长大。她便拼命把那点蠢蠢欲动的东西往下压,她要拿什么把它们关住。她烦躁地摆弄着桌子上的东西,然后随手抓起一支铅笔就在纸上胡乱画了起来。从离开那家厂子之后,她就再没碰过画笔,就连家具上那些没有人性的图画她也没有再画过。

等瓶子里那点东西被勉强压住了,她才发现,她手中画好的是一只精致的家具。她久久看着那张图,忽然泪如雨下,几年都过去了,她以为它们早就死了,这辈子都不会和她再见了,可是,它们却赶着跑着,来她这里重新投胎来了。它们重新在她笔下活了过来,隔着一层薄薄的纸,在另一个世界里对她笑着。

她要让它们活过来,它们本来就应该活着的。它们被那么多人摧残过,践踏过,蔑视过,可是,它们终究还是活着。

她不死,它们就不会死。

从此以后,杨敏玉设计家具就上了瘾,只要抽出一点时间,她都要亲手设计几件家具。她真正开始在深夜读那些唐诗宋词,真正领悟到了诗词中那些不死的美丽意境。这次,她再不是为哪个男人读它们,她真正地认识了它们,并用另一种形式让它们在那些家具中悄然复活。古老的诗词在那些家具深处美丽得惊心动魄。没有顾客知道这些家具出自谁之手,没有人会记住她的名字,但她觉得无论如何,它们在她手里活过来了,这就够了。还要什么?

她喜欢穿着和那些家具格调一致的服装,坐在家具丛中看着它们,她身上的气息和它们是完全一样的,就像是它们的身体里流淌的是同一种隐秘的血液,它们是她的亲人。当她穿着那些美丽的衣服坐在那里的时候,便有一种正走在戏台上的感觉,所有的一切都是她的背景和道具,所有这些人都是她的观众。而事实上,这些来来往往的顾客都是在看家具,最多会看她一眼,也是因为觉得她很神秘罢。

现在,却是从眼前这个来蹭茶喝的年轻男人眼睛里,她看到了那一点东西,就那么一点,但是,已经够了。它在另一个男人的眼睛里活过来了,就像一直在那里等着她,从没有离去。在那画家眼里,她是根本不懂画的,在第一个男人的眼睛里,她是爱钱的;在第二个男人的眼里,她是不够有钱的,她始终都没有在他们眼睛里活成一个人。现在,在这一句话里,在这一个眼神里,她第一次真正地变成了一个人。

她终于有了魂魄。

整个下午他们都坐在那里闲聊,像两个无所事事的人。他告诉她,他在大学里是学油画的,毕业以后找不到好工作,家里就在县城的小学里给他找了一份美术老师的工作,他就回去上班了。可是,上了两年班,他又逃出来了。他说,你知道吗,在那里,你是多么孤单。你画油画,别人还会笑你,笑你是傻子,买那么贵的油画颜料烧着玩。每天和那些小孩子待在一起,再待下去我这辈子就毁了,所以我就又逃出来,我想靠卖我的画赚钱,我想真正像一个画家一样,把自己的画挂到画廊里去卖,希望更多的人看到我的画。这样,我就觉得我没有白活一次了。

他说完这最后一句话,就久久没有再说什么,她也一句话都不说,像个影子似的坚硬地缩在那椅子的壳里。他们就一直那样坐着,一直到家具店都快打烊的时候。他突然对她说,我请你吃晚饭吧。她略一踌躇,却是答应了。她让他稍等,她去换件衣服。等她换了一件藕粉色的齐膝连衣裙出来的时候,他打量着她说,真美,刚才你穿的是上班的工作服?那你是做什么的,是这店里请的模特吗?杨敏玉随口答应了一声。他便说,难怪你这么漂亮。两个人便出了门。

她问他,你叫什么名字?

刘诺龙。

多大了?

二十六了。

她本能地却不易觉察地一哆嗦,这么年轻?太年轻了。她本能地嫉妒。其实她已经看出了他的年轻,所以特地换了件青春的半截裙,把头发扎成了一条长长的辫子垂在脑后。平日里几乎没有人能看出她的年龄,白皙的皮肤和保持完好的身材把她的年龄遮住了,她尖尖的下巴又是最不显老的那种。但走在他身边,她还是有一点点心虚,看不出不等于不存在。

他说请她吃饭的时候她倒犹豫了一下,因为她看得出,他口袋里是根本没有几个钱了,不然不至于连杯水都舍不得买来喝。却提出要请自己吃饭?他想干什么?打她主意的男人她见多了,却直觉他不像。她好奇着好奇着,却还是答应了下来。现在走在路上,意识才渐渐苏醒过来了,原来她能答应下来,却还是因为他眼睛里闪过的那一丝光亮。就那一点光,她就像抓住了一条什么绳子一样往上爬?就像当初见到张又昆一样当成救命稻草?她默默地笑着自己,眼睛却已经湿润了。

他突然扭头问了她一句,你呢,二十五?二十六?

她笑着不说话,他便自言自语地说,哦,忘了,女孩子的年龄怎么能随便问,对不起。

他们找了一家小饭店,就在饭店油腻腻的灯光下点了两个菜,要了一斤黄酒。两个人都喝了些酒,话便也跟着多了些,顺畅了些,像是把河道里的卵石搬走了一些。他说,你知道吗,你坐在那里真是有感觉。我第一眼看见你的时候就吓了一跳。

为什么?

说实话,我第一眼见你的时候不以为你是真人,觉得你不像个真人。

吓着你了?

不是吓着,是惊讶。这说明你……老板找你是有眼光。

你的油画要是卖不出去怎么办?

……卖不出去,那我自己留着。哪个大画家生前不是贫病交加,死后才出名。

你也等着死后出名?

我就是不想在那小地方一辈子待下去,再待两年我就什么都画不出来了,我就彻底废了。

还是先找个工作吧,卖画没那么容易的。

再看吧……一个活人还能被饿死?

能。

……

到付钱的时候,杨敏玉下意识地掏出自己的钱包,她知道他口袋里的钱也许还不够付这一顿简陋的晚饭。但是他坚决地把钱付了,他甚至埋怨地看着她,你什么意思,我说过我请你吃晚饭的,不是你请我。杨敏玉看着他倾家荡产地付了钱,却没有再说什么。两个人摇摇晃晃地走出了饭店,他说,你去哪里,我送你。杨敏玉想,他接下来要做什么?觉得付了一顿晚饭钱就可以做什么?她说她要回家具店,有宿舍,她就住在那里。他们便向那里走去,他说,你晚上也住那空荡荡的屋子啊?那你可真像个鬼魅了,也不害怕?她小心地走在他身边,想着他接下来会做什么。但是他把她丢在家具店门口就背着他剑一样的画筒,摇摇晃晃地走了。很快就消失不见了。然后,她开着停在那里的车,回到了自己郊外的家里。

十几天过去了,刘诺龙再没来过家具店。杨敏玉想,她可能以后再见不到他了。顿时便有些无端怅然的感觉,就好像他是被一个浪头偶尔冲到她面前的,她还没有把他看清楚的时候,他便又一次被冲走了。从和梁戈分手后,杨敏玉就没有再找过男朋友,也一直没有结婚。她年轻时没钱的时候,男人防着她图他们的钱,现在,她不年轻了,却反过来了,她怕他们图她的钱。年龄大些的不缺钱的男人则是想找年轻漂亮的小姑娘,不会考虑她这样的。年龄大而没有钱的男人,她又断不能接受,那就是明白着自己到头了又往她肩膀上靠来了。你以为谁就是你该靠的?年龄小又没钱的男人吧,她又觉得怎么自己就是在包养他呢?这么多年里这样的男人又不是没遇过,仗着有一张脸一副骨架,什么事都不做,缺钱了就伸手问她要。有钱的男人不在乎她,没钱的男人只要对她殷勤点,她就冷笑,冲着她的钱来了。在几年时间里,她突然发现她变成了第二个张又昆,虽然她是那么痛恨他。

她住在自己那套空荡荡的房子里,就像一个小型的慈禧太后,可以在那里呼风唤雨。附近就是她的家具厂,那里的什么都是属于她的,包括那些雇来的男工人。她稳稳地踩着她自己的地盘,想做什么就做什么。有时候她那房间里也是有男人的,自然都是些一夜两夜的男人,都是些要钱的男人。事后她轻易就打发了他们,像嫖娼一样,不就是花点钱的事。可是她是绝不肯把哪个男人多留几夜的,留下来就像是侵蚀了她的地盘一样。他们哪个是对她有一点点爱的?她看不起他们,就像他们当初看不起她一样。晚上只有她一个人的时候,她便对着镜子细细保养着脸上的皮肤。这件事情上她是绝对乐此不疲的,也是毫不含糊的。年龄哗哗碾着她就过去了,不小心就能把她碾成粉了,她得当心。晚上,她有些得意地看着镜子里的那张脸,确实不显老。她宁可修炼成不老的妖精也不能变成个满脸褶子的老女人。

这个年轻男人和别人也没什么不同吧,那也是他不知道吧,要是知道了她是做什么的,兴许早就找她来了。一个连饭都快吃不上的人。

四

这天杨敏玉刚走进店里,就看见墙角的椅子上坐着一个人——刘诺龙。

她怔了几秒钟还是向他走了过去,坐在了他旁边的椅子上。他一看见她就说,我上次来找你你怎么不在呢?她说,哦,你什么时候来过的。他说,就前两天,我问别人,别人都说不知道。她笑着问他,怎么,画卖出去了?他躲闪着这句话,只说,嗯,我先找了个工作,先做着,你说得对,得先有碗饭吃,人都死了还画什么画。她这才注意到他这次没有背那只长长的画筒,看上去就像一个卸了剑的侠客一样,多少带着些落魄和退出江湖的意思。他突然笑着对她说,下了班和我一起出去玩吧,今天刚领了些钱。杨敏玉喝了一口茶,用茶杯掩着嘴角说,怎么就想起要找我玩呢。他还是笑着说,不知道,这两天老是想着你呢,觉得你……挺神秘的。她放下了杯子,这才半笑半不笑地看着他问了一句,就这?他微微一怔,又笑了一笑,也很美丽,坐在那里都让人不敢靠近。

她的虚荣心微微得到了些满足,再加上他那句话,今天刚领了些钱……这句话,倒是也够了。难道她还告诉他这些家具全是她设计的?告诉他他嘴里所说的那个天才就是她?要是换了十年前,她会这样做,她会急吼吼地把这点底细全抖搂出来,可是现在,她不会了。店里关了门,她就跟他出去。她特地换了一条白色的裙子,因为在诸多颜色中,她早已发现白色是让人看起来年轻的颜色。她穿着白裙子,白色编织凉鞋,扎着辫子,很小心地和他走在一起,他看起来有说有笑,似乎心情比上一次见她时要好得多。她便暗暗感叹,有一碗饭吃的人是多么不同,就那么一碗饭,却是人的脊梁骨。

他们去逛夜市,是他提议的,这个地方她从来没有去过,她哪里有闲心和时间去这些地方?便有些好奇。她想,大约是夜市上的吃的便宜些,他为省点钱吧。到了夜市,街道两边满是小摊小贩,都点着一盏风灯,远远看上去整条街都是被这一点一点的灯光缀起来的。他们在这灯光下走着,有些迷离的感觉,不大像在人间似的,好像误闯进了天方夜谭的集市上。每经过一个小吃摊,他都要回头问她,这个给你买一串吧。还不等她反应过来,他已经买过来递到了她手里。一路上她的两只手里满满的,嘴里也塞得满满的,一路上都没顾得上说话,就光顾着吃了。他说,吃不掉的就扔掉,别吃撑着了。说得她笑起来,又被嘴里的东西呛住了,连连咳嗽。

后来经过一个小地摊的时候,他又停住了,地摊上卖的全是五颜六色的头绳头花,劣质的材料亮晶晶地闪着光。他突然拿起一条头绳说,这个你戴肯定好看,要不要?她看着那条头绳,忽然点了点头,他掏出五毛钱买了来,送给了她。她跟在他后面走着,就像小时候跟在母亲后面赶集一样,生怕走丢了,死死地跟在大人后面,两只手里都是占得满满的,胳膊上戴着一条五毛钱的头绳,简直有些狼狈。

她的耳朵里和眼睛里已经再装不进东西来。她把它们全闭上了,然后她一个人往后退了好远地看着自己。她有些迷路的感觉,就像是走在一条异乡的路上,周围的一切全是和她无关的。这一切是这么生硬而温柔地摩擦着她的每一寸皮肤,她有些陌生的欣喜,可是这点欣喜下面是深不见底的疼痛。她认出来了,这是一个年轻的男孩子和一个年轻的女孩子之间恋爱的一个小步骤,只是小小的一步,给谁谁都不会觉得怎样稀罕吧,不过都是些哄小孩子的小吃,廉价的小玩意。可是,当她走到这里时,却忽然有一脚踏空的感觉,因为,她没有来过这里。从来没有来过,所以她恐惧了。就是这些廉价的小玩意,这些夜市上鬼魅的灯火在她身上开始起一种从没有过的化学反应,很酸很涩的东西,夹杂着丝丝缕缕若隐若现的往事忽然从她身体深处往外涌。她想把那决口堵住,不让它出来,为了这种挣扎,那一瞬间她几乎使尽了全身所有的力气。

就是这些最寻常的最人间的东西,她却从来就不曾有过。她居然不知道世界上还有这些东西的存在,就是因为当初,在她还是这个年龄的时候,她却轻轻一步就跳了过去,所有的步骤便被省略掉了。她直直奔向一个主题,两次算得上是恋爱的过程,两个还算得上是男朋友的男人,都没有给她这点东西,都没有把一条五毛钱的头绳在夜市的灯火里递给她,并轻轻问她一句,要不要? 更不用说其他那些男人,那些生意场上的男人,那些虚情假意的男人,那些连一个拥抱都不肯多给她的男人。她突然就心酸得无法抑制。原来,当年,就这么容易地,这么迅速地,她和它们擦肩而过,而那却已经是永别。从此以后,她便是另一番境地了,她还没有怎么做一个女孩子,就迅速地飞奔到了现在。现在? 戴着一副女孩子的面具,在面具下做着一个身心疲惫的女人?

那晚,她一个人一回到自己一个人的城堡里便放声大哭起来。她情愿放弃现在手中所有的一切,重新变回当年那个一无所有的女孩子,条件只有一个,就是让她正正常常地和一个男人去恋爱一次,她想重新开始一次,重新来过一次。可是,这怎么可能? 她看着那个遥远的自己,却是面目模糊的,怎么也走不过去的,刚走过去,她就消失不见了。她明白了,那个十几年前的她,已经永远地消失不见了。

刘诺龙隔几天就过来找她一次,只要他来找她,她就一定和他出去,就是手头有再忙的事,她也要放下。现在她已经知道,他找的是份什么工作,他给人家画广告牌,得爬上高高的脚手架。他给她比画着,那广告牌有这么大,画一只眼睛就要比他自己还大。她问他,那你的油画呢?他神色凄凉地说,等过些时间再画吧,先攒点钱。那一瞬间里,她真有心对他说一句,你放心地画,不用担心钱。可是,不能。她喝止住了自己。图她钱的男人她还见得少吗?她只安慰他,慢慢会好的。一起出去吃饭的时候,他从不许她付钱。他严厉地制止她,说,这点钱我还付不起吗?她便不吭声了,由着他付钱。他是个弱者,他需要在一个更弱的人身上找到些安慰。

可是她知道,并不是每一个男人都会在自己最穷困落魄的时候,还有心思保持这样一份绅士的尊严。

一个人闲着的时候,她最多的就是悄悄地出入于美容院,各大商场,寻求能使女人保持年轻的最有效办法。有时候她走在路上,看到那些十八九岁年轻女孩子的时候,她便觉得她们年轻得像长着翅膀一样,近于轻盈地从她身边飘了过去,她连追都追不上她们。仿佛她们是一个世界里的,而她自己则被囚禁在另一个世界里。她只能看着她们的背影?她恨不得一把把她们抓下来,把她们踩到脚下去。似乎她们是偷了她的年华才长到这么大这么青春逼人的。她们欠了她。

晚上一个人的时候,她试着把所有能到手的办法往脸上试。她恐惧着,饥不择食地要把每一样东西都尝一遍。每到这个时候她便觉得自己就像传说中寻找长生不老药的皇帝一样,小时候看这些故事的时候,觉得他们真是又荒诞又滑稽,人哪有不死的,又不是神仙。可是现在,她和他们有什么区别?人哪有不老的?又不是妖精。要是真在八十岁的年龄上还长着一张二十岁的脸,那也是一件恐怖的事情。可是,没有办法,她拼着命地想挽留住点什么,明明知道那点东西是流沙,是水,怎么拦都要从指缝间流走,可她还是挣扎着,拼着命地想把它们拦住。

白天的时候,她仍然做着那个美丽精明的家具店的女老板,千奇百怪的家具式样源源不断地从她手里流出来。她是一眼矿,现在,她自己把自己开采出来了。时光与智慧还有天分真正在她身上沉潜下来了,她像一只叶岩,一层层地厚起来了,斑斓起来了。家具店的生意越来越好,独特的经营方式和独一无二的家具式样为她吸引了越来越多的人,很多人是为着它的名声特地跑过来看看。很多人听说这家具店里有一个神秘美丽的女老板,却至今都没有人见过她。自然,当杨敏玉静静坐在那把椅子上的时候,除了员工,确实没有人知道她是谁。

十几年前她怎么可能知道有今天?十几年前的那个下午,因为画家那句话,她在野外整整哭了一个下午,哭得收都收不住,连死的心都有了。现在,难道她还有必要像复仇一样跑回去找那老画家吗?没必要了。她已经看明白,世间万事都讲一个阴阳转换,下一步你要转到哪里转成什么样子,别说别人不知道,连你自己都不知道。她有钱了,可是,与此同时,她的年轻没有了。

每当刘诺龙来约她的时候,她又摇身一变,变成一个羞涩的女孩子。走在街上的时候,她总是暗暗留意那些年轻的女孩子身上穿的什么衣服,什么鞋,人靠衣装马靠鞍,衣服的粉饰力量是巨大的,有时候人缩进一套衣服里,她自己反而就不见了。她自然看不起那些女孩子身上二三十块钱的廉价衣服,和自己当年一样,没钱,还爱美,便满身披挂着廉价的时尚。可是,她们终究是年轻啊,随便什么只要穿在身上,都有被原谅的理由。她呢,在她这样一个年龄,穿熟了各种名牌的女人再去回头学她们?再去穿那些廉价的劣质衣服?她自己都感到有些作呕了,就像一个大腹便便的老男人偏要装腔作势地说,我们男生怎样怎样。

可是,一路上她的目光仍然贪婪地凄怆地追着她们。因为,她需要,没有比需要更可怕的了。她每次见刘诺龙时身上的衣服都是经过了谨慎的衡量和微妙的折中之后的产物,每一件最朴素的花衬衣后面都是深藏着玄机的。有时候,她也鄙视自己,为一个一文不名的画广告牌的男人费这么多心思?费这么多心思还得全在暗处,永远见不了光的,永远不能被他知道。知道了就是一种耻辱。可是,每次每次,她还是要去见他,她根本没有一点点力气去拒绝他。就因为,他真正地把她当成了一个小女孩,他也许以为她很穷,以为她没有多少收入,以为她租着房子,可是不管怎样,他把她当成了一个可以恋爱的,正正经经的年轻女孩子。从头来过的感觉多么美好,又是多么可怕。她平静温顺地走在他身边的每一步其实都是暗涛汹涌的,都是如履薄冰的。都是,随时会结束的。

可是,她还是贪婪于这每一步。

如果一个人真的后悔了,那就不能再重来吗?她问自己这句话的时候已经泪如雨下。

她发现自己真的是开始一次恋爱了,或者说是第一次真正走进了恋爱的情境。真正没有任何目的性的,没有任何企图的,没有报复感的恋爱,就单单是为了恋爱的恋爱。后来她想,这一切一定是从那一眼就开始了,在他那一个瞬间的目光里燃烧起来的光亮。就那一点光亮就把她拖了进来。因为在此之前,从没有一个人,没有一个人对她说,你太有才华了,你是个天才。哪怕是一句假话。十几年前她想听的就是这句话,如果当初有人对她说了这句话,她就是死也会一路画下去,一直画下去,她可能已经是个画家了。可是,他们都不肯,他们都吝啬着不肯对她说这样一句话。终于,在十几年之后,有人对她说出了这句话。

原来,只这句话,她就一等等了十几年。

和他走在一起的时候,她感到快乐而恐惧。似乎她和他之间的每一次见面都是最后一次,都是随时会成永别。就算是恋爱吧,这个过程也不会永远这样持续下去,它是迟早要有一个了断的。要么分开,要么就是,结婚。可是,他们之间,能走这一步吗?他是在明处的,她则是在暗处的,如果他是在阳间的,那她就是在阴间的。他能看得见摸得着,她却不能。她在他身边的只是一个幻影,并不是真的她,或者说,是被她自己虚构出来的一个她。关于她的一切他其实都不知道,不知道她是做什么的,不知道她的收入,不知道她有房子有汽车,也不知道她的年龄。但是,就是因为他什么都不知道却愿意来喜欢她,才让她觉得,这点喜欢是真的吧。这个世界上真的东西是这么的少,就是这一点点,已经够她用很长时间了。如果他什么都知道再来找她,那她还敢确定他究竟喜欢她的什么?可是,真的有一天和他结婚吗?如果他知道了她的年龄,他能够接受她吗?

她从不带他回自己在郊外的别墅里,只告诉他她是住在店里的一间宿舍里,进去也不方便,他一点也没有怀疑,因为很多年轻女孩子都是这样生活的。他是和别人合租着房子,有那么几次他叫她去他住的地方看看。她坚决不去,因为她很明白,去了会有什么事。就那么点事,还能有什么事。那点事……只要她想要,就根本不缺。她也不是在欲擒故纵地和他玩钓鱼,她只是,年轻的时候把这件事情做得太快了,连个可供回味的余地都没有留下。和张又昆在一起的时候,一心只想讨好他,哪里顾得上自己的感受。和梁戈在一起的时候,又总是很乏味很麻木,回想起来只看到电视里雪花般的一片空白砸下来。好像那段时间自己是凭空就跳过去了一样,连点痕迹都没有留下。现在,她要给自己补上这一课。就像一个人都十几二十岁了,却硬是要坐到小学的教室后面,像个异教徒一样混在小学生里面听课。她自己也觉出了其中的荒诞与滑稽,却是身不由己。就像是在那芯子深处生长着一种巨大而诡异的力量,要不顾一切地把她吸进来,吸进来。

就这些零零碎碎的见面连在一起居然也像珠子一样缀成了半年的篇幅,这半年时间里,杨敏玉看起来始终像个初恋少女一样清纯、羞涩、谨慎。她一方面满意于自己的表现,另一方面却暗暗怀疑自己怎么能装得这么像?真是装的吗?这,真的能装得出来吗?还是,她本来就应该是这个样子?以往十几年中的那个她才是假的,不过是她在梦中看到的一个影子。她自己都彻底迷惑了,有时候竟有走在迷宫中的惊心动魄感,恐惧着,却也畅快着,像吸食大麻上瘾了一般,欲罢不能。

这天,刘诺龙来见她时又背着一卷画。她便笑,又要去卖画?他把那张油画往她面前一展开,她便一动都动不了了。她像站在一面镜子前,画中的人,是她自己。画中的她坐在窗前的湘妃竹黑漆描金菊蝶纹椅子上,穿一件镶着大红绲边的竹布旗袍,一粒红色的如意云扣正扣在脖子上,像一粒血红的朱砂痣衬着发髻后面若隐若现的红珊瑚簪子。耳垂上的两滴翡翠耳坠在阳光里闪着一种柔和的碧绿的光泽,就像两滴水珠正往下坠去。画中人微微垂着头,不知道正看着哪个方向,嘴角有一缕轻得像月光一样的笑容,就像正看到了什么有意思的人,或者正想起了什么好笑的往事,好笑中却又夹杂着一种淡得闻不到的悲伤,在那一瞬间,她就这样很轻微很轻微地笑了一下。

就是那天,她在人群中看着他的时候,他却其实也在一直看着她。她久久看着那张画,忽然问了一句,要把它拿出去卖掉?刘诺龙笑着说,好不容易画了几个月,怎么能卖掉,送给你的,早就想着一画好就给你送来。我第一眼见到你的时候就觉得真像一幅画,太美了,就一直想着把它画出来。怎么舍得卖掉?今天赶紧给你送过来,因为我得回趟家。

她的手一松,画便自己蜷曲成一个卷,卷得像某种风干了的生物似的。画中人从她眼前消失了,她像是一步从一扇镜子里跨了出来,摔到地上,醒了。她立刻便警惕地问了他一句,回家?声音尖尖细细地撕开了一角空气,露出了里面鲜红的芯子。他说,我妈给我打电话说我爸突然生病住院了,要我回去看看,我打算今天下午就走,所以赶紧把画给你送过来,你看,这地方的油彩还没有干透呢,你再晾晾。杨敏玉忽然就把画往地上一扔,又像被开水烫着一样跳到一边说,为什么这个时候把画给我送来,什么意思?话还没说完的时候,泪已经争着抢着出来了。不等他说话她又一边流泪一边连连笑着自问自答,什么意思?给我送个留念?

刘诺龙有些微微地吃惊,似乎没有料到她会有这样的反应,忙说,我也就走几天,又不是不回来了。这画是早就想送给你的,一直没画好,这几个月时间里我就画了这一幅画。他多少有些委屈的样子,这让杨敏玉一阵害怕,自己是不是神经过敏了一点?和他相处的这几个月里,她亲眼看着自己身体里逼出了另一个陌生的自己,任性,使小性子,撒娇,神经质。另一个面目全非的自己。就像是从她身上斜斜嫁接上去的枝干,无论怎样都是长在她自己身上的。他当然不会知道自己为什么会这么过敏,她不能让他看出来。

下午,刘诺龙就回家去了,倒也没带什么东西,看样子也不像是准备就此一去不回的。她稍微放心了一点。

五

晚上,杨敏玉在自己的房间里静静地看着那幅画。那张油画已经被她挂在了墙上,她一次又一次地看着那画中的女人。娴静,温婉,美丽而神秘。真的是她自己吗?她就是那画中人?她的手指从那油画凹凸的颜料上往下滑,往下滑,像正抚摸着另一个人的肌肤,一个陌生的人在她手中一寸一寸地活过来了。她像个倒影一样站在那幅画的前面,浑身上下波光粼粼。她的眼睛里也全是波光水影。这一生,还有第二个男人会用这样的眼睛看着她吗?还会这样地把她看成一个画中人吗?这真是天才设计出来的,还会有第二个男人对她这样说吗?还会有第二个男人这样拉着她的手,给她买一条头绳吗?她在他手里才真正做了一回恋爱中的女孩,虽然她知道这一切都不过是一个瞬间,她早已经不是小女孩了,这一切是迟早要结束的。可是她现在明白了,她是真的想把这一个瞬间当成一生。

刘诺龙回家后的这几天里,很少来电话,估计是很忙。她也不敢给他打,只在晚上的时候偶尔发条短信。她不知道他家出了什么事,只觉得自己每时每刻都在等他的短信。晚上,都已经很晚了,她还是不忍心睡着,还是不愿意关机,就把手机放在枕头旁边,一分一秒地等。她看着画中的自己,觉得好像自己正坐在那里等着一个男人来赴约一样。

刘诺龙走了一周。在这一周里,杨敏玉终于下了决心,告诉他,把自己的一切告诉他吧,如果他真的爱她,也许就不会去计较那么多吧,比如年龄。再说了,如果她嫁给他,那她是带着丰厚的嫁妆嫁给他的,这个是他绝不会想到的,他会不接受吗?他一心想做个画家,想把自己的画挂在画廊里,想有一天自己能开个人画展,可是,现在,他连油画颜料都买不起。告诉他吧,就算是……他真的也为了这嫁妆……那也不是不能被原谅的。她已经提前原谅了他。

一周后的黄昏,刘诺龙回来找她来了。他憔悴不堪的样子,见到她的第一句话却是,我是来向你道别的,我得回家去了。我爸爸得了脑梗,还在住院,需要人照顾,我的工作……我和你说过,我是我们那里一个小学的美术老师,我出来时是请了长假的,现在单位通知我必须回去上班,再不上班就开除了。我现在靠我的画……我已经看明白了,真的什么都做不了,也卖不出去,也没有人看,我不能连一份工作也丢了。我想好了,还是回去吧,画画是一辈子的事,如果想画,在哪里都可以画的,如果心里已经画不出来了,我就在这城市里待着也没有用,最多给人家画画广告牌子。我明天早晨就走。

他是一口气说完的,似乎只有这样才能保证自己说得流利,像是怕被她打断一样。她却只是听着,一直到他彻底说完了,忽然,她连犹豫都没有犹豫,就脱口说出三个字,那我呢? 说出来连自己都吓了一跳,怎么就这么急迫呢,这么急迫地把自己往外嫁? 这不是要被他看轻了吗? 可是,她真的顾不了那么多了,她一直担心的这天终于来了,说出来了反而就见底了,心里反而轻松了些。他似乎想了想,才看着窗外说,你要想好了,我这一回去很有可能就出不来了。你要是愿意,我们现在就去领证,我是喜欢你的,可是,我不能害你。你想好了,那是一个很小的地方,一个小县城里是什么都容不下的,你画个画别人都要笑你,像你这种做模特的,去了我们那里是要被当成异类的。如果你愿意跟我走,我就带你回家。可是你一定要想好了的,你去了那里……可能会很痛苦,你会觉得自己被关在了一只笼子里,没有什么自由。在小地方,城东发生个什么事,城西马上就知道了。在那种地方你要想活下去,就只能被同化,和他们一样了你就好了。所以……你一定要想好了。

　　杨敏玉看着窗户外面的天色一点一点地暗下来了,她久久地站在那里,像是一点一点地往黑夜里沉去。她明白了,她和他之间最后该了结的时候终于来了。这个世界上,有来就有去,有满就有亏,有开始的那天就会有收梢的那天。可是,她现在又该怎么做?她用将近十年打拼下来的事业全在这个城市里了,放弃了这一切跟他回一个小县城?那样的地方是她的容身之处吗?如果她不顾一切地去了,却窒息在那里了,她又该怎么办?那个小县城能接受她这样的女人吗?可是,就此分开吗?世界上不会有第二个男人再这样对她了,她还有多少力气足够去和一个男人周旋?这次,她本身就已经把它当成绝唱了。

　　像是有很多人很多东西在她眼前纷纷踏踏地来回走着,把前面的路全淹没了,她想伸出手去试图抓住点什么,它们却全是空的,烟云一样地消失不见了。两个人就在家具店那间小屋子里坐着,都不说话,都不知道该说什么。都怕着又盼着这个夜过去,似乎他们现在都已经站在了悬崖的尽头,只差这最后的一跳了,无论是什么在脚下,只要跳进去,便又是一天开始了。两个人都心事重重地站在这悬崖尽头,遥远地看着彼此的影子,尽管这个人就在身边的,却仍是觉得远得渺茫而隔世。夜已经很深了,不知道是几点了,只觉得连马路上都没有什么声音了。偶尔一声汽车的喇叭响起,就像遥远的轮船在海面上发出的起程的声音,要驶向一个未知的世界。最后,不知道是谁先动了,他把她抱在了怀里,她泪流满面地伏在那里。

　　这是他们第一次做爱,在心里却已经当成是最后一次了,两个人心里都明白了,却还是较着劲要把这唯一一次当作纪念制成标本一般。因为从前吃过这样的亏,上床太早结果只能是分开,所以,这半年里杨敏玉始终没有同意要和刘诺龙怎样,而他也决不强迫她的,总是一副只要她愿意怎样都可以的样子。如果到明天早晨,他们就真的要分开了,那多少的,她应该给他留点什么纪念的,让他记住她。

　　第二天早晨,当他们醒过来的时候,发现天已经大亮了,真的是早晨的阳光了,他们已经一跃跳入了那恐惧的企盼的新的一天里。一切就这样结束了?早晨的阳光从薄薄的窗帘里透进来,落在他的脸上,也落在她的脸上。他们互相看着对方,似乎是第一次这么认真地看着对方。她说,给我留点什么念想吧。他说,只要我有的就都给你。她便拿出一把剪刀,剪下他的一缕头发包好。他说,就这样?她明白了,他在告诉她,他该走了。突然的,她不顾一切地扑进了他的怀里,她不顾一切地大哭着,使劲地不顾一切地对他说,你带我走吧,你带我走吧。他抱着她说,想好了吗,只要你愿意,我们就结婚。结婚?她扑在他肩上瑟瑟地发着抖,结婚?那他就一定会知道她的年龄的。该告诉他了,现在已经是箭在弦上的最后一个瞬间了。她不能再等了。她放开他,然后看着他的眼睛,他的脸,很慢很慢地开了口,她蹒跚着艰难地说,你真的爱我吗……无论怎样都爱?你……我比你大十二岁,我已经……三十八岁了。我从不告诉你是因为……

　　她大口大口地喘着气,像一个快要干死渴死的人一样喘着气,她的声音剧烈地发着抖,像是每说一个字,她都要榨干全身所有的力气,所有这些字都像是她要搬开的大石头,它们堵着她的路,她想要把它们全部搬走,却没有了一点力气。就在这个时候,窗外的阳光更强烈了,一束阳光从窗帘的缝隙里钻进来,正好像追光灯一样打在了她的脸上。就在那一瞬间,他突然看清楚了她脸上,她眼睛周围那些已经无法掩饰的细密的皱纹和已经微微开始下垂的脸颊。那，确实不是一个年轻女孩子的脸，是一张三十八岁的女人的脸。也就在这一个瞬间里，她真真切切地看清楚了他眼睛里闪过的那一丝恐惧。不是别的，是恐惧。

她的话戛然停住了。就像一支乐曲在奏到最高峰的时候，在上升到最顶端的时候，停住了，在那高高的空中停住了，像一尊突然被冰雪凝固的雕塑高高地远远地停留在了那里。她无比遥远地看着他，就像在云端看着人间的他。

他已经向门口走去，他要回家了，这一走，她也许永远永远都见不到他了。他已经推开了门，门外的阳光哗地就把他淹没了。他变成了细细窄窄的一条，越来越细，越来越细，简直像一枚金光闪闪的针一样要从这扇门里穿过去，从她的身体里穿过去。就在这束光要完全消失的那一瞬间里，她突然醒了，她突然明白，他要消失了。他这一消失就是永别了。夜市上的那条红头绳像条鞭子一样夹杂着带血的疼痛向她抽了过来，她的泪哗地就下来了。她知道，这一辈子，她再不会遇到第二个他。也就在那一瞬间里，她不顾一切地叫住了他。

她必须拦住他，必须。

她使尽了全身所有的力气，疯狂地把所有的话一口气说完了，她拼着命地把剩下的话说完了，她告诉他她是这家具店的老板，她就是那个所有家具的设计者，那个被他说成天才的设计者，她现在有别墅有名车有钱，她可以为他开个人画展，可以为他办起一个专门的画廊，可以把他的画挂在五星级酒店的墙上，所有这些，她都可以做到。

她必须把这一切都说出来，全部说出来，她才可以救自己。

六

刘诺龙再次出现在杨敏玉的家具店里是两个月以后了。

那天已经到晚上了,杨敏玉正准备关店离开的时候,从店里的那扇雕花木门后面忽然无声地进来一个人。他像剪纸一样薄薄地贴在那里就不动了,她猛地一回头,便像雕塑一样僵住了,站在那里的是刘诺龙。

不知道过了多长时间了,她才开始一点一点融化,然后又一滴一滴地落到了地上。一刹那,她就像一条决堤的河流一样汹涌而浩大地蔓延在屋子里所有的角落里,像是要把一切都淹没掉。刘诺龙像块礁石一样湿漉漉地站在河流中间望着她。

他,终究是回来了。

她提心吊胆了两个月的心此时猛地被甩出了惯性,又被稳稳地掼在了地上,她似乎都能看见它像一只被剥皮的动物一样在那里挣扎着跳动着,然后一点一点地平息下去了,不再动了。她看着它,就像它真的不在她胸膛里一样了。她那里反而是空的。

这两个月她是一天一天,一分一分,一秒一秒地等过来的,她和时间打了两个月的仗,战场上只有她一个人在孤军作战。现在,战争结束了,她站在自己的战旗下却忽然问自己,胜利的那个人究竟是谁?是她吗?

他一步一步向她走来,在一片水波中,他的脸终于清晰地浮了出来。她看清楚了,还是那张脸,还是那双眼睛,可是,不知道在什么地方,也许是在一个最隐秘的角落里,有那么一丝,就那么一丝,锋利的陌生。这缕细若游丝的陌生像蛇一样从她身上爬过。她听到了他的声音,他说,我父亲已经出院了……我已经辞了那份老师的工作……就来找你了。

多么得体的理由。她想。为了来找你……我辞了一份稳定的工作。这句话的背后暗藏着刀锋一样的威胁,那就是,我为了你斩断了后路,这是我付出的代价,我已经把我的后半生交到你手里了,你必须要为此负责。他要她稳稳地接住他。因为,他投奔她来了。是的,这确实是她想要的结果,

可是,现在,她却有些微微的悲和怆。

是的,如果她没有在他临出门的最后一分钟把那些话说出来,没有告诉他她的其他,她的车她的房她的钱,他还会回头来找她吗?大约是足足衡量了两个月,把一个小学教师的工作和一个有钱还需要他的女人反复做了比较和筛选,最后认定,还是选这个女人更划算些罢。一份小学教师的工作是一眼望到底的,而一个有钱的女人代表着可以给他无限的可能性。如果这样,她也就只值一堆钱了。但是,如果他真的就此一去不返,再不出现,她又是更强烈的挫败感。难道,她就是用钱都留不住他吗?原来,在他临出门时她叫住他的那一瞬间里,她已经是进退维谷了。无论哪个方向,其实她都走不出去的。

这一切的一切,她都明白的,她其实早就明白的。十年的摸爬滚打,她对男人这点心思是明白到不能再明白的。但是,她还是微笑着,向他走去。就像童话中的那尾人鱼,踩着刀尖,为一个男人跳舞。

这个晚上,刘诺龙坐在她的车里,她把他带回了自己的别墅里。两个月前还羞涩得像个灰姑娘似的杨敏玉居然摇身一变,在他面前真的变成了一个富婆。他已经为了她都辞去了工作,她还想怎样。于是,他心安理得,理直气壮地住在她的房子里,吃她的饭,穿她的衣,花她的钱。

她明白,从此以后,他就成了寄生在她身上的一株藤萝植物,吸着她的血液长大。

杨敏玉去店里的时候,刘诺龙就一个人待在屋子里,他说他要画画。他能强迫自己接受一个比自己大十二岁的女人,那他就是要补偿的。现在,他终于得到这点东西了,那就是衣食无忧地在一所房子里安静地画自己的画。她由他画去,什么都不用他做,不用他奔波,不用他赚钱,只画画。她要兑现自己当初拦住他的承诺,她可以为他开个人画展,可以为他办起一个专门的画廊,可以把他的画挂在五星级酒店的墙上,所有这些,她都要为他做到。

是的,她亲口说过的,她都可以做到。简直像立下了一道军令状。

最初的一段时间里,他们在一起还算平静。每天晚上她回去的时候,便觉得屋子不再是一具壳了,里面总算有个等她的人了,而且这个人毕竟是真心对待过她的。只为这一点,也算值得了吧。他们一起在餐厅里平静地吃晚饭,再一起平静地上床睡觉。像是已经在一起生活了十年八年一般。晚上做爱的时候,她都不敢开灯,因为,她怕看见他的目光。怕看见他目光中那一缕蛇影一样的恐惧,那缕恐惧就像一只瓷器上的裂纹一样无声地却是清晰地横亘在他们中间。为什么恐惧?因为和一个比自己大十二岁的女人……做爱?简直像,施舍?她冷笑。

然而最令她感到恐怖的还是早晨。当她粉黛不施地暴露在早晨的阳光下时,她就觉得自己像是被照出了原形,蓬乱的头发,眼角里的眼屎,松弛的皮肤和眼袋在这个时候全复活了。她惊恐地想躲开它们,可是它们已经是长在她身上的器官,割都割不掉。她怕他在这个时候看到她,可是从他的眼睛里她就知道,他还是看到了。他的眼睛成了她的镜子,她在里面简直是纤毫毕现。

以前和他在一起的半年时间里,他都像个男人,把她当成小女孩。现在,在知道了真相之后,他却忽然奇异地变小了。她忽然成了他身边的一个大人,就像是个家长。人是多么奇妙啊。这十二岁,她就白比他大了吗? 这对他来说,好像成了一个很深的坑,这坑就在他身边陷下去,他要从别的地方补回来。是的,现在他觉得是她欠了他。她那么迫切地要留住他,他不是就真的留下来了吗? 他是她的布施者,是她的恩人。

　　一起出去吃饭的时候,他再没有主动付过一分钱,再没有蛮横地拦住她说,这是男人的事,你付什么钱。一次在饭店的灯光下她递给服务生几张钱的时候,他坐在旁边理直气壮地看着她付钱,一脸的无动于衷。她忽然就想起了他曾经说过的话,这是男人的事,你付什么钱。真的是他说过的。回想起来却觉得突然之间,一百年已经过去了。那感觉近乎沧海桑田。一瞬间里,她几乎落泪。

　　她专门辟出一间阳光充足的屋子给他做画室,现在他有足够的时间去画画,再不用去脚手架上画广告牌了。他能够辞掉县城里的工作回头来找她,她就得让他觉得值得。可是当他衣食无忧地专门画画时,她发现他并没有画出什么东西。几个月时间里他画出的那几张画她只扫了一眼就在心里冷笑了,无论怎样她都是有美术基础的,更是有悟性的,就算她一幅画都不画了,她还是能一眼就透视到了这些画的骨骼。他的这些画平庸得几乎拿不出手,找了几家画商,画商们都看不上,纷纷找理由推辞掉。他们都是精明的商人,如果不是名家的画,又不够有特色,他们自然不会要来压箱底。她想起刚认识他的时候,他背上背的那张画倒要比现在的画好得多,就连他画她的那幅画也比现在的画好得多。

　　一次,她怔怔地看着他那些画,忽然就明白了,在饥寒交迫的时候,在没有时间画画的时候,他反而有着强烈的表达欲望,他想倾诉,想虎口夺食一般从生活嘴里抢出一点时间来,他在抗争,于是他的画便有了生命。就是那种挣扎给了他生命。就连那幅画她的画也是有生命的,因为他用一双多多少少有些喜欢的眼睛在看她,于是便也给了她生命,她便真的在那幅画里活着。一直到现在,她还是在那画里活着。真正死去的,是画外的人。

他什么都画不出来了,他提前废掉了。她做了帮凶。

这样过了一年后,刘诺龙连画室都不愿进去了。因为一年时间里,他连一幅画都没有卖出去,也没有一幅画得奖,他没有一个观众,所有的画只能画给自己看。就像一个写小说的人,忽然有一天发现所有的文字都是写给自己的时候,那感觉是多么恐惧和孤单。这些给自己看的画似乎都成了自己意淫的工具,更像是一种耻辱。他为了避开这种耻辱的感觉,连画室的门都害怕进去了。他只好用别的方式去填充这些空下来的时间,她经常发现他站在镜子前端详自己,发现他越来越热衷于看自己的脸。他在镜子里怜惜自己?当他在镜子里遇到了她的眼睛便迅速把自己的眼睛躲开,当她不看他的时候,她又不止一次地感觉到他在偷偷地悄悄地看她。这感觉让她觉得有些可怖,他究竟想干什么?他连画都不画了的话,他下一步究竟想干什么?

那天晚上,他们两个人一起在餐厅吃晚饭。刘诺龙喝了几口汤忽然就不吃了,他手里举着一个空勺子,悄悄看了她一眼。她感觉到了,却没有说话,依旧低头吃饭。他好像犹豫了一会,又好像终于下了决心的样子,忽然说,要不,我们结婚吧。杨敏玉的手一哆嗦,手里的勺子差点掉到桌上。他在向她求婚?她以为他迟早是要离开她的,她从他的眼睛里就看出来了,他不可能一直待在一个比他大十二岁的女人身边,他觉得自己委屈,他觉得自己是在做牺牲。那么,现在,他怎么突然向她求婚了?莫非,他终究还是喜欢她的?现在也觉得离不开她了?当初她拼死留住他,就是想和他结婚的,如果他想娶她,那她根本就不会拒绝他。她一辈子就这一次还真正像次恋爱,她想把它永远留住,就算是个标本,也能温暖她的后半生吧。

橘色的灯光落在她的手上,这使她的手看起来毛茸茸的,像一株新鲜的刚刚长出来的植物。这种陌生的新鲜让她眼睛湿润了,就像一切真的可以重新开始了。她猛地抬起头看着他的脸,他却虚虚地避开了,不敢接她的目光,而是去看桌子上的那盆汤。汤里静静躺着一盏灯,是灯的倒影。它躺在那里静静地孵出了许多的光晕。就在那一瞬间,她却忽然醒了,不对,一定有哪里不对。是他的眼睛告诉她的,是他虚虚的眼睛告诉她的。

她又一次彻底凝固下来了,她听到了自己冷静清晰的声音,怎么突然想和我结婚了?他又舀了一口汤,慢慢咽下去了,才看似闲闲地说,总不能一直不结婚吧,你就不想结吗?她想,问得多么好,直冲着要害去的,你就不想结吗?他当然知道她想结婚,他知道她巴不得结婚,她想安定,她想就此在一个男人身上落叶生根。他太清楚了。看来这一年时间也不是白过的,他居然,已经把她拿捏在手里了。他知道时机已经到了,于是果断地向她提出,我们结婚吧。她继续看着他的眼睛,不动声色地问,结婚以后,有什么打算呢?

他像是沉吟了一会才说,结婚后就做点生意吧,要不这么一直闲着没事做也不是个办法。她步步逼近,想做什么生意呢,现在的生意都不好做吧。他顿时便乱了一点方寸,手上的勺子也忘了用了,就像忘记了一件道具。他说,还是有些好做的,炒房,我看就不错,就是需要的金额大了些,但是肯定是只赚不赔的,买回几套来放上两年一卖,钱就翻倍了。接着他又具体说了几家楼盘的价位,说这价位是在一夜间涨成这样的,肯定还会一路涨下去。他说这最后一句话的时候,声音突然高亢起来却也加倍虚弱了,就像一只硕大的鲜艳的气球一样飘在他们中间。芯子里却是空的。

她在橘色的灯光下笑吟吟地看着他,嘴里和喉咙里都是干的,像一株植物突然失去了所有的水分。连楼盘的价位都打听得这么清楚了?可见也不是预谋一天两天了。就凭他自己一文不名居然还想去炒楼?自然是早就想着她的钱了,结了婚,那钱用起来也就名正言顺了。他用她的钱去给他自己赚钱,等他也赚了钱,腰杆里自然就硬了,还怕她不成?到时候即使再和她离婚,也还可以分割她的一半财产。这算盘打得,真是滴水不漏啊。她还是笑吟吟地看着他,眼睛却越来越硬,越来越硬。她手里的勺子咣一声掉进了碗里,碗里的灯光被砸碎了,这瓷器碰撞的声音在空旷的餐厅里竟发出了钟声一样的回音。

袅袅的,迟迟不肯散去。

该是收梢的时候了。她想。

刘诺龙被杨敏玉赶走以后,她又开始了从前一个人的生活。屋子里再一次空旷下来,每天晚上她回到家里时,所有的灯又是黑的,再没有人等她回家了。她把屋里的灯打开,一个人无所事事地坐在床边,经常是一坐就是一两个小时,不动也不去想什么。所有的夜晚都很相似,半年都过去了,却像只过去了一天。

半年后的一天下午,她的助手忽然走进她办公室,嗫嚅着说,今天在街上碰见刘诺龙了。这个助手是帮她打理日常生活的,很是贴心,自然知道刘诺龙。她听见这句话的时候不由得颤了一下,这么说他还在这座城市里？这半年时间里她也不是没有想过刘诺龙,他当初被自己赶出门去,身边也没有多少钱,他在县城的工作已经丢了,自然是回不去了,就是再回去也要被人笑话,估计他是万万不肯回去了。那他又是怎么生活的？再去脚手架上画广告牌,还是再找其他什么活干？他还能再画画吗,又一次食不果腹的时候他还能再画画吗？也许吧,也许贫困反而让他的画复活了。他不该那样对她的,他不该那样赤裸裸地打她钱的主意,他以为她是什么？她比他大十二岁,吃的盐比他吃的饭都多。就是他最后一句话,让她彻底对他恩断义绝了。

她抬起头看着助手,因为脸上化了精致的妆,看不出她在想什么。助手停顿了一下才又说,我差点认不出他来了,他……毁容了。他脸上有道很深的疤,从左额头一直划到右嘴唇下,就这样,从眼睛上,鼻子上斜划过去,一直到这,到嘴下边。助手似乎还有些心有余悸,连连用手比画着。又抬起自己的一只胳膊说,他的右胳膊也残了,就像这样,只能屈着,再也伸不直了,他走起路来就把这只胳膊吊在胸前,身上的衣服很脏,头发也很脏很长,像是很久没有洗过了,一缕一缕的,样子有些……

杨敏玉已经从椅子上站了起来,她听见自己的声音在发抖,他……怎么会这样？

他说他从你这走后,一直没找到合适的工作,太累的又不想干,心情也不好,就老去网吧里玩游戏打发时间。有一天,有几个小混混在网吧里胡乱闹事,不想付钱,网管也不敢惹他们。他有些看不惯,觉得他们太嚣张了,再加上自己心情也不好,就走过去说了他们几句,说你们闹什么闹,这又不是你们自己家,来这里玩就得付钱。几个小混混也没说什么就出去了,他还有些得意,觉得自己像做了次英雄似的,便又回到位子上玩游戏。过了十几分钟忽然有七八个小混混涌进了网吧,每个人手里提着一把刀,他们一声不响地走到他身边,一句话都没有说就伸手向他砍去……其中一刀就砍在了他的脸上,还有一刀砍断了他胳膊上的神经,神经最后也没接上,那只胳膊就废了……还是右胳膊,他说现在他连画笔都拿不了了。

那他……靠什么生活?

……我没敢问。

晚上,家具店里只剩下杨敏玉一个人了。她悄无声息地走到了那把湘妃竹螭纹背靠椅旁边坐了下去,满屋子的家具静静地站在她身边,她坐在那里久久地看着那扇雕花的木门。昏黄的灯光下,她恍惚觉得,那木门的后面似乎随时会走出一个人来,一个年轻男人。面色黢黑,眼睛明亮,他背上斜背着一只巨大的纸筒,那只纸筒长长地倨傲地插在他背上,远远高过他的头顶,使他看起来就像一只什么长着角的动物,桀骜却茫然,在他眼角的空隙里还波光粼粼地闪过一两点凄怆。他正觊觎着那排椅子和香几上的那些免费的茶水。

她的泪忽然就下来了。

天堂倒影

试 探

查桑燕走进刘春志的办公室时,里面空无一人。她一个人从门口向窗户走去。在黄昏暗哑的光线里,她长长的影子碰着他四处散落的气息,像一路上碰到了很多瓷器,均匀而无声地裂开。她看着他挂在衣架上的黑色风衣,黑色的衣服像一件道具。刚掐灭的烟头扔在景泰蓝的烟灰缸里,桌子上的茶杯里,茶叶葳蕤得像马来半岛的森林。他翻开的书中插着一支镂空的金属书签,像柄剑一样插进了那堆柔软的文字里。整个屋子里都是他的气息,像废墟上开败的花,鲜艳,颓废,零落,寂寞。它们像鸟群一样栖落在黄昏落进房间的光影上。在琐碎的光线里,它们聚拢成一个人形在暗处看着她。她几乎不敢往前走。

十四层的窗户前她站住了。十四层的天光云影从那扇窗户里涌进来，一时间，她觉得自己恍如置身水底，与所有的时空都远远地阻隔开了。墙上的那只钟自顾自地滴滴答答地走着，一点一点地，像更漏的脚步。沙沙地从她身上踩着过去了。屋里的光线愈发暗了下来，她回过头迅速把这间办公室又打量了一次，刘春志去开会了，应该快回来了。刘春志是报社新上任的主编，他把她叫到办公室是为什么？她就站在那扇窗前掏出一支烟点上了，很快，烟草的香味锋利地割开了他的气息。半支烟还没抽完的时候，门开了，一个男人的影子嵌在那扇门里。两个人在一秒钟里对峙着看着对方。然后男人走出了那扇门框，他说，是查桑燕吧，坐。查桑燕在沙发上坐了下来，把手里还剩的少半根香烟在景泰蓝烟灰缸里掐灭了。长长短短的烟头长满了烟灰缸，像一丛植物。刘春志说了一句，不好意思，让你久等了。说这句话的时候，他看了那烟灰缸一眼。这一眼，查桑燕用眼角的余光收到了。

她突然明白自己刚才为什么会在他办公室里抽烟，原来她要等的就是他这一眼。原来从一走进这办公室的时候她就已经为自己设计好了。她要用一支香烟制造一种暗示。因为她知道绝大多数男人都会明白这种暗示的。即使它本身是没有内容的，男人们也会把它当成一种暗示。有时候，这一眼就够了。她明白的，越真实的东西往往看起来越嶙峋。

刘春志说话很简单，他解释了一下叫她来的大致意思，是有篇稿子需要她写，因为她一直是做这个口的。他说，这篇稿子只有她适合写，而且要快，今晚就要出来，明天见报。她没有惊讶他怎么这么快就知道她的文风。她接过那堆材料便告辞出了办公室，一秒钟也没有多停留。他把她叫到办公室就是为了写这篇稿子？这就足够了。开头不能太冗长的,能开了头,一切自然会生长起来。

刘春志实在是个让女人觉得有机可乘的男人。在他调任报社之前,他的履历已经被报社所有的女人传遍了。他的妻子七年前到美国读博,读完后就定居美国一直没有回来。他们却一直没有离婚。女儿已经被妻子接到了美国读书。也就是说,目前来说,刘春志的婚姻和女人都是形同虚设。在每一个时代里,这些有潜力成为单身汉的男人都会被很多女性关注。更何况是这种现成的男人,不用艰苦卓绝地培养,不用做他的糟糠之妻。回到采编部,查桑燕把一摞稿子扔到了桌子上,打开电脑。旁边的女同事凑过脑袋,谁的稿子?要加班啊?查桑燕淡淡地说,主编的,还要让加班,说明天要见报的。女同事哦了一声,缩回去了。有些事越不避嫌越好。比如和男上司之间的哪怕一点点暧昧,她什么都不用说,这种暧昧就会成为她身上如影相随的气场。在女人成堆的地方,一点点嫉妒的攻击算什么,重要的是,所有的女人都会在暗地里畏惧她。暧昧是看不见底的水,不知深浅反而有了保护作用。和一群站在明处的女人做斗争,会让那个处在暗处的女人产生在舞台上读剧本的感觉。一切都在她的掌控之中。

稿子写完后她给刘春志打电话,主编,稿子写好了,你要过目一下吗?刘春志居然还在办公室,他说,我一直在等你写完呢,现在麻烦你送到我办公室吧。查桑燕在桌前拿出小镜子往里看了看,然后走到了主编办公室。刘春志看完了稿子说,就这样,不用改了。辛苦你了,明晚请你吃饭好吗?今天是有点太晚了。查桑燕一笑,不许赖掉啊,这顿饭我可是记住了。刘春志笑,一定的。

到了第二天下午,查桑燕还是穿着前一天的衣服,只是看起来很不精心地换了个发型,把头发挽了起来,然后换了一个手提包。她不能让他看出自己为了和他一起吃饭还要刻意收拾一下，那样反倒让他看轻了。但是在这不变中她还是得给他一些小小的新鲜感。女人最容易产生情致的地方也莫过于头发了。衣服再怎么也不过是身外之物，头发却是有着女人的血液和温度的。而手提包则毋宁是女人一件小小的首饰，这些女人身上最细枝末节的地方往往连着女人的神经。都是最细微处的修改，最不动声色，也最会让懂得者潸然泪下。女人其实终生是为对手活着的。她想着，看着镜子不由得一阵凄怆。

晚上，她坐在自己的电脑前专心地盯着屏幕，手机扔在桌子上。一个又一个同事走了，和她打招呼，还不走？她专注地盯着电脑连头也不抬，哦，你先走，看个稿子。她表情冷漠专心，一副水火不侵的样子。同事们稀稀拉拉地从她身边走过去了。办公室里没有开灯，光线越来越暗，查桑燕脸上也细碎地浮着些柔和的夕阳光，薄薄的一层。下面的表情却是坚硬的，像河底的石子。滑而冷。那只手机，不知道从哪里来的那么多能量，嚣张地、自顾自地在那像燃烧着一样耀眼，让人眼睛的余光沾上去一点都是疼的。查桑燕一个人冷着脸，目不斜视。她的目光长在了电脑屏幕上，此外的都是与她无关的。

一天中最后的光线从窗户里幽幽地消失了，像谢了一场幕之后的冷清肃杀突然之间长满了整间办公室。一切措手不及的转暗，只有电脑的屏幕有些凄怆地闪烁着，闪烁着。查桑燕在黑暗中坐着，突然有些颓然。刚才周身散发出的冷气突然之间折断在了黑暗中。她想，他是什么意思？已经忘记了，还是故意把她晾一晾，像鱼一样晾够了再吊起来？她冷笑，决定先走。就在这时，手机突然响了。她设置的平安夜的铃声在这没有开灯的屋子里响起来，有些奇异的肃穆，一瞬间让人疑心是在教堂里。她看着闪烁的手机却没有动。她不能让他觉得她接他电话接得这么快。铃声停住了,一秒钟之后再次响起。铃声不依不饶地响着,把她的气愤多少消散了些。这次,在电话停下来之前她接起了电话,是刘春志。她知道他一定先是一堆道歉的话,开会啊,谈工作啊,新官上任忙啊。原来她在接电话的时候已经原谅他一半了。果然,他先是道歉,不好意思啊,刚才一直在和副主编谈一些工作,才完,让你久等了。查桑燕淡淡地接上话,应该的嘛。说完这几个字就再不说话了。刘春志忙说,说好的怎么能反悔,我已经下楼了,在楼下的车里等你。就这样。挂了。

楼道里是彻底的空旷,只有她高跟鞋的回音磕打着地面,像钟表发出的滴答声,不流畅的,细细的。刘春志坚持女士点菜,查桑燕扫了几页,点了三个菜,都是价格适中口味清淡的菜。这样的菜容易做得精致悦目。点菜也是女人的一件衣服,女人的衣服俯拾即是,重重叠叠,最里面才是女人那一点核。刘春志又是一番道歉,查桑燕笑着不搭话,看他把话题往哪里引。话题顿了顿,刘春志突然闲闲地说了一句,这个包很适合你,是不是在很多包里一见钟情的那种?他说这句话的时候并没有看她的包,却是看着她在说话。查桑燕大惊,从进来她的包就放在了椅子上,不显山不露水,他却已经看到了。准确地说,一眼两眼之间,他已经把她尽收眼底了。他没评价她的发型是出于礼貌和绅士,而他闲拈出她的包却是在告诉她,你的心思我已经全看到了。一瞬间,查桑燕有被剥光了衣服的感觉。她脸上有些微微地发烧,便拿起杯子喝水,挡住了脸。借着喝水的空隙她隔着玻璃杯看着对面的男人,想,这样的男人,倒是有些棋逢对手了。

吃饭吃到一半的时候,查桑燕看着刘春志的杯子说,我给您换一杯热水吧。说完就拿起那只杯子走到饮水机旁。她在接水前把一根指头放在水下试了试水温。结果水很烫,她把那根指头迅速抽了回来,下意识地含在了嘴里。刘春志走了过来,拿过杯子,然后握起她那只手,仔细地看着那根烫红的手指。她有些不好意思地说,我是想试试水热不热。他没理她,却抓着那只手不放,扭头对服务员说,麻烦给我一碗酱油。酱油来了,他不由分手便把那根指头按了进去。这时候才说了一句话,没见过比你还笨的人。查桑燕静静地看着那根泡在酱油里的指头。这句话听起来和今天晚上前半截所有的话都已经不同了,他在这句话里拔掉了话周围的栅栏,直直地坐到了她的对面。刚才两个人隔着一张桌子其实是隔了半个地球,都在小心翼翼地试探着猜测着。说这句话的时候,他真的坐到她对面了。其实她刚才故意把这根指头烫伤,为的也不过是看看这个男人会怎么对付这根女人的指头。这根指头的背后是一个女人。

  三天没见面,她没联系他。她要按兵不动。和他之间她想要的不是吃吃饭上上床的情人关系,他是完全有可能成为单身男人的,但千万不能让他觉得自己是一个女人布下的蛛网上的猎物。这天晚上刘春志先发来了短信。他用的是短信而不是电话,多少让她有些隐秘的快乐。电话是正装,短信则是不见天光的内衣,贴着皮肤,尺寸、质地只有自己知道。他问,在干什么?她说,洗了一堆衣服,腰快折断了。他说,是衣服太多还是腰太细?她一个人笑,这样文雅的男人居然也会说这样的俏皮话。大约他现在也是一个人才会有这样的心思吧。下了班,离开报社的主编室,他也不过是个寂寞的男人。其实一切的一切不过都是由寂寞产生的。

  他说,今晚不忙,约你去河边散散步好吗?她略一犹豫就答应了。现在是他在引导着他们的走向了,而这种走向也正是她想要的。所有的矜持都得有个限度吧。他们沿着河走了很远。河边有风,她的长发四处飞扬起来,她紧了紧身上的衣服,有些冷。这时,他的一只手抬起来很自然地放到了她的肩上,轻轻一用力,就把她揽在了怀里。她没有任何挣扎地、平静地不能再平静地投进了他的怀里。他们默默地拥抱了一会,她便从他的怀里挣脱了出来,他没有阻拦,放开了她。他们继续往前走。她边走边想,这是不是有些太快了?可是,晚上来河边这本身就是一种暗示。如果一个河边的晚上他什么都不对她做,她还是会怅然若失。不管怎么样,这个拥抱还算自然。不过这个晚上也只能就这个拥抱打住了,不能再有什么了。就这一个拥抱也够他们用个十天八天的了。现在最关键的是,她不能让他觉得她对他是有目的的。四十岁左右的男人经过多年打拼好不容易开始有了自己的一席之地,所以他们对年轻的女孩子在心底有一种本能的戒备。她们与他们没有任何结实的靠得住的细节,没有经历过任何经得起推敲的共同生活,所以她们在他们看来是虚弱的。但是他们需要她们,他们已经到了一定的年龄,事业已经基本到了顶点,不会有再多的发展空间,这时候征服这些年轻的女孩子自然能充分满足这些男人的虚荣心。他们看不起她们,又离不开她们。她想,刘春志对她也无非是这样的心思,他还能怎样?这七年里,他大约一直是这样吧,需要女人又怕女人逼着和他结婚。那他到底想要什么?

这天开会时查桑燕发现刘春志感冒了,说话时一直在咳嗽。下午快下班的时候她估计刘春志还没走,就拿着刚买的感冒药向他的办公室走去。她相信,她一定是报社里第一个给他送药的人,这就是她要的效果。她必须让他感觉到,她是个女人,只是女人的关心,但绝不是企图。从那次河边约会之后,他们又有几天没见了,彼此也没有联系。她知道他在不动声色地等她,就像她在等他。她决定趁着送药的机会稍微示弱一点，给他个台阶，男人娇嗔起来真是比女人还可怕。她看了看楼道里没有人，就敲了敲他的门。他在。她进去了，却一愣。里面有两个人。除了刘春志，还有一个女人。女人三十五六岁的样子，戴着眼镜。女人见她进来，站起来，微笑着对她欠了欠身。查桑燕本能的嫉妒，这么优雅。不过，优雅不就是年龄和钱砸出来的吗？你比我白大这么多岁了吗？女人穿着一件猩红色的毛线编织的旗袍，中式的盘扣紧紧裹着修长的脖子，看不出脖子上的年龄轮。头发简单地卷成一个发髻，别着一只乌木簪。一只手上戴着一只翠绿的玉镯，手边是一只更翠绿的编织手提篮。

无懈可击的精致。但也就在那一瞬间里，她知道这是个寂寞的女人。因为过于精致的女人是在用这种细节上的不厌其烦来抵制身体里的空洞。她是虚弱的。而且过于精致的女人容易给男人压力感，不如偶尔有些小破绽的女人可爱和家常。查桑燕也对她笑了笑，然后看了刘春志一眼。刘春志正看着她，这时又把目光转向了女人，说，这是我们报社的记者。又指着女人说，这是某某出版社的外语编辑，我的老朋友了。这话多少带着一点解释的意思。其实一个上司对自己的下属完全没有必要这样说话的。查桑燕便想，真是此地无银三百两。不过，他用这样解释的口吻，也是在告诉她，她不是个普通的下属。她便落落大方地把药放在了桌子上，说，今天开会的时候看您感冒了，所以过来给您送点药。她又回头对女人一笑，准备往外走的时候，刘春志在背后叫住了她，晚上一起吃饭好吗？一起？他和两个女人？查桑燕掉过头看了他一眼，他正看着她。他敢，她还有什么不敢。她没有再看那女人，笑着对他说，好啊。

三个人决定吃西餐。他开车，两个女人坐在后面，三个人一起到了一家叫天堂的西餐厅。一路上三个人都没有说话,像个沉闷而安稳的三角形。在车上,查桑燕暗暗检点了一下自己今天的着装,看是否能经得起这女人的推敲和比试。如果不坐在这女人的面前,衣着是没有问题的。她对穿衣向来是不含糊的。衣服是女人的第二张脸,小视不得。不过她的穿衣服是不动声色的精致,是一直往深里探去的讲究。因为她觉得内敛的着装其实是暗含功力的,不是一片喧哗的拥挤,但因为连着里面很深的地方,仿佛衣服里也长着血液一般,更容易让人忘不掉。只是这女人穿衣走的不是大路,倒是有些旁门左道的意思,这倒是有些麻烦了。不过她最大的优势也是最锋利的,她比她年轻得多。没有不害怕年龄的女人,除非她不是女人。

三个人刚点好菜的时候,刘春志的手机突然响了。他嗯嗯啊啊地接了个电话,然后就对两个女人说,真是不好意思,几个客户叫我过去陪酒,这是工作陪酒,不去还不行,得罪了那帮老头子,以后就别干了。这样吧,你们两位慢慢吃,吃完早点回家,改天我再请客赔罪。我的牛排你们也帮我吃了吧。不好意思,实在不好意思。等两个女人回过神来的时候,刘春志已经从眼前消失了。他把两个女人扔在了这里,他居然也放心?一个是暧昧的女下属,另一个,大约是他的情人吧。查桑燕看了看周围,觉得这格局倒像是专门为她们准备的。

两个女人碰了碰杯子里的红酒,都有些哭笑不得的感觉。两个人默默地吃着面前的牛排,满耳朵全是刀叉碰着盘子的声音,有些朔风中的兵器声,冷而硬。查桑燕放下刀叉,说,不敢再吃了,今晚吃了这么多卡路里。女人也放下叉子,却是小心地把叉头对着自己。一板一眼的淑女作派。查桑燕饶有兴趣地看着这个女人,想,真是入戏太深了,如今这样的女人也真不多见。看了看周围,开始找话题,为什么要给它起名叫天堂呢？我真是觉得奇怪，不像个西餐厅的名字，倒像个歌舞厅的名字。女人笑，笑起来的时候用食指和中指捂在了嘴唇上，小拇指翘起。这个很幼稚的动作被这女人做出来却没有让她觉得太突兀，甚至是称得上风情的。她的手指很细很长，保养得很好的那种可以拍广告的手。在一瞬间里，她和对面的女人多少有了一点身体深处长出来的亲切感。这个女人就算是做戏，也是做戏做到骨子里的那种女人。这多少让她有些悲怆。一个正可以做知音反可以做敌人的女人。多么可怕。她怎么净是遇到这样的男人和女人？都是些还没过招就知道肯定会有纠葛的男人和女人。她终于想起要问她的名字。在问之前，她就想，一定是个文雅得能砸死人的名字，字都是从《诗经》从宋词里拈出来的。还好，她叫祝芳。一个俗艳的小市民家庭里出来的名字。由此可见，她的出身不过是一个小市民家庭。一个人的出身是对同类最大的压力，因为那是根子上的东西，最不可改变。她们根子上是平等的。这让查桑燕又舒服了些。她想，一个小市民家庭出身的女人竟也出落得如此优雅，真是岁月造人。

  无意中一抬头，查桑燕突然发现这家餐厅的天花板上全是镜子，从头顶的镜子里正好可以看到倒立着的她们。她指给祝芳，你看，我们就像看着另一个世界的自己。两个女人便仰起头看着头顶的镜子。镜子里的女人倒立着也在看她们。四双目光遇到了一起。两个女人歪着头看了半天的天花板，都觉得脖子酸了才低下头来。大约是觉得彼此都有点失了作派，两个人看着彼此忽然哈哈大笑起来。查桑燕说，怪不得叫天堂，这个老板简直是个老顽童，我开始喜欢这个地方了。下次我请你在这喝咖啡好吗。祝芳理了理耳边掉下来的一缕头发说，我先请你吧，按年龄说，我是姐姐。查桑燕这才知道这个女人三十八岁，比她大整整十岁。

聚 会

（一）背 德

　　查桑燕在与刘春志隐秘约会的同时，背着刘春志开始了与祝芳的聚会。一个女人与一个男人约会的快乐是真实的，两个女人聚会的快乐却更真实。两个女人如果一边暗地里较量着一边喜欢着对方的话，那真是世界上最可靠最安全的一种关系。像一处筑在半空中的巢穴，在男人身边疲惫的女人们随时可以投奔而来。所以，最后，女人们都发现，爱女人其实比爱男人更容易、更安全。

　　她们把地点就选在了天堂西餐厅，像选好了一处战场。她们的第一次聚会上，祝芳上身穿一件碎花小夹克，下身穿一条蓝色鱼尾裙，头上裹着一条丝巾，把头发全盘在了里面，手里拎的是一只手工牛皮包。她一路袅袅婷婷地走来时，天花板上、墙壁上到处都是她的影子，偌大的西餐厅里似乎装满了这个女人。查桑燕忍不住和周围所有藏在暗处的目光一齐注视着这个女人。祝芳在鱼尾裙里迈着小碎步，像走在舞台的追光灯下面。查桑燕想，真是自恋的女人啊。相比之下，查桑燕穿得很简单，一袭样式简单的羊毛裙，黑色长靴。她知道和这个女人比试，捷径只有一条，就是简单再简单，千万不能比精致。这个女人在精致上的功力显然不是三五年修炼下的，她要走和她相反的基调。还有就是，别的都好掩饰，只有青春是越掩饰越虚弱。

　　两个女人要了咖啡。两个人虽是第一次单独约会，却都疑心不是第一次，似乎已经认识很久很久了。查桑燕说，我真是喜欢你的衣服呢，第一次见你的时候我就想，真是精致啊。祝芳笑，我是这么多年就剩这么点东西了,真是觉得路越走越窄。我是认了死理向这个方向靠。你看你年轻就是好,穿衣服多从容啊,什么衣服随便一穿都像是自己的。

查桑燕想,这话听着是夸她,其实还是对比着夸她自己,不就是说她自己穿衣服有品有调吗？真是老女人的优越。顿时心里竟有些无端快乐起来,便更有心思和祝芳兜兜转转,开开玩笑。查桑燕笑,我们聊点轻松的,你有过一夜情吗？说完了自己先掩嘴笑,有些不忍看祝芳的表情。

果然,祝芳不接招。她微笑着说,你呢？

查桑燕想,你就装吧,累死你。以为我不敢说,我还偏要讲给你听,看看你们这些圣女的表情。她喝了一口咖啡开始说,怎么说呢,这事刚开始像轻喜剧一样有趣甚至滑稽,到后来却让人落泪。我和一个男人在火车上认识了,晚上下车后已经很晚了,我们一起吃了晚饭,然后我们就在宾馆开了个房间。做爱之后,我们背靠背躺着,不知道该说什么,因为躺在身边的其实是个陌生人。这时候,他先和我说话了,他最先和我聊的居然是电影。他说,一个喜欢《高度忠诚》或《木兰花》的人只是单纯地喜欢美学,喜欢《出租车司机》和《优雅之邦》的则是有暴力倾向的人,如果一个一贯喜欢施瓦辛格的人突然请你看《随心所欲》,那就说明她已经出问题了。

我说,我们两个连对方的名字都不知道,怎么突然在一张床上讨论这么严肃的问题？

他说,其实不是偶然的,是太多的事把我们带到一起的。只是这些,我们都看不到。它们在我们的背后。像一只手。

我笑,我们还不如讨论一下,做一次爱需要550的卡路里,而吃一支冰激凌正好补充550卡路里的热量,那我们做爱之后是不是就该吃一支冰激凌？我可以知道你是做什么工作的吗？

他说,我是做科研的,生物,下周就要去美国读博士了。

我们突然开始沉默。沉默了一会之后,我终于说,我们为什么要这么做,做爱之后为什么要聊天,就好像我们有未来一样?事实上,我们不过就是这一夜。

他突然把脸转向我,如果我对你说,和我一起走呢?

我也看着他,突然有些紧张,因为他的目光,让我觉得很害怕。我说,你不会那么说的。

他盯着我的眼睛,如果我说了呢?

我说,你不会说的,这不好玩。

他说,我想知道你是谁?

我说,那有什么意思?你要走,而我要留在这座城市里继续生活。我也不可能在一个小时里告诉你我的一生。你只是我未来旅途前的一次冒险,是我回避这个世界的一种方式。我们对彼此来说其实什么都不是,就是一个男人和一个女人在一张床上。

他说,可是我以后想知道你过得怎么样。

我说,以后别问我过得怎样,那与你无关。我也不想知道你的事情。

他说,可是我想把我的经历包括我小时候的所有创伤告诉你,你愿意听吗?

我看着他,为什么要告诉我这些?

他也看着我,因为,我知道我再也见不到你了。

在那个晚上剩下的时间里,我们紧紧地拥抱,就像一对情人那样。我在他怀里无声地流泪。我们却没有再做爱。这样抱着直到天亮,我们穿好衣服后就各奔东西,连电话都没有留。我至今不知道他的名字,他也不知道我的。

祝芳看着她,一手托着杯子,由衷地说了一句,确实感人。

查桑燕说,该说说你的故事了。

祝芳慢慢地开口,像在找合适的词,我觉得女人这辈子翻来覆去围绕的都是男人。有爱也好没爱也好,最后逃不出的都是男人两个字。我也是后来才知道,女人其实终生在自己的周围给自己画牢,怨不得男人。我二十六岁就结婚了。和我丈夫从大学时候就开始谈恋爱,毕业后三年结了婚。前后谈了五年恋爱,不算短吧。在我们结婚的第二年他就有外遇了。那次我出差回来让他去接我,他却说是晚上得加班看个稿子,让我自己回去早点睡觉。你知道女人都是有直觉的。就是在那一秒钟里,我已经闻到了某种气息,我说不出来是什么,但我一定闻到了。我打车去了他的单位,他的办公室里根本没有人,他在撒谎。我就是这样发现他有外遇的。你知道那是个什么样的女人,比他大将近二十岁,很有钱很精致很漂亮的那种女人。我第一次站在她面前的时候,觉得自己连一点余地都没有。她居然和我说,我不会拆散你的家庭的,我不会和一个这么年轻的男人结婚的,只是我真的喜欢他,他也真的喜欢我。

你听到了吗?她就这样告诉我的。十年后我才明白,这个女人其实也不过是想要一点爱的女人,她一直不结婚是因为婚姻让她没有安全感,她怕男人图她的钱。有钱的女人就是这点悲哀,不知道男人是喜欢她还是喜欢她的钱。还不如那一点点真心实意的喜欢来得安全,不管是什么形式,不管这男人是不是已有家庭有妻儿,哪怕是虎口夺食般从别的女人手中抢过来的一点点爱她都要。十年前,我就像你现在这么大,我觉得她是世界上最无耻的女人。我不想离婚,所以用了那个年龄里才会有的各种愚蠢的办法逼他反悔,逼他回到我身边。你想想,你可以逼着一个男人回到你身边吗?我每天哭闹,把他父母叫来给我撑腰,跑到他单位找他领导。就是从那个时候,我开始化妆,开始把一个月的工资全拿去买衣服。因为我发现如果一个女人不够精致不够美丽,那你自己就永远不会有安全感。女人的美丽都是被逼出来的,那不过是一件自我保护的道具。

后来?后来我们当然没有离婚,因为我怀孕了。但是和你说实话,后来我真的为他和那老女人之间的感情感动。他们真的是彼此喜欢、两情相悦,可以跨越年龄、跨越时间,而且无所企图。现在你还能见到这样的爱情吗?他和她的感情远大于他和我的,和我的感情不过是带着一点懵懂无知,对她却不是。背着我他们一直保持着联系。再到后来我终于想明白了,就不闻不问了。那女人今年已经五十多岁了,看起来却像三十多岁的女人,那么精致那么美丽的女人,我输得心服口服。我的儿子出生后,我就再也不想管他们了,随他们去。只是,我自己呢?我被逼得只能爱自己,我只能对自己好一点。一段时间里,买衣服和买化妆品基本上成了我最大的嗜好——准确地说,成了我的精神支撑。又过了三年,我突然发现,其实我已经和那女人没有什么区别了。因为这个男人和这个女人,我跨越了我多年固守的道德底线。我想活下去,所以后来我和两个已婚男人有了暧昧关系,因为他们都喜欢我。我需要他们的爱,不管是多么短暂。我就想要那么一点点爱。三年时间我就成了她。荒诞吗?

更戏剧性的是,那两个已婚男人居然是好朋友。因为工作关系我先认识了其中的一个,和他在一起时感觉很轻松,是那种很会照顾女人的男人。我们一起出去玩,为了掩人耳目,他叫了他的好朋友和我们一起出去玩了几天。可是在我们回去之后,他的朋友给我打电话了,他在电话里对我说,他喜欢我。我吓一大跳,我说,李浩明不是你的好朋友吗?他笑,你又不是他的妻子,即使是妻子,我就不能喜欢了吗?那段时间我真是疯了,无爱的恐惧把一个女人逼得面目全非。我开始和后一个男人约会。同时我惊恐地发现,他真的比他的朋友更适合我。他简直是凭着敏锐的直觉把我从人群中找到了。你知道吗?是找到的。这个男人就是刘春志。

我和他认识七年了,我们一直这样交往了七年。我从没有问过他会不会离婚娶我,他也从来没有问过我打算不打算离婚。你知道我为什么愿意和他在一起?因为我们在一起时没有任何道德的束缚和压力。什么是道德?我们在一起就是道德。我们维持了一种最可贵的状态,就是自由。直到那时,我才真正明白了我丈夫和他的情人之间为什么会那么长久,没有婚姻却那么长久,因为他们就是这样的,达到了自由。这两个字不是靠精神或身体来维系那样简单的,是走在了精神和身体之上。在最初的日子里我有疯狂的罪恶感,我觉得自己丧失道德准则,丧失感情准则,我似乎突然之间游离于一切准则之外了,我就像一个外星人一样飘荡在人群里。可是当有一天,你发现你只要那一点真实的时候,你就突然自由了。也许我们都是这样吧,一路走来,渐渐抛掉所有能抛掉的,最后发现只有那剩下的一点点核是自己的。在这几年时间里,我和他一直交往着,他也和别的女人有暧昧关系,我也曾和别的男人有过暧昧关系。我们也可能会吃彼此的醋,但我们什么都没有说过。因为我们知道自己无权干涉对方,也不想干涉对方。是不是有点像萨特和波伏娃?你没发现吗?不能顺从欲望的人,最后反而成了弱者。

我怎么突然就和你说了这么多?可能是我们真的很有缘分吧。还有就是,你很真诚,我看到了。我想,我确实开始喜欢你了。

查桑燕拿勺子一点一点地搅着杯子里的咖啡,咖啡杯搅成了一个漩涡,在杯子里无声地旋转着。她看着这漩涡想,只一眼两眼之间,这女人就已经看到自己和刘春志那点暧昧和这暧昧的走向了。这样的女人，真是可以引为知己了。她刚才其实是在告诉她，她和刘春志之间不过是一种自由化了的情人关系，没有什么未来，也没有什么契约和束缚。她在告诉她，她和刘春志，与自己和刘春志不过是两条平行线，她们互不干扰，各走各的，哪怕你就是和他要婚姻，也和我没什么关系。她同时也在暗示她，要想和刘春志有婚姻这样的关系不是很容易的。想到这里，她抬起头对对面的女人笑，又想，难怪这女人精致得都有点病态了，原来也是被另一个女人逼成这样的。

看来，女人一生遇到的真正劫数其实不是男人，而是女人。女人为了拯救自己，就必须得先抛弃自己，脱胎换骨，重新做人。对面这女人对自己会不会也是个劫数？难怪刘春志和老婆分开七年还如此从容不迫，果然背后是有女人的。现在，这个女人自己浮出来了，而且就在她对面。

再见到刘春志的时候，就像是什么都没有发生过似的。她谨慎地在他们之间铺开一种类似于恋爱的循序渐进，吃饭就是吃饭，聊天就是聊天，可以稍微暧昧一点，但也仅此为止，不能有比暧昧更多的东西了。一眼就到底了，那就已经是铁定的情人标签了。可她现在需要的，不是情人关系。她想起祝芳的话，刘春志当年在电话里直接就对她说，我喜欢你。他却没有对自己说过这样的话，这有两种可能，或者他对她喜欢得不够，或者，他没有把她当成情人看待，他也在循序渐进。

（二）奴　性

两个女人第二次聚会的时候，祝芳穿一件黑色丝绒旗袍，只在领口处别着一颗水钻。旗袍外罩了一件镂空的红色毛线衣，头发盘起来插了一支鱼形的银簪，手里拎着一只黑色丝面坤包。查桑燕穿白色衬衣、黑色长裤,外面是经典款的双排扣灰色长风衣,背着一只硕大却没有任何装饰物的黑色公文皮包。两个女人都暗暗打量着对方,心里给对方打着分,却不由得一阵想落泪。一个女人为了见另一个女人,把自己这般严阵以待,和男人约会也不过如此苦费心机了。

　　查桑燕说,你的专业是外文,怎么这么喜欢中式服装呢？祝芳笑,人可能都是这样,越觉得自己离什么远了就越想把它抓回来,不管有用没用都唯恐失去,觉得能抓在手里就好。查桑燕说,最近还好吗？祝芳说,没有什么变化,日子过到一定阶段的时候哪里还有什么疾管繁弦？接下来的不过就是重复。

　　查桑燕说,我昨天突然想到,是不是所有的男人和女人都有奴性？这种奴性平时不是很容易表现出来,但某一天遇到某个人就会突然出现。我几年前曾在采访一个画展的时候认识了一个画家。说实话,和一个画家谈恋爱是需要勇气的。画画的人太自恋太自我。我犯的一个很低级的常识性错误就是,我想和一个画家谈场真正的恋爱。是我渴望的那种从精神深处开始的,不可遏止不可替代的爱,不是现在那些交换条件的男人和女人,不是我有房你就得有车,我家是城市的你家就不能是农村的。和这一切的一切都没有关系,就只要爱情。我后来发现,女人在爱情面前就是有奴性的——当然是她想象中的爱情。这爱情到最后其实和幻觉差不多。我一直告诉自己,在这个世界上,一个人要想真正得到些什么,都是要历经磨难的。所以我把后来一切感情上受的磨难都当成了取经途中的九九八十一难。可是,这一切准备只会让你有更多奴性。

　　我总是为他着想,有些世俗的事务我就帮他完成了。有时候我给他打电话,他要是画画或者心情不好,根本就不接电话,根本不考虑别人的感受。我所为他做的一切都是理所当然的,都是应该的。而且我只能与他谈艺术、谈画画,不能谈任何他生疏的领域。一谈到他陌生的领域,他会对我本能的排斥,因为他觉得我在取笑他不懂。在艺术方面,他确实能谈得很深很深,因为他只在这个切口上不停地往里走,而对别的东西几乎已经视而不见了。你知道一个男人自我到这种程度是多么可怕。他简直比女人都敏感细腻,一根头发丝那么细小的事情都会让他觉得受伤。我好心为他做的一切被他说成是我根本不考虑他的感受,说我是个粗糙和自私的女人。天哪,最后我只能离开他。我回顾了一下这个过程,其实是一个我想和一个同类男人取暖的过程,也是一个我无限受虐的过程。在这个过程中,我做了爱的奴隶。我让自己作为女人的奴性得到了最大程度的生长。

祝芳有些惊喜,我有过和你极其相似的经历,只不过我把这个受虐的过程拉长了好几年。我在上高中的时候喜欢上了我当时的政治老师。他也是我们高中的副校长。斯文儒雅,精通政治、文学、哲学,正是我当年疯狂崇拜的那种男人。不知道什么原因这个男人一直没有结婚,到现在他还是单身一人。当然高中三年不可能对他说什么了,就只是把政治课钻研得无可挑剔,每次都是奇高的分数。然后趁着一切机会往他办公室跑,问题,拿作业本。然后就考上了大学。从大一开始我就给他写信,向他表达了心迹,他不给我回信,我就再写。后来他终于开始给我回信,却只是在信中和我谈论文学哲学之类的话题,绝口不提与爱有关的字眼。而且我给他写信打电话多了,他就会烦我。我只好压抑着自己的思念,拼命写日记,大一一年我居然就写了厚厚的三本日记,几乎全是关于他的。

我印象很深的一件事是有一天晚上我做了噩梦,早晨醒来想起这个梦还觉得心有余悸。我几乎是本能地给他打电话过去,因为一个女人在最难过的时候先想起来的那个人一定是她内心最依赖的人。我给他打电话过去告诉他我昨晚做的噩梦,结果你知道他听完后说什么?他只说了一句,多么好的小说素材。这是多么残忍的话。听到这样的话我本就该收手了。但一个深陷爱情的年轻女孩子真是做了爱的奴隶,我居然还要和他联系,一次又一次地忍受他对我的残忍。他从来没有主动给我打过一个电话,给我写一封信已经算是对我最大的恩惠,我就已经像过年得了礼物的小孩一样高兴了。因为他对我的冷漠我学会了喝酒,每次深夜喝得大醉就趁着酒意给他打电话。因为你知道吗?在我清醒的时候我都不敢给他去电话。我经常在打完电话之后坐在楼道里大哭,为此成了外语系很有名的人物。这样畸形的关系维持了两年的时候我认识了我的丈夫。有一天晚上,他走在校园里的时候看到了因为醉酒坐在路边大哭的我。然后他把我送到了宿舍,再后来,他就经常去找我。

　　和他交往了半年的时候,有一天我突然醒悟了,有人对我这么好,我却为什么一定要让自己受虐呢,长期忍受着一个男人把我当成一根草?当我终于下定决心写信给他告诉他我打算放弃对他的感情时,他居然给我回信指责我用情不专,不懂得爱情。好像我对他所做的一切都是应该的,他接受我的爱已经接受惯了,我怎么能突然反抗?所以从那时我得出一个结论,你要是奋不顾身地爱一个人,你就只能是奴隶。

　　查桑燕想,她和对面这个女人在惺惺相惜中其实是在彼此提醒,不要爱得忘乎所以。无论后来蜕化成什么形式,她们都是真的渴望过爱情的女人。可是,一个很深的渴望着爱情的女人却往往是因为她太爱自己了。

　　只要爱情倒也罢了,她们是自恋又恋物的女人。她们注定要被恋着的东西折磨。

祝芳说,其实你真的和我很像,这可能就是我一见你时就能感到一种气场的原因。你披着你们这代人的外衣,披着挑战道德的外衣,骨子里却是我们那代人。所以你要的东西终究是一些很实在的东西。

查桑燕看着窗外,再说不出一句话来。

有了祝芳的话垫底,再和刘春志交往时,查桑燕几乎是更小心了。她本能地告诉自己,千万不能沦为这个男人的奴隶,千万不能让这个男人在自己面前优越起来。哪怕使出最俗气的女人吊男人胃口的招数,她都不能让他觉得,她已经在他手里了,她不过是如此了。一个女人和一个男人之间为什么一定要这样百转千回?一定要让每段感情都变成一场智慧和耐力的厮杀。

可是,还能怎样?如果一个人张口就告诉你,我很爱你,你敢信吗?

(三) 疾 病

天堂西餐厅。照例是查桑燕先到。她等着祝芳。

祝芳这次上身穿一件翠绿色的中式绣花小褂,下面是一件暗红色的裹裙一直垂到脚踝处,脚上是一双高跟绣花布鞋,手里提着一只绣着大朵菊花的麻布包。查桑燕穿的是黑色小西服,西服里是条纹衬衣,下面是一条灰色的大摆长裙,腰间系一个巨大的蝴蝶结。脚上是一双款式最简单的黑色高跟皮鞋。两个女人的原则几乎出奇地一致:以不变应万变。查桑燕想,两个女人其实都是认死理的人,从穿衣服上就看出来了。这样的女人才能遇到一起。哎。

查桑燕说,我现在简直是渴望见到你,我从没有遇到一个人可以说这么多话。我们每次见面都像两个怨妇一样喋喋不休地议论男人,鄙视男人,渴望男人,我们的话题里似乎只有男人,如果不是该回去睡觉,我们俩一定会聊男人聊到天亮。但是我却很快乐,我觉得我们内心已经有某种疾病了。祝芳说,不光是我们,男人不也是这样?患上某种疾病为的是把身体里的一些异样的元素清理出去,这样才能更好的活下去。男人和女人都不过是一样的自私。

我一个办公室里就有这样一个男人。他今年已经快四十岁了,一直未婚。你想,十几年的时间里他光是相亲就不知道相过多少次了。他恋爱的状态很奇怪,要么就是他特别喜欢对方,但对方对他没感觉;要么就是对方喜欢他,但他又不喜欢人家。于是这些年下来后他陷入了一种很奇怪的思维模式,如果一个女人对他有感觉,他就觉得这个女人是有问题的,不够优秀;因为据以往的经验来看,优秀的那些女人最后都离他而去。如果一个女人对他没感觉,他就觉得人家比他优秀,理所当然地看不上他。可是要他去喜欢别人的时候,他又觉得他很优秀,怎么能喜欢这些不优秀的女人?他的病其实已经很不轻了,不仅是爱无能,自卑和自信像两把锉刀轮流打磨着他。这十几年的时间里他其实一直荡在秋千上,从这一头荡到另一头;他疲惫地穿梭在这两个极端里,却不能从巨大的惯性里停下来。再过十年估计他还是这样。他一直不懂得,一个人要想救自己,先得把自己完全否定掉一次才可以。他不舍得。

查桑燕说,我曾经认识一个男人,他看起来是个很阳光的男人,笑容温柔,但他也是一直没有结婚,因为他是另一种奇怪的病态,在他与每一个女人刚开始交往的时候就急于上床。倒不是他有多么渴望,而是他已经失去了正常谈恋爱的能力。在性与爱之间他已经分不清了,他觉得有了性就算是有爱了,不然爱那么虚幻的东西,怎么才能证明是爱呢?除了上床还能怎样?再到后来,他对找女人越来越心灰意冷,因为这么多年里,这已经成为了他的生活方式。它侵蚀了他的全部。

祝芳突然说，你不觉得一个男人和妻子分开七年却不离婚也是因为他心理有某种疾病？查桑燕知道她说的是刘春志。她们之间聊天的时候基本上是不提刘春志的，两个人都心照不宣地遵守着这个规则。现在祝芳这句话脱口而出的时候，查桑燕才突然觉得，其实她并没有自己说的那样自由，她对刘春志其实始终是心怀幻想的，自始至终保留着这点幻想。如果这七年里刘春志先离了婚，她也是会离婚然后嫁给他的。她只是不愿意承认，因为这已经不是虚荣的问题，简直事关一个女人的荣誉。她又转而问自己，她和这个男人之间，除了那一点男上司和女下属之间的暧昧，她不是也在暗中等待着某一天他会离婚吗？原来，谁都不希望自己是见不得阳光的。原来，无论什么样的女人其实都是在为自己争取一个名正言顺的归宿。

她和刘春志之间并没有突破性的进展，只是口头上的意淫成分多了些。不然这样乏味的交往实在是难以继续下去。刘春志昨晚给她发短信，干什么呢？

洗内衣呢。

呵呵，连这个都敢告诉我？

这有什么，又不是告诉你我内衣是什么颜色。

那也没什么，送你一套不就知道了？

你又没量过，怎么知道是什么尺寸？

那还用量，你的手和我的一样长，你知道了我便知道了。

手指在你身上，又不在我身上。

你真笨。这还用手吗？眼睛就够了。

调情戛然收住了。短信的那头静悄悄的，查桑燕突然就感到了一阵浩荡的寂静，她躺在床上连自己的心脏和血液的声音都能听到了。这个男人在想什么？还是已经睡着了？他七年不离婚,大约就是因为他从不缺少像祝芳和她这样的红颜知己吧？他既不缺少婚姻的形式,也不缺少有女人的实质,进可以,退也可以,真是从容。她自己呢,其实和祝芳又有什么区别？很可能沦为他的第二个情人。让他们去做他们的萨特和波伏娃吧,她不能。他们都有婚姻做幌子,再在婚姻的掩护下和别人谈爱情,她呢？既没有实质也没有形式。千万不能交锋到最后连个全尸都落不下。

不能让自己为了一个男人死无葬身之地,更不能为了要一场婚姻死无葬身之地。

(四) 栽 赃

天堂西餐厅。查桑燕在等祝芳。这个女人每次出场一定要造成惊艳的效果。不过事实上,她无论出现在哪里,都会把周围所有的目光吸引过来。这两个女人有规律的约会时间已经被这里的服务员们掌握了。祝芳一出现,所有的女服务员们都会停下手中的事情看着她。查桑燕想,很多时候其实女人对女人比男人对女人更有兴趣。也许,在这个世界上,保持着同一频率的事物,跨越千山万水也会最终出现在你面前。

祝芳今天穿的是一件乳白色的韩版长裙,却加了中式的立领,领子高高的,把她的脸衬得很窄很小。妆却化得很艳,眉毛很细,嘴唇很红,像刚从瓷瓶上走下来的仕女。裙摆直拖到脚踝处。头发低低地挽了一个发髻,斜戴了一只大大的雪白绒球。查桑燕今天穿了暗绿色的亚麻长裤,同一色系的真丝吊带,外面是一件薄薄的咖啡色开衫。查桑燕问,你的衣服都这么别致,是从固定的地方买吗？祝芳笑,大部分都是我自己做的或者是定做的。查桑燕忍不住说,难怪。她想,十年时间里,这个女人守着婚姻的空巢，却这么心力交瘁地去经营自己的外形也实在是可怜。她一定是那种在街上走着暗数自己的回头率的女人。十年时间里，这个女人像松鼠储备过冬的食物一样一点一点地积攒着自己的衣服，同时也一点一点积攒着男人对她的爱和关注。也是为了抵御寒冷和饥饿？抵御途中所会遇到的一切不测？

查桑燕问，这么多年里你为什么不离婚呢？祝芳说，你以为离婚了就好吗？或者离婚了就能找到更适合结婚的男人吗？不是的。这么多年里我想明白了，婚姻对人是一种保护，起码是形式上的保护。就像一把伞在头顶上，不下雨时无所谓，下雨时淋到的雨总会少些吧。

查桑燕说，其实很多时候我心里是惧怕婚姻的，结婚是为爱还是为繁衍子嗣？好像都不是，现在的婚姻简直是四不像。祝芳说，太多的东西把它栽赃得面目全非了，快成了男人和女人们减少生活成本的一种手段。谁肯结无利的婚呢？都是机关算尽，唯恐赔了本。你想想，一个快四十岁的中年女人敢离婚吗？你觉得你有内涵，你有才华，那有什么用？有几个男人是因为爱上女人的灵魂再去爱她的身体的？

查桑燕说，恋爱的时候什么都好说，可是恋爱终究要过去的。结婚以后，男人吃完饭去看电视了，把刷碗把家务交给女人，女人在婚后其实就沦为女佣的角色。然后就忙着生育，不生个孩子唯恐被男人看不起。我的一个初中同学，长得很漂亮，所以很自然地走了漂亮女人的那条通道，嫁了个有钱人；然后就忙着生孩子，连生了两个女儿，哪肯善罢甘休，接着生。因为生孩子连做老师的工作都丢了，在家专职生孩子，直到生出男丁。有钱人家是不是都这样，唯恐没个儿子遗产将来被别人继承走？

可是不结婚呢？一个女人不结婚又会觉得恐惧。可能女人的动物性就是需要一个地方供她安身的。当我二十岁出头一心想和一个男人同甘共苦时,那些年轻的男人们,自身稍有些可自恃的条件的,都恨不得找个千万富翁的岳父,恨不得女孩子家就有房自己直接住进去算了。就是最不济的,自己挣三千块钱的就恨不得女人挣四千块钱,有的男人在娶老婆的时候一定要找工作稳定的,就已经是在为自己的养老做打算了。可是等我年龄越来越大的时候,我发现找男人的难度也在随之加大,因为他们在挑剔,你也在挑剔。怪不得全国有近一半剩女们担心自己嫁不出去。

她突然发现她在下意识地向祝芳解释着一些东西,她其实在向她解释她与刘春志之间的关系的来龙去脉。原来,她一直担心祝芳会看轻了她,觉得她也不过是个想走捷径的女人。她是吗?可是,她不是吗?

祝芳说,其实我们都是些半吊子的女人,厌恶男权却又女权得不彻底,如果要做彻底的女权主义者,要求一切都与男人是平等的,那就不能想把什么都推给男人。比如买房,比如买车,比如挣钱,两个人只有都当苦力用,不存在谁是男人要多做点,谁是女人要少做点。可是,骨子里,我们还是想依靠男人。结果,我们一边自食其力一边怨恨男人。

查桑燕说,我本来想,如果哪个男人愿意娶我,我心一横就嫁了,再咬咬牙,就把孩子生了算了。抵抗来抵抗去,太麻烦了,简直是无穷无尽的麻烦。人在这世界上活得这么辛苦,还要使尽全力把另一个人从虚空中唤出来和她一起受苦,怎么那么多人就想不通呢?哭着喊着要孩子。她看着天花板说,你多好,有婚姻,有老公,有孩子,有情人,最主要的是结婚这么多年还能这么美丽,没有沦为一身油烟味的女佣。开玩笑的。祝芳笑,你哪里知道我有多么羡慕你,单身,自由,有层出不穷的可能,如果让我拿很多东西和你换,我都是愿意的。

天花板的镜子里倒映着两个女人。头顶上的那两个女人真像是坐在另一个世界里的,是和她们没有关系的。这样看着就像是脱身出来看着头顶上另外两个女人在聊天。真是天堂。

婚 礼

查桑燕简直成了报社最忙的记者。她的手机和桌上的分机一直在不停地响,主编办公室的电话,有采访,有稿子,过来一下。这天临下班前,刘春志又打来了电话,过来一下。原来是晚上要请几个人吃饭,而且其中有两个还是刘春志的大学同学,他把查桑燕叫来却是要她去陪他们一起吃饭。准确地说是陪酒,大约是觉得她还能拿得出手的缘故?查桑燕想,自己现在简直是兼上了他的秘书。他这么明目张胆地用她也不避嫌?他到底是怎么想的,莫非是大学中文系的那层浪漫底色在他身上还没有褪干净?不管怎样,她还是跟着他去了。她知道现在纸质媒体被冲击得实在厉害,报纸的发行量一天不如一天,报纸的主编、社长们每天都在为报纸的广告业绩发愁。这次请吃饭其实是想要点钱。在去饭店的路上,查桑燕简直觉得他们像对战友。

吃饭的时候,刘春志频频向自己的两个同学举杯敬酒,先是怀旧,回忆了半天当年在大学读书的趣人趣事。等气氛差不多上来了刘春志开始转移话题,主要是说报社的经费问题,没有钱什么想法也是假的,真是步履维艰啊。查桑燕在一旁推波助澜,和几个男人推杯换盏。她知道自己没有发言权,只管喝酒就是。虽没有怎么说话,刘春志一晚上的表情却被她看得滴水不漏。平时看惯了他斯文的样子,今晚,却是从眼睛到嘴里到手上,无处不藏着些谄媚的意思,虽然还算含蓄,却已经是尖尖酸酸地刺着她。她一晚上不敢去看他。其实她知道,他今天晚上来也是硬着头皮的。一个四十岁的中年男人去求自己的大学同学毕竟是需要些勇气的,还是男同学,还是当年看起来都不如他的男同学。中年男人的攀比心和对彼此的敏感度实在胜过女人。男人到了四十岁,事业就是他们的脊梁骨,这根脊梁骨被男人拿捏着,也被女人拿捏着。钙度不够就真的抬不起头来。报社毕竟只是一亩三分地,每天在自家地里走来走去,看的就是那么几张脸也倒平衡了,可是一出了自家的地盘就不是那么回事了。男人向来是征服了男人才好征服女人的,想来,把自己叫到这些场合是因为一方面她让他觉得是可以驾驭的,另一方面却是有些把她当成自家人的意思,不怕她看到他满脸通红地站着敬酒。像个过年想得到压岁钱的孩子,迫切的,讨好的,讨人嫌的。

从饭店出来已经是十点多,两个人上了车一直就没说什么。都静悄悄的。车无声地开出去,最后在河边停了下来。刘春志下了车,查桑燕没说话,也跟着下了车。刘春志说,走走,好吗?两个人便沿着河向前走去。查桑燕知道,他是现在才反应过来了,从身体到心现在才钝钝地反应过来。刚才吃饭的时候,是因为那种痛太满了,盛满了他的身体里心里,根本没来得及发酵反应,也就把一个晚上打发过去了。可是,终有曲终人散的时候,寂静是最好的醒酒药,一空旷身体自然就苏醒了。查桑燕知道,他开始感到痛了。他从没有和她说过他任何的不如意,没有说他的怀才不遇,他事业上很难能再上升的窘迫,被他大学同学比下去的尴尬,以及他形同虚设的婚姻。这一切的一切他只字不提,她却在这个晚上全感觉到了。她走在他身边的时候突然之间觉得走在身边的其实是个无助的不知所措的孩子。受了些打击,不知道该怎么办,有些心灰意冷,有些无地自容。可是,他从没有离她这么近。

她伸出一只手就抓到了他,他就在她的身边。她的手触到了他,他把她握在了手里,很柔和的一只手,略微有些潮湿,是一层薄薄的汗。又走了几步,她突然把头靠在了他的肩上。他任由她靠着,没有动。然后,她在他肩上无声地啜泣着,再然后,她的整个身体开始压抑地抽泣。他感觉到了。在那一瞬间里,她怀疑她是因为心疼这个男人了所以哭,可是也不全是,为她自己,也不全是。似乎还有更多更深的原因,很深很深,都来不及去思考,去想清楚。可能是一切藏在深处暗处的卑微突然之间全浮出来了,让她刹那无比酸疼。他伸手揽住了她却仍是一句话都没有说。因为他知道她为什么流泪。在河边的这一个瞬间里,她知道他们是真的在一起了。虽然只是一个瞬间的事。

果然,第二天在报社见了刘春志的时候,他已经完全复原了,看不出昨晚的一点痕迹。休整了一个晚上他又积蓄起了对付一切的力气。他们见了面点头打个招呼,然后走过去各忙各的。查桑燕想,女人脆弱起来还多少人性化一点,起码需要一段时间的缓冲;男人脆弱起来简直是不人性,就那一两秒钟的事情,过去了就连点痕迹都不留。但不管怎样,在人群里远远看到那个人的背影时,心里多少有了些暖意。就像是自家的东西,放在外面不闻不问,也是自家的。

这个晚上,两个人一起吃了晚饭之后,刘春志先是开了车里的音乐,两个人坐在车里静静地听了一段音乐。查桑燕突然感觉有些紧张,她感觉到空气里有些异样,却是说不出的异样,只好躲在音乐后面。刘春志突然说话了,去我家坐坐好吗?声音略微有些干涩,像是缺水的植物。她感觉到了,他有些紧张。这是他第一次邀请她去他家,尽管那家里只住着他一个人,他却从未邀请过她。那么,今晚这邀请也算一个标志吧。她犹豫着要不要答应。这速度正常吗?算是循序渐进了吗?算来也有半年时间了,还基本算合格吧。尤其在这样一个年头,身边到处是认识一个月就结婚的男男女女,他们这速度简直已经算得上古典戏剧里的情节了。她正想着,他又补充了一句,就坐一会,别那么没安全感。她笑了,算是默许。

两个人进了刘春志一个人住的家,查桑燕扑面感到的就是空旷,没有女人气的地方真像广寒宫。不过谁知道呢,谁知道多少女人来过这里呢。她在屋子里找他妻子的痕迹,结果满屋子都看不到一张她的照片。她便突然有了些安心的感觉,看来,他们的感情差不多已经是山穷水尽了,离婚是迟早的事。顿时这整个屋子看起来都可亲些,仿佛是有点自己家的意思了。刘春志说,你先坐,喝什么自己从冰箱里取,我进去换个衣服。也是家常的话,听起来可亲。

她坐在沙发上开了电视,要不眼睛都不知道该往哪放。刘春志再出来时已经换了睡衣,倒了两杯茶,也坐到沙发上和她一起看电视。两个人都陷在沙发里,呆呆地盯着电视看,看了半天才发现看的是广告。查桑燕伸手抓起玻璃茶几上的那杯茶,玻璃一相撞,好清寒凛冽的声音。放到嘴边喝了一口,竟是咕咚一声,回声大得好似一口井里发出的,连自己都吓了一跳。只好把那只杯子握在手中反复拿捏着,水的温度通过手传向她的全身,竟微微出了些汗,便又把杯子放下了。这时,刘春志突然伸出一只手,握住了她的一只手。他眼睛还是看着电视,嘴上却说,这么热?都出汗了。这么紧张,嗯?查桑燕也看着电视,干笑着说,我紧张吗?我为什么紧张?你又不会把我吃了?话一说出来就后悔了,简直是投怀送抱式的挑逗。刘春志突然伸出另一只手扳过了她的脸,他看着她,在很近的地方看着她,说,你怎么知道我不会吃了你?话音刚落,他的唇就向她压了下来。她没有躲,闭着眼睛,把脸略微侧了侧。第一次接吻竟也像熟悉得不能再熟悉,就像梦里的一条街,置身其中时只觉得自己一定来过这里。

他的手解到她的第二粒纽扣时,查桑燕想,就这个时候吧,只能是这个时候了,再不问似乎就晚了些,总不能把衣服都脱光了再问吧。如果不问,过了今晚他们的关系就完全是另外一种质地了,她就是第二个祝芳。想到这里,她软软地止住了他的那只手,软软的指头下面全是力,像河底下坚硬的河床。他不由得停住了。她的脸和他的脸几乎是贴在一起的,她在他耳边低声说了一句,你准备离婚吗?他没有说话,那只手继续专心地对付第三粒纽扣,在纽扣解开之前,他在她耳边低低说了一句,我们现在这样不很好吗?

第三粒纽扣从他手里挣扎了出来,查桑燕的整个人也挣扎着站在了他的对面。她三下两下扣好了纽扣,提起包,头也不回就离开了刘春志家。她一个人在街上久久晃荡着,不想回一个人的家,不知道该去哪里。没想到,真是没想到,循序渐进地铺了这么久,有那河边的拥抱和眼泪垫底,却还是这样,却不过是这样。她还是听到了那句最残忍的话,我们现在这样不很好吗?我们可以拥抱,可以接吻,可以上床,却也就是这样了。再没别的了。她仿佛在一秒钟里就踩到了底,是冰凉的硬的地面。有些疼痛,更多的却是狼狈。那狼狈竟把疼痛都遮住了。她在街上走着,一声不吭,也没有一滴泪。祝芳,她就是第二个祝芳。突然之间,她想起了祝芳,竟像想起了一个远方的唯一亲人。连犹豫都没有犹豫,她就拨通了她的电话,还好,祝芳还没有关机。祝芳刚在电话里喂了一声,查桑燕的泪就下来了,半天她才完整地说了一句话,我现在去你家找你。

二十分钟以后,查桑燕已经坐在祝芳家里了。她儿子已经睡下,她的丈夫不在家。两个女人东倒西歪地埋在沙发里,一人拿一听啤酒。祝芳说,其实我已经暗示过你了,要这个男人离婚很难的。你想,我和他认识七八年了,就是在最喜欢对方的时候都没有提过离婚两个字。你就不该对他抱太大希望的,这种男人因为被一些女人觊觎着,还真是自己把自己宠坏了。呵,其实他有什么好的?他比别人多出什么了?查桑燕一下一下地喝着啤酒,直着舌头说,他想让我做什么?让我一个单身女人做他的情人?一直这样不见天日下去?他怎么就忍心?祝芳说,谁让你找这种还没有离婚的中年男人了?本身就是很危险的事情,你又不是不知道。查桑燕说,我怎么能不知道,我就是想赌一赌?我还能怎么样?真的不结婚吗?我不敢,我心里真不敢,我就是一个俗人。可是,和谁结呢?现在的年轻男人恨不得找有钱女人把自己嫁了,我看不起他们。找同学吧,稍微好点的早被挑走了,剩下的都是歪瓜裂枣。相亲吗?你知道那是多么愚蠢的办法,把两个边也不搭的人放在一起互相挑毛病。就觉得身边认识的人,有过一段共处的时光可以循序渐进,已经觉得很奢侈了。祝芳说,中年男人虽说有些东西是现成的,有房有车,可是他们那点心思可能比年轻男人还小,还想得多,生怕女人对他们有企图。一句话直指向查桑燕,查桑燕有些气恼;可是一想,人家只不过说了一句实话,便对祝芳说,你呢,你这七八年里就没幻想过要他离婚吗?只不过是你可进可退,反正也是有家的,半死不活也是家,他不给你别人给你,你这是站着说话不腰疼。两个女人哗地安静下来了,两个女人都是第一次这么透亮地坐在对方面前。

但透亮之后两个女人反而都觉得可亲了些,真有点像亲人了。两个女人更频繁地约会,彻夜开她们两个人的小型沙龙。现在查桑燕动不动就跑到祝芳家过夜,反正她丈夫也经常不在家。两个女人聊完了男人聊衣服,聊完了衣服再聊男人。祝芳给她看自己铺天盖地的衣服,查桑燕一件件地看,看完了再进行圈点。两个女人一时都有了些割头换骨的感觉,恨不得白天晚上长在一起。查桑燕说,要不我调到你们出版社吧,不想在报社了,还得天天见那男人,心里硌得慌。祝芳说,试试吧,你这真是偷鸡不成反蚀把米。话虽尖酸,却因为是说在明处的,也像是亲人说的,查桑燕反倒没有那么在意了。把自己的短处给一个人看了,倒像是脱光了衣服后被人看过了,反正也是看过了,不痛不痒了。

　　查桑燕的工作还没调动好之前,一个消息传遍了全报社,刘春志的妻子从美国回来了一趟又走了,回来一趟就是为了签署离婚协议。也就是说,这个男人真的离婚了。查桑燕感到有些莫名其妙的紧张,为什么呢,说不清。他离婚和自己又有什么关系呢?她暗暗斥责自己,绝不能再纵容自己去对这个男人抱有那么多幻想了。即使这样,她那天下班时还是走得很晚。不是很忙,却一直磨蹭着不走。终于等到从报社往外走时才反应过来,其实她一直在等刘春志的电话。等她从主编室门口经过时才发现,门早已锁了,刘春志早走了。在从主编室门口经过的一瞬间里,她的泪哗地一声就下来了。没有爱情都把她折磨成这样吗?

　　祝芳听到刘春志离婚的消息一言不发,出神地看着一本杂志,却半天没翻一页。两个女人一晚上没对这个男人发表一句评价,只是各自早早散去,都是装了很重的心事,都是和这个男人有关,却都无法说出口。接下来的两个月,除了上班,查桑燕越发紧锣密鼓地运作自己调动的事,她决定离开,离这个男人远些,和这个男人已经不是什么伤害不伤害的事,而是带了羞辱性质的,事关荣誉的。虽然只有他们两个人知道。两个人再没有单独相处过,只是平时见了面还淡淡打个招呼。

　　这天下班的时候,手机突然响了,一看却是刘春志的电话。她有些忐忑,只要是下班的时候他给她打来电话,她就知道是什么事了。果然,他约她出去一起吃晚饭。她沉吟着,他想干什么?这么长时间没怎么联系过了,今晚这又是为什么?莫不是想和她重修旧好?他现在已经是单身男人了,自由了,和当日不一样了,所以要和她说些不一样的话?要真是这样,她又该说什么?原谅他?告诉他她一直在等他?太煽情了,太小说化了。恶劣的小说情节。或者像个烈女那样断然告诉他,不可能了,她不能再回头。可是,她真的有那么决绝吗?她就真的不给他机会了?那也不好吧,毕竟他现在是单身男人了,有了承诺的权利,而不是当初。天哪,她突然发现她已经在为他开脱,已经原谅他三分之二了。女人为了要一场婚姻就这么下贱吗?她简直要落泪。

　　她还是和他一起去吃晚饭了。她当然拒绝不了。两个人边吃边无关痛痒地聊着一些工作上的琐事,好像这一晚上就要这样聊下去了。查桑燕想,看你能装到什么时候。便也沉住气,他说什么她就应答什么。直到饭吃到尾声的时候,刘春志看着窗外的夜色突然叫了一声,查桑燕。查桑燕抬起头,平静地看着他,她知道他要开始了。今晚的序幕拉得长了些,已经快让两个人身心疲惫了,现在终于进入正题了,她反而平静了。他不太流畅地说,你挺好,我也真的很喜欢你。查桑燕一瞬一瞬地看着他,她的手,她的身体在迅速地冷下去,冷下去,温度像血液一样汹涌地涌出了她的身体,她正一点点地变冷变僵。下面的话她其实已经不用听了,有了这样的开头就够了,足够了。接下去无非是,可是我对不起你,真的不能和你在一起。她简直要笑出声了。可是,刘春志还是说下去了,他开始流畅了,似乎已经找到了某种镇定的状态。他说,我也认真考虑过你,可是,我怕我们会不和谐,因为我们的年龄差距大了些。我是要告诉你,这个月底我要结婚了,你不要想太多,到我这个年龄已经不敢期望太多了,可你还年轻。

查桑燕直直地看着眼前的男人,多么戏剧性。他真的离了婚,真的要结婚了,却不是和她。她听见自己居然呆呆地问了一句,那声音听起来是木质的,像别人的声音,那你要和谁结婚？刘春志讪讪地说,你不认识,其实我们也是刚刚认识两个月,是别人介绍的。哦,那就是说也不是祝芳。他把他生命中这两个女人都推到一边,然后转身和一个别人介绍的、刚认识两个月的陌生女人结婚去了。她想到了下班时接他电话时做过的种种猜想,真是耻辱。她静静地看着他笑,在灯影下就像流出了很多眼泪,却还是笑。

两个女人坐在天堂西餐厅。祝芳说,他已经在电话里通知我了,要我去参加婚礼。真是有意思,让自己八年的老情人去参加他的第二次婚礼,他竟然没有觉得心虚？现在的男人心理素质真好。我和他八年了,你知道吗？八年情义,也不过如此。查桑燕说,我对他呢,也算是来真的了,最后他不过对我说一句,我们年龄差距大了些,不合适。祝芳笑,年龄？那哪里是什么问题。他是不好意思说出口吧？他要娶的这个女人是个政府官员,一个离异的女官员。他没有对你说出的话是,你不够资格和他结婚,或者,对他的用处不够大。他第二次结婚你以为他还要什么爱情,是实用为主。他恨不得有女人帮衬着,让他事业有靠、飞黄腾达。查桑燕半天才说了一句,你去参加他的婚礼吗？祝芳喝酒喝得有些多了,口齿已经开始不清晰,她直着舌头说了一句,去,为什么不去,好像我们多么胆小多么稀罕他一样,他以为他是谁？

在刘春志结婚那天,两个女人早早聚在了祝芳家,商量着穿什么衣服。两个女人最后决定都穿旗袍,最妩媚的衣服。祝芳这里最不缺的就是旗袍,简直可以开个旗袍店。两个人各选了一件,查桑燕选了一件紫色碎花旗袍,很安静的颜色；祝芳选了一件纯黑的丝绒旗袍,像件晚礼服。然后开始化妆,盘头发,商量配什么样的包。一切都准备就绪的时候已经十一点了。两个女人还是恋恋不舍地看着镜子,倒好像是自己要去做新娘的。终于要出门了,两个人又挑鞋。祝芳的鞋几乎摆满了几层架子,查桑燕穿了一双带水钻的绣花布鞋,祝芳穿的是黑色高跟皮鞋,倒好像突然之间她们互换了风格。临出门时,查桑燕一低头突然发现,祝芳穿的是两只不一样的皮鞋。都是黑色的,却不是一双鞋,而且两只鞋其实并不像,差别是一眼就可以看出来的。祝芳穿错了。而且她向来是那么精致那么优雅的女人却犯了这么低级的错误。查桑燕指给她看时,她才反应过来,连忙跑回去换鞋。在祝芳换鞋的空当里,查桑燕看着窗外的天空悄悄哭了,在刚才那一低头的瞬间里,她突然明白,这个女人是怎样爱着那个男人。爱了八年。八年之后,去参加他的第二次婚礼。

　　两个女人没有坐车,挽着胳膊向刘春志结婚的酒店走去。阳光很好,煦暖而不热烈,正是适合落在皮肤上的那种。时间也还来得及。一路上不时有行人回过头来看着路边这两个穿旗袍的美丽女人。她们目若无人地走着,路上的目光像落叶一样在她们身后翻飞飘零。他们不知道她们是要去参加同一个男人的婚礼。查桑燕突然说,和你在一起感觉真好。祝芳说,因为一个男人认识一个女人也算没有白交往一场。我是你十年以后的影子。查桑燕笑,不语。

每条河流都是一个过程
——重读孙频小说《河流的十二个月》

徐晨亮

关注孙频的作品,始于2010年,当时我还是《小说月报》的年轻编辑,向主编推荐了这位新人发表在《山西文学》的两篇小说,《红妆》与《同屋记》也先后被选载。此后短短数年间,她的作品几乎是用集束炸弹般的方式"横扫"各种文学期刊,接连被转载、获奖、结集,以浓烈的个人风格吸引了文学界与读者的目光。作为一路追踪其创作的读者,印象更为深刻的则是她持续自我更新以至蜕变的努力,我最近给小说集《以鸟兽之名》写的书评中,尝试过描述这种变化轨迹:"曾经的'以血饲笔'之决绝姿态,凶狠凛冽甚至略带戾气的腔调,不断被新的审美元素所中和,人物置身的舞台也从精神明暗两极之间紧绷的高空绳索,挪移到荒村、深山、海岛,更阔大的山河地理之中。"孙频发表于《十月》2018年第6期的中篇小说《河流的十二个月》,相比于之前的

《光辉岁月》(《当代》2017年第1期)、《松林夜宴图》(《收获》2017年第4期)与之后的《鲛在水中央》(《收获》2019年第1期)、《天体之诗》(《北京文学》2019年第1期),似乎并未引发那么多的讨论,但如今重读,却能从中发现一些线索,打开解读这"挪移"过程的秘密通道。

  从2008年开始小说创作算起,到《河流的十二个月》发表时,孙频的写作刚好走过十年。这部小说里嘉峪关、酒泉之间那家"大漠旅社"所聚集的几个人物,把吟诗当作"比较体面"之自娱方式的水利博士王开利,强迫症般反复阅读《幸福的哲学》的退伍潜艇兵储东山,还有自称"被写作耽误"的嗜酒老警察张谷来,每个人身上都有一种孙频式的精神胎记,让读者可以迅速判断出他们归属的精神谱系。最为典型的当然是旅社女主人李鸣玉,她"出版了几本书,获得了一些小名声,获了几个小奖",但因厌恶自己面对世俗游戏规则的无力与苟且,某一天"忽然决定"放弃写作、逃离京城,"从眼前的生活里彻底消失",甚至改换名字,如同要埋葬自己的前世。这段情节里隐藏着一条暗道,将我们带回到孙频2014年发表的小说《自由故》。在那篇小说里,女博士吕明月同样"忽然做出了一个决定",在即将毕业之际退学,登上西去的火车,告别京城,也告别曾经的自己——"卑微渺小但勤奋刻苦,堪称被社会机器批量拓出来的五好青年"。然而这次出走并非如愿带来"自由自在的生活",小说结尾,她消失在德令哈,只有闺密桑小萍还记得这个女人,并一次次写进自己"那些俗不可耐的小说里",每次都会"换一个新的名字,而事实上她们都不过是吕明月",她最后一次出现时名叫"冯一灯",爱上诈骗组织的头目,走投无路,自焚而死——这段故事孙频同时写进了小说《同体》,她似乎无意隐藏,作家桑小萍与出现在不同故事里的吕明月,仿佛同一人的两重分身,相互注视,相互嘲笑,又相依为命。那么,李鸣玉与吕明月,姓名读音如此相近,又都是从原本的生活中逃离、埋葬了过去的自己,这究竟意味着什么?

其实不只孙频,在很多创作道路足够漫长的作家那里,我们都能从其不同时期的作品里,找到气质相似或经历重合的人物,这并非问题的重点。当我们拎出这两个人物加以比照,可以更清楚地看到《河流的十二个月》与她过往作品的差异。吕明月的逃离之旅,中止于一个"熙熙攘攘的火车站",在这里,"陌生、疲惫、焦躁的面孔汇聚在一起,看起来像条狰狞的河流"。而李鸣玉在小说一开头,便被王博士引到位于文明边界处的河谷与吊桥边,面对山谷袒露的肌肉和散发远古海洋气息的卵石,她"感觉不小心触摸到了几十亿年前的时光",再次做出一个决定,要留在这里,建一座容身的临时堡垒。当小说结尾王博士殒命河中,储东山把前来寻找真凶的张谷来灌醉,抛于冰天雪地,扮演帮凶角色的李鸣玉再度回到河谷边,现实中他们已无路可逃,只有在这荒无人烟的所在,方能感到"某种心安""仿佛是把自己和这个世界上最大的庞然大物系在了一起,它足以稳住和维护一些古老的秩序"。

孙频曾有一段自剖,谈及创作《河流的十二个月》时的心态与二十多岁时的差异:"二十多岁时无限放大自己,无限放大一点情绪,渐渐地,开始渴望触摸到一些自身之外的更莫测更壮阔的事物。"以我的理解,这篇小说一方面回应了她此前十年创作中的重要母题,继续在情绪所撑开的心理空间之中挖掘人物的精神困境乃至绝境,另一方面,又在"陌生、疲惫、焦躁的面孔"汇聚的人间之河外,让人物与蕴藏沧海桑田之秘密的山河相遇。如果说在她此前反复开掘的心理空间之中,人物终究无法走出封闭性的困局,只能"把苦难当命运来爱",被动地遥望救赎的降临,那么在山河面前,人物可以找到"更莫测更壮阔"的东西来庇护自己——这种可能性,在《河流的十二个月》里尚只是"惊鸿一瞥",在接下来的《我们骑鲸而去》《以鸟兽之名》《骑白马者》《天物墟》等作品里,则衍生出不同的变体,寂静山林、浩瀚海洋、古老村庄乃至鸟兽草木、古代文物,都成为人物寻找庇护身心之所的目标。

但这一从心理空间到山河地理的挪移,绝非一蹴而就。在孙频早期的作品中,山河草木等自然元素常常作为渲染气氛的无声背景出现,如《柳僧》里那片柳树,"像一群穿着黑衣的僧侣",怀着巨大的悲悯沉默注视着人间的悲剧。我印象中唯一的例外出现在《无相》的结尾,主人公突然听到一种"风声、雨声、雷声、下雪声、抽穗声、拔节声、花开声、落叶声、山川声、水流声"汇合而成的奇异声音,"渐渐把她的身体淹没"。"万物生长的声音"如同潜流,数年后又与李鸣玉相遇,当她来到离"大漠旅社"不远的讨赖河边散步,"黑夜升起,温度骤降,整个戈壁滩迅速朝着一个幽冥之处撤退……她能听见河流在黑暗中撞击巨石又裂开的声音,甚至能感觉到河流正在黑暗中静静看着她"。而到了《以鸟兽之名》《天物墟》中的游小龙与老元,已不只是倾听者,他们懂得草木、鸟兽甚至器物也有它们的语言,并尝试从万物之声中解读宇宙洪荒的秘密,从中汲取能量。对于他们而言,来到山河之中并非逃离,而是回归,那里同时也蕴藏着关于文明的信息。

这次重读《河流的十二个月》,我特别留意到王博士关于河流年龄、脾气和性格的解说,甚至还专门上网搜寻了讨赖河的图片。"河流在年轻的时候很容易冲出这样深的V形峡谷来,这两边的峭壁也是当年被河流冲刷出来的""那些老年的河就不是这样了,那些九曲十八弯的河都是很古老的河"。其实年轻的写作者也正是通过一次次冲刷河岸,渐渐改变河道的形状,重新塑造出自己,如同小说开篇所引用的林白那首诗歌的标题,这是一个"过程"。而具体某一篇作品,就像河水碰撞河岸激荡出的浪花,也将因这"过程"被赋予不同的意义。

创作年表

《鲛在水中央》发表于《收获》2019年1期。
《狮子的恩典》发表于《钟山》2019年5期。
《白貘夜行》发表于《十月》2020年2期。
《骑白马者》发表于《钟山》2020年4期。
《天物墟》发表于《十月》2021年2期。
《以鸟兽之名》发表于《收获》2021年2期。
《诸神的北方》发表于《钟山》2021年3期。
《海边魔术师》发表于《收获》2022年1期。
《天空之城》发表于《十月》2022年4期。
《棣棠之约》发表于《钟山》2022年4期。